# 리시안셔스

# 리시안셔스

**연여름** 소설집

**차례**

| | |
|---|---|
| 리시안셔스 | 7 |
| 시금치 소테 | 63 |
| 표백 | 99 |
| 제 오류는 아주 심각한 것 같아요 | 143 |
| 가빙 라이트 | 173 |
| 좀비 보호 구역 | 225 |
| 비아 패스파인더 | 269 |
| 면도 | 321 |
| 오프 더 레코드 | 355 |

리시안셔스

'인간성'이라는 단어가 오래전 어떤 의미로 쓰이곤 했는지, 책에서 그 단어를 맞닥뜨리기 전에는 한 번도 의문을 품어 본 일이 없었다. 나는 '인간'이 아니었으므로, 내가 아닌 것에 관심을 쏟을 이유는 없었다. 굳이 내가 아는 범위 안에서 인간성이 무엇인지 정의해야 한다면 향상된 신체와 높은 지능으로 문제를 해결하는 능력 정도다. 나는 갖지 못한 신체와 지적 능력으로 힘겨운 무언가를 해결하는 일. 그것이 내가 아는 인간성이다.

그래서 약 400여 년 전 쓰인 소설에서 '인간성을 회복할 필요가 있어.'라는 문장을 보았을 때 나는 조금 갸우뚱했다. 회복은 다시 살린다는 의미인데, 그렇다면 인간성이 있다가도 없어지기도 하는 것인지. 나의 주인은 인간성을 얻은 이후로 계속 같은 신체 리듬을 유지하고 있기에 인간성이 없는 상태가 어떤 건지 도무지 짐작하기 어려웠다.

소설 속 주인공들은 지구에서 다른 행성으로 이주해 살아가는 '4세대'다. 4세대는 소설의 제목이기도 하다. 지구가 회복

불가능할 정도로 오염된 탓에 주인공들의 윗세대는 행성 이주를 감행하고, 힘을 합쳐 최선을 다해 새로운 행성에서 생존하고 번영하지만 4세대에서 내전이 발발한다.

더 많은 생명체가 생존하기 위해 4세대에 걸쳐 그 많은 역경을 극복해 왔는데, 종국에는 서로에게 무기를 겨누게 된 셈이었다. 나로선 이해가 잘되지 않았다. 현실에서 인류는 소설 속 기술 수준에 미치지 못하고 있었다. 행성 이주에 거듭 실패하는 중이고, 더 많은 생명체를 살리는 것이 목적이 아니라, '인구 쿼터'를 통해 최소한의 인구만 유지하는 데 전력을 다했다. 소설 속 환경은 이에 비하면 훨씬 나은데도 왜 서로 싸워서 그때까지 이룩한 것을 무너뜨리는 걸까.

하지만 주인이 말했듯 소설이란 지어낸 이야기니까 현실과 맞지 않는 부분은 감안하고 읽어 나갔다. 주인공이 마지막에 어떻게 될지 궁금했기 때문이다. 내전이 두 해 정도 지속되었을 때, 상대 진영을 모두 포로로 붙잡은 뒤 어떻게 처형하면 좋을지 논쟁하는 장면에서 주인공이 다른 동료들에게 말한다.

우린 인간성을 회복할 필요가 있어, 라고.

"아아, 『4세대』를 읽었구나."

주인이 배양육의 마지막 조각을 입에 넣으며 말했다. 오늘 저녁은 내가 요리했는데 주인도 만족해했다. 고개를 끄덕였다. 주인이 다정하게 휘어진 눈으로 나를 바라보며 턱을 괴었다. 나는 이미 고기를 모두 먹어 치운 후였다. 이 집의 식재료는 모두 훌륭하다. 어떻게 요리해도 하나같이 맛있다. 배급 식량에 익숙해진 내게 이 집에서의 생활은 신세계였다. 같은 합성 물질이었지만 질이 달랐다. 내가 경험한 적 없는, 아니, 상상한 적조차 없는 것들을 마주할 때마다 나는 감정을 숨기지 못한다. 그리고 주인은 이 신세계 생활에서 사소한 것 하나하나 감탄하는 나를 보며 흥미로워한다.

"나도 겨우 한 세기 조금 더 살았을 뿐이니 그 시절을 다 알진 못하지만, 그때의 인간성은 지금과는 의미가 전혀 달랐을 거야."

마지막 조각을 삼킨 주인은 냅킨으로 입가를 두드렸다. 주인과 함께 살기 전에는 전혀 모르던 행위다. 음식을 먹은 후 입가를 닦고 점검하는 것. 식사를 마쳤다는 신호. 이제부터 조금 긴 대화를 나눌 여유가 있다는 신호이기도 하다.

"진이 생각하는 인간성은 뭔데?"

"규희처럼 인공 신체를 가지고, 행성 이주를 계획하고 준비하는, 그러니까 인간들이 사는 방식을 따르는 것요."

진은 내 이름이고, 규희는 주인의 이름이다. 주인은 부드럽게 고개를 끄덕였다. 오류가 없으니 계속 말해 보라는 뜻이었다. 규희가 일터에서 제 학생들을 볼 때도 이런 표정이리라고 짐작해 본다. 규희는 선생님이다.

"소설 속 인물들은 아무도 인공 신체를 사용하지 않거든요. 아니, 소설에는 인공 신체에 대한 내용이 전혀 없어요. 그런데 갑자기 인간성이라는 단어가 나와서 뜬금없었어요."

"그랬구나."

규희가 차 한 잔을 부탁했다. 나는 얼른 자리에서 일어나 싱크대로 향했다. 일을 시키려는 의도가 아니라 차를 우리는 일을 좋아하는 나를 위해 일부러 부탁한 것이었다. 벌써 규희와 함께 지낸 지 일 년하고도 일곱 달이 지났다. 규희에게는 아주 짧은 시간이겠으나 그럼에도 서로가 무엇을 좋아하는지 충분히 알 수 있는 시간이다.

검푸르게 마른, 가는 잎줄기들은 요새의 인공 토양에서 소량만 재배되는 희귀품이다. 주인도 다른 인간에게 선물 받은 것을 아껴서 먹고 있다. 나는 머그컵에 작은 철망을 올려 씌우고 마른 찻잎 한 줌을 그 안에 소르르 쏟아 넣는다. 그다음 끓인 물을 부으면 숲의 향기가 난다. 숲이란 건 이제 존재하지 않아 나로서는 숲의 향기가 무엇인지 정확히는 알 수 없다. (그래서 규희를 포함한 인간들은 우리가 행성 이주에 반드시 성공해야 한다고 말한다. 숲을 다시 살려 내기 위해서라도.) 규희가 이 향기를 숲이라고 불렀기에 나도 그렇게 부를 뿐이다. 나는 부엌에 그 향기가 가득 차오르는 순간을 정말로 좋아한다.

"그때 말하던 인간성은 지금보다는 좀 더 유연한 개념이었을 거야."

규희는 내가 내민 잔을 받으며 말했다. 나도 내 몫의 잔을 들고 다시 그와 마주 앉았다. 배양육 요리처럼 빠르게 먹어 치우고 싶었지만, 차는 식사와는 다르게 천천히 마시는 거라고 규희는 늘 강조해 왔다.
 "진의 말이 맞아. 지금 '인간이 된다'는 건 인공 신체로 몸을 업그레이드하고 긴 시간 일정하게 건강한 상태로 연방의 화성 이주 프로젝트 연구와 보조에 봉사하는 일이지. 그렇지?"
 그렇다. 정확히 내가 생각한 그대로다.
 지금 연방에서 '인간'이라는 지위를 얻는 첫 번째 자격은 인공 신체다. 즉, 인공 심장과 주요 혈관, 폐를 반영구적으로 사용할 수 있는 기계로 교체하고, 면역 체계를 강화하는 주사를 정기적으로 맞으며, 필요에 따라 뇌의 일부, 근육, 안구, 피부까지도 추가로 교체한다. 인공 배양 센터에서 태어났든 미등록 부모로부터 탄생했든, 태어난 그대로의 신체를 가진 상태로는 '인간'이 아니다.
 '인간'이 되기 위해서는 높은 비용과 복잡한 절차가 필요하다. '인간' 양육자가 인공 배양 센터에서 탄생한 아이가 성인이 되었을 때 본격적인 시술을 시행해 '인간'으로 만들어 주는 것이 가장 일반적이고 합법적인 방법이다. 하지만 그런 삶을 누릴 수 있는 존재란 아주 소수다.
 오래전에 통용되었던 '인간성'의 뜻은 몰랐어도, 처음부터 그렇게 향상된 존재만을 인간이라고 부르지 않았다는 건 나도 알고 있다. 예전에는 우리 같은 외형을 지닌 모두가 '인간'이었다고 한다. A11에게 들은 이야기다. (A11이 누구인지는 조금 나중에 이야기하려고 한다.)

약 400년 전 지구에 '대오염'이 찾아왔을 때 동물은 멸종하고 토양은 죽었다. 또한 면역 체계를 망가뜨리는 전염병이 번져 인구의 3분의 2가 사망했고, 살아남은 이들 중 다수는 후유증으로 신체 기관이 손상되거나 병약해졌다. 전염병 자체도 문제였지만 오염된 환경이 이렇게 약해진 신체에 미치는 영향이 더 심각한 문제로 자리매김했다. 오염된 대기와 물, 자외선은 수명을 빠르게 단축시켰다. 지구에 사는 사람들은 다른 환경을 찾아내야만 했다.

부유한 사람들은 발 빠르게 인공 장기와 면역 체계를 제 몸에 심었다. 그렇게 제 건강을 지킨 이들은 생명력이 다한 지구를 대신할 행성으로 이주하기 위한 계획에 총력을 기울였다. 화성이 유력했다. 당대의 미디어는 반세기 정도면 프로젝트가 성공을 거둘 것이라고 선전했다.

하지만 반세기가 지난 후, 그런 일은 일어나지 않았다. 2차 이주까지 실패로 돌아가자 지구 곳곳에는 지도층을 위한 안전 구역인 '요새'가 본격적으로 생겨났다. 각 대륙 연합은 인류의 규모를 축소하겠다고 천명했다. 이주 계획이 성공할 때까지 인구를 최소한으로 유지하겠다는 것이다. 얼마 후 인간을 분류하는 기준에도 변화가 생겼다. 신체를 기계화해 150년간의 봉사에 서약한, 건강하고 쓸모 있는 사람들만 '인간'이라는 신분과 요새에서의 거주권을 얻었다. 배양 센터의 도움 없이 요새 바깥에서 태어나고, 태어난 그대로의 몸으로 병약하게 살아갈 수밖에 없는 자들의 평균 수명은 22세 내외였다. '인간'이 아닌 그들은 언제부터인가 '미등록'으로 불렸다.

요새는 '인간' 중심의 사회였다. 이주 계획의 연구와 그 보조에 도움이 되는 이들로만 구성되어 효율을 가장 우선으로 하는. 신체를 기계화해 건강한 몸으로 연합에 봉사한다면 누구나 '인간'이 될 수 있다고들 말하기는 했다. 그러나 미등록은 애초에 그걸 할 수 있는 능력이 없으므로 미등록이었다. 선택지는 처음부터 없었다.

요새는 미등록에게도 필수 식량을 배급하지만, 구역 단위로 뿌려지는 최저 분량의 식량이 어떻게 재분배되는가까지는 관여하지 않았다. 어려운 시기에 배급을 지속한다는 자체만으로도 '인간'들은 제 역할을 다한다고 생각했다. 누군가는 화성에 가기 위한 연구를 해야 하고, 그러기 위해 적절한 환경을 갖춰야 하며, 그 누군가가 바로 '인간'들이라는 것이 요새가 유지하고자 하는 질서였다. 그 질서가 없다면 남은 인류는 절멸할 거라고 했다. 틀린 말은 아니었다. 미등록에게는 화성 이주에 도움을 줄 수 있을 만한, 인류를 유지시킬 수 있을 만한 능력이 없었다. 그들은 누군가에게 의지해야만 했다. 그 누군가 또한 '인간'들이었다.

지난 400년간 이어져 온 흐름은 이러했다. 이러한 역사가 지금의 '인간성'을 공고히 만들었다.

미등록에게 '인간'이란 애초에 닿을 수 없는 영역이었다. 미등록이 꿈꿀 수 있는 최고의 신분은 공생인이었다. 인간을 보조하도록 선별된 일부 미등록들인데, 이들은 인간들의 편의를 위해 필요한 노동력을 제공하고 추가 배급 쿠폰과 면역 강화 주사를 대가로 받는다. 막대한 비용이 드는 인공 신체까지는 갖지 못해도 몸에 이상이 생겼을 때 필요한 치료 정도는 받을 수도 있다. 인간들이 치열하게 봉사하고 있는 화성 이주 프로젝트가 비로소 성공했을 때가 오면, 모두 함께 공평하게 살아갈 수 있다는 희미한 희망도 덤으로 받는다. 덕분에 공생인의 수명은 미등록보다는 두 배는 길다.

그러나 공생인이 되는 것은 극히 소수다. 공생인이 아닌 미등록은 이름 없이 태어나 대부분 이름 없이 사라진다. 질병으로 기아로. 예견된 요절로.

나도 한때는 공생인을 꿈꿨지만 그건 스무 살이 되도록 이루어지지 않은 꿈이었다. 주로 요새와 그 바깥을 오가는 배급원(이들도 공생인이다)들의 추천으로 공생인이 될 수 있는데, 내가 지내던 구역에서는 한 차례도 공생인이 나온 적이 없다.

친분이 있던 공생인 A11의 추천을 기대하지 않았다면 거짓말이었다. 배급을 나온 그가 나에게 요새의 역사나 글자를 가르쳐 주며 기억력이 좋다고 곧잘 칭찬했기 때문이다. 반칙이지만 좀 더 쓸 만한 의류와 신발이 들어 있는 배급 박스를 남몰래 알려 주기도 했다. 하지만 공생인으로 살아 보지 않겠냐는 제안은 단 한 번도 없었다. A11의 잘못은 아니었을 것이다. 공생인의 자리가 희귀하다는 것은 모두가 알았다.

"그때의 인간성은 뭐랄까, 내가 갖춘 조건이 아니라 타인에 대한 태도였을 거야."

규희의 목소리가 나를 지금으로 데려왔다. 미등록이었던 과거에서 지금의 반려인으로. 규희는 숲 향이 나는 차를 연달아 두 모금 마시며 오래전의 인간성에 대해 제 나름의 정의를 내렸다.

"태도요?"

"응, 타인이 있어야만 성립할 수 있는 개념이지. 그래서 정의가 고정되어 있는 게 아니라 유연해."

내가 도무지 모르겠다는 표정을 했는지 규희가 이어서 설명했다.

"예를 들면 누군가의 의견이나 생각에 공감하거나, 처지를 연민하거나, 그래서 도움을 주거나, 함께 있어 주고 싶거나 하는 마음가짐. 심지어 아무런 대가가 없어도 말이야."

정말? 그런 게 인간성이라는 뜻이었을까? 조금은 믿기가 어려웠지만, 전혀 모르는 개념은 아니었다. 내가 물었다.

"그건, 규희가 내게 한 일이 아닌가요? 날 반려인으로 입양하셨잖아요."

규희가 웃었다.

"그럴지도 모르겠구나."

규희는 인공 배양 센터에서 태어난 아이들이 18세에 성년을 맞이하고 '인간'이 되기 전까지 머무는 학교의 교사다. 규희 자신도 인공 배양 센터에서 태어나 인공 신체를 갖기 전까지 그 학교에 다녔다고 한다. 그것도 벌써 백여 년 전이니 아주 오래 전의 일이다. 규희의 양육자는 150년의 봉사를 마치고 자가 종료하기까지 교사였다. 규희는 그 일을 그대로 물려받았다. 요새에서는 양육자의 업무를 이어받는 것이 일반적이었다. 규희도 다른 직업을 생각해 본 적이 없다고 했다.

규희는 그의 양육자가 120세였을 때, 요새 본부에 인구 추가 신고를 하고 허가를 받아 배양 센터에서 수정시켜 태어난 아이였다. 규희가 성인이 되자 양육자는 심장부터 차례로 그의 몸을 인공 신체로 교체해 주고 10여 년의 시간을 더 보낸 후 150세에 생명을 자가 종료했다.

자가 종료의 방식만큼은 인간이나 미등록이나 동일했다. 지급되는 약물을 먹으면, 심장이 점차 느려진다. 고통은 없다고 한다. 미등록이 홀로 종료하는 것이 일반적인 반면 인간은 의료 구역에서 다른 인간들의 축복을 받으며 종료하는 것이 차이라면 차이다. 인공 심장을 멈추게 하는 다른 방법도 있으나 존엄하지 않다는 이유로 대체로 자발적인 약물 사용을 선호한다고 했다. 이를 통해 요새는 안정적으로 인구 쿼터를 유지한다.

요새에서 규희를 만난 것은 내 스물한 살을 며칠 앞둔 날이었고 규희는 121세를 막 넘겼을 때다. 그날은 나에게 결의의 날이었다. 어떤 고통이 찾아와 생을 마감하게 될지에 대한 두려움으로 남은 시간을 보내느니, 자가 종료 약물을 받는 편이 좋다고 결정한 날이었기 때문이었다. 나를 태어나게 한 미등록 둘은 2년 차이로 피를 쏟으며 사망했다고 한다. 많이 어릴 때여서 잘 기억나지 않는다. 그분들의 죽음은 입에서 입으로 전해 들은 것이다. 어디가 아팠는지까지는 알 수 없다. 결과만이 남을 뿐.

아프지 않고 죽는 미등록은 거의 없다는 건 알지만 내가 그중 하나가 되고 싶지는 않았다. 내 뜻대로 할 수 있는 유일한 일이라도 하고 싶었다.

그렇게 나는 요새로 향했다. 미등록이 요새에 합법적으로 들어갈 기회는 딱 하나, 자가 종료 약물을 받을 때였다. 요새 바깥은 인구 추가 신고 및 허가 시스템이 적용되지 않는다. 이런 환경에서 인구 쿼터를 유지하는 방법은 다소 잔혹하다. 요새 바깥 인구가 증가한다고 해서 배급 물량도 덩달아 늘어나지 않는다. 따라서, 요새에서는 배급 물량에 인구를 맞추기 위해 여러 정책을 사용했다. 가장 적극적으로 쓰이는 정책 수단이 바로 자가 종료였다. 배급원들이 그 자가 종료 약물을 광고하고 다녔다. 운이 좋아 평균보다 수명이 길어진 미등록이 가장 우선순위였다. 내 마음을 움직인 것도 바로 그러한 홍보 중 하나였다.

"오늘 네 이름은 '진'이야. 미등록 지원 센터로 가서 담당자가 '진'을 부르면 대답해. 이 그림을 보고 표지판을 따라가면 된다."

검역소의 인간은 손바닥에 미등록 지원 센터의 마크인 십자가 표시를 그려 주었지만 거들떠보지 않았다. 그림 따위는 없어도 괜찮았다. 나는 글을 읽을 수 있으니까. 명찰에 새겨진 그의 이름 또한 읽을 수 있었다. 인간들은 평생 하나의 이름만을 받아, 그것을 명찰에 새긴 채 살아갔다. '현범'은 내 머리카락을 가져가 생체 정보를 기록한 후, 나에게 '진'이라는 일회용 이름을 배정했다. 처음 가져 보는 이름이었다.

멀리서 본 요새는 약간 펑퍼짐한 구(球) 같았는데, 가까이서 보니 어마어마한 규모 탓에 정확한 형태를 인지하기 어려웠다. 겉면은 이름을 알 수 없는 단단하고 윤기 나는 은빛 소재로 덮여 있었다. 또한 전체가 한 덩이로 매끄럽게 마감된 형태가 아니라 각각의 막 하나하나를 구를 따라 덧대어 둘러싼 구조였다. 마치 그림으로만 보았던 꽃봉오리 같았다.

첫 번째 게이트를 지나자 두 번째 게이트로 향하는 표지판이 보였다. 벽에 붙은 안내판에는 '자동 필터 중'이라는 메시지가 깜빡였다. 첫 번째에서 두 번째 게이트 사이의 거리는 약 52미터. 그 사이를 채운 꽃잎들의 겹은 요새를 지키는 거대한 오염 정화 장치였다. 미등록과 인간을 가르는 두터운 벽이기도 했다.

두 번째 게이트를 빠져나와 높이가 얼마나 되는지 가늠도 안 되는 천장 아래로 들어갔을 때 표지판 찾는 일은 순간 까마득히 잊혔다.

　길도, 내부의 건물도, 그 안을 채운 것들도, 심지어 숨 쉬는 공기마저도 모두 온전하고 흠이 없는 상태였기 때문이다. 나는 그때, 질서라는 단어의 의미를 온몸으로 받아들였다. '질서를 지키세요.' 배급원들에게 수없이 들었던 말이지만 질서의 진짜 의미는 이곳에 있었다.

　바깥에도 길과 건물이 있지만, 질서와는 거리가 멀다. 그것들은 누구도 돌보지 않는 잔여물일 뿐이다. 깨지고 부서져 흙먼지와 산성비에 낡고 닳은 예비 무덤에 가깝다. 그리고 미등록은 그러한 무덤에서 사는 자들이다.

　무덤에 든 것을 인간이라고 부를 순 없지. A11의 빈정거림이 떠올랐다. 그는 인간들의 도움으로 제 명줄을 조금이나마 늘린 것을 언제나 으스대곤 했다. 그러면서 말했다. 언젠가 자기도 인간의 몸을 가질 거라고. 그 심장을 가질 거라고. A11은 반드시 기회를 잡을 거라고 확신했다. A11이라면 정말 그럴 수 있을 것 같았다.

　허나 나는 아닐 테다. 내가 어째서 인간일 수 없는지 이 반듯한 질서 속에서야 비로소 깊이 이해할 수 있었다. 인간이 된다는 건 질서를 갖는 것이다.

　한없이 낯선 환경에 눈이 약간 적응하고 나자 길을 걷는 인간들이 눈에 들어왔다. 생김새나 나이대는 각양각색이었으나 젊은 축은 요새 바깥 미등록과 크게 다르지 않은 생김새였다. 내가 입은 볼품 없는 배급품만 아니었다면 나와 그들을 구분할 수 없을 것만 같았다. 물론 그들의 내부에는 내 것과 가치를 비교하는 것조차 실례일 인공 신체가 들어 있겠지만, 그것은 육안으로 지금 당장 확인할 수 있는 것이 아니었다. 그 동질감이(과연 동질감이라 불러도 될지 모르겠으나) 이상한 용기를 불러왔다.

눈앞의 미등록 지원 센터 표지판은 무시하고 나는 잠시 길을 잃은 시늉을 해 보기로 했다. 오늘이 내가 요새에서 누리는 처음이자 마지막 하루가 될 것이었다. 어차피 마지막인데……. 인간들의 틈에 섞여 도심을 걷기 시작했다. 명찰 없는 미등록이라 붙잡힌다 해도 결과는 처음 결심했던 것과 같다. 더 나을 것도 나쁠 것도 없는 종료.

식료품이나 옷은 물론이고, 나는 용도를 다 알 수 없는 도구까지 가판대에 내놓은 커다란 건물들이 길가에 줄지어 있었다. 나중에 알고 보니, 그것을 상점이라고 한다 했다. 인간들은 배급을 기다리지 않고 직접 그 안으로 들어가 필요한 것을 골라 가지고 나왔다. 바깥과는 전혀 다른 방식이었다.

'화원'은 길을 조금 더 걷다 발견한 곳이었다. 상점가의 끝에 위치한 그곳에서는 꽃을 팔았다. 꽃을 실물로 보는 것은 당연히 처음이었다. 유리창 안쪽에 색색의 화려한 꽃봉오리들에 정신이 팔려 저절로 발이 이끌렸다.

상점 안으로 들어가, 창가에 놓인 한 화병에서 노란색의 주먹만 한 꽃을 한 송이 집어 들었다. 한 번도 맡아 본 적 없는 달큰한 향이 은은하게 의식을 침범했다. 줄기를 따라 손등을 적시며 흐르는 물줄기가 시원했다. 마셔도 좋을 만큼 맑은 물이었다. 나도 모르게 손에 맺힌 물방울에 혀를 갖다 댔다. 바깥에서는 단 한 방울도 물을 낭비해서는 안 되므로. 갈증이 났던 것도 같다.

"공생인?"

어느새 내 손은 다른 누군가에게 붙들려 있었다. 인간이다. 명찰에는 '운재'라는 이름이 새겨져 있다. 어깨와 팔이 다부지고 피부에 윤기가 흐르는 남성이다.

"함부로 만지지 않는 게 좋아. 네 한 달 치 배급보다 비싼 거니까."

난생처음 경험하는 악력에 나는 무력하게 꽃을 놓았다. 그는 소중한 꽃이 땅에 떨어지기 전 신속하게 잡아 다시 화병에 넣었다. 그러고는 나를 빤히 바라보았다. 너는 여기에 있어서는 안 된다는 듯이. 침묵이 흐르자 낮게 위잉 하는 소리가 작게 들려왔다. 아까까지는 미처 인지하지 못했던 소리였다. 인간과 오랫동안 가까이 마주 서 본 일이 없었던 그때는 그것이 그의 심장에서 나는 소리인 줄도 몰랐다. 질서의 소리였다. 나는 그 낯선 소리가 내뿜는 이질감이 두려워져 당장 돌아서 도망쳤다.

"잠시만. 공생인."

그 순간 화원 입구에서 다른 목소리가 나를 사로잡았다. 명찰에 '규희'라는 이름이 보였다. 고개를 들자 운재보다 훨씬 나이 든 여성의 얼굴이 나를 향해 있다. 중년과 노인의 경계에 있는 듯했다. 바깥에서는 본 적이 없는 연령대의 모습이었다.

 규희에게서도 위잉 하는 소리가 들려왔다. 운재의 것과는 또 다른 질서였다. 대체 몇 살일까. 세월의 흔적을 고스란히 담은 신체가 놀랍기만 했다. 화병에 담겨 잘 손질된 꽃과 규희가 크게 다른 것 같지 않았다. 스무 해 남짓에 종료되지 않는 삶이란 이런 것이구나. 나는 놀라움과 충격의 경계에 서서 규희를 오래 쳐다보았다.

 이내 정신을 차렸다. 환영하지 않는다는 운재의 메시지에 이미 수긍했는데 불필요한 두 번째 질책까지 받아들일 이유는 없었다.

 "나간다니까요. 그리고 난 공생인이 아니라 미등록이에요, 규희."

 일부러 그의 이름을 또박또박 발음해 읽었다.

 "이런, 난 그저 이걸 주고 싶었을 뿐이에요."

 규희는 아까 내가 집었다가 놓은 그 노란 꽃을 내밀고 있었다. 규희의 손등에도 물기가 흐르고 있었다. 이렇게 막 뽑아 들면 안 되는 모양인지, 운재는 당황한 듯 나와 규희를 번갈아 보았다. 나는 받지 않았다.

 "받아요. 돈은 내가 낼 테니까."

"왜요?"

"꽃은 원래 주고받는 거예요."

일부러 날카로운 태도로 쏘아붙이는데도 규희는 느긋한 미소로 다시 꽃을 내밀며 물었다.

"이 꽃의 이름은 리시안셔스예요. 나는 규희라고 하고요. 당신의 이름도 알려 줄래요?"

"미등록은 이름이 없어요."

"아마 오늘은 이름이 있을 텐데요."

규희는 미등록의 자가 종료에 대해서 잘 알고 있는 모양이었다.

"……진."

"진은 글자를 읽을 줄 아는군요."

규희는 나를 데리고 길가로 나와 표지판 몇 개를 읽게 했다. 요새 본부, 미등록 지원 센터, 승강기, 제3상점가, 의료 구역까지 모두 읽고 나자 규희는 내게 '반려'라는 것을 아느냐고 물었다. 처음 듣는 단어였다. 그 어느 표지판에도 반려라는 글자는 없었다. 다른 꽃의 이름인가도 싶었다. 내가 아무런 대답을 않자 규희가 다른 질문을 했다.

"오늘 뭘 좀 먹었나요?"

쉬운 질문이었다. 고개를 저었다. 요새에 들어온 이상 오늘 먹을 것이라고는 딱 하나, 정해 놓은 그것밖에는 없었으니까.

그리고 그날 나는 그것을 먹지 않았다. 대신 리시안셔스 한 송이를 들고 규희를 따라가 그의 집에서 식사를 했다. 규희가 만든 고급 음식물을 허겁지겁 집어삼켰다. 식품에 맛과 질감이 있다는 걸 처음 알았다. 배급품은 대부분 캡슐 형태였다. 그나마 조금 맛이 느껴지는 건 고작해야 영양 바(Bar) 정도였다. 나를 흐뭇하게 보며 규희는 말했다. 진은 내가 입양하겠어요, 이제부터 진은 내 반려인이에요, 라고.

제안이나 거래가 아니었다. 그것은 인간과 인간 사이에서나 가능한 일이다. 규희의 말은 선언이었다. 네가 도망치지 않는 이상 내가 너를 거두겠다는.

나는 미등록이며 요새에서는 어떤 권리도 없는 떠돌이 생명체였다. 죽을 날짜를 골랐던 내게 규희의 통보는 도무지 나쁠 수가 없었다. 나는 도망치지 않았다. 규희가 내준, 합성 젤라틴으로 만든 달콤한 간식까지 맛있게 해치웠다.

규희는 다음 날 나를 의료 구역에 데려가 중증 질환이 있는지 검사하고 면역 체계 강화 주사와 다양한 백신을 접종시켰다. 센터에서는 내 면역 수치가 심각하게 낮다고 했으나 미등록인 것을 감안하면 특별히 이상하지 않은 수치라고 했다. 인간보다는 수명이 짧겠지만 정기적으로 관리를 받게 되면 최소한 10~20년 이상은 공생인들 정도의 건강을 유지할 수 있을 거라고도. 그러니 크게 걱정할 것 없다는 말에 규희는 기뻐하며 집으로 돌아왔다.

그로부터 며칠 뒤 나는 위화감 없이 그곳을 내 집이라고 부르게 되었다.

입양은 요새에서 드물지 않은 관습이었다. 나는 인간들 곁에 머물 수 있는 존재가 공생인뿐인 줄 알았는데 그게 아니었던 것이다.

노동력을 제공하는 공생인과 다르게 반려인은 아무것도 하지 않는다. 그저 주인의 거처에서 함께 지내며 먹고, 자고, 지루함을 달래기 위한 놀이를 하며 하루를 보낸다. 그런 나를 주인은 사랑스럽다는 눈으로 지켜보기도 하고, 글자와 책 읽는 법을 알려 주고, 음악이란 걸 들려 주기도 한다. 함께 쇼핑이나 산책도 한다. 규희는 나에게 제가 입은 것보다 질 좋은 옷을 사다 주고, 머리카락도 깔끔히 손질해 준다. 그런데도 나에게 아무것도 요구하지 않는다. 심지어 간단한 청소조차도.

내가 지켜야 할 유일한 규칙은 이거다. 진, 하고 부르면 달려갈 것. 물론 만지지 말아야 할 것에 손을 대거나(업무용 자료라든가) 규희의 작업실에 들어가면(그곳은 집 안에서 유일한 나의 출입금지 구역이다) 엄한 목소리로 주의를 받기도 한다.

가끔 주인이 너무 늦게 귀가하거나, 나를 소홀히 하면 내가 심통이 나서 몇 시간이고 말을 하지 않을 때도 있다. 그러면 주인은 부드러운 음성으로 나를 달래곤 한다. 지금까지 나에게 다정함을 전하고자 애쓰던 존재는 없었다. 탓에 나는 언제나 결국에는 규희를 용서하고 기꺼이 그 품에 파고 들어가, 규희의 손이 물결을 그리듯이 내 머리를 실컷 쓰다듬도록 내버려 둔다. '내가 너를 많이 사랑한단다.'라고 속삭이는 규희의 나긋한 목소리를 들으면 좋은 꿈을 꾸게 된다.

규희는 심장과 뇌의 일부, 위장과 신장, 몇 군데의 관절과 근육을 인공화했다. 피부는 원래 인체 노화 속도의 절반으로 더디게 했다. 조금 늙은 듯한 모습이었으나 그것이 요즘 선호되는 외모였다. 아주 오래전, 노화된 외모는 사람들이 피하려 애쓰던 것이었지만 이제는 아니다. 자연스레 나이 든 겉모습은 요절이 흔한 시대엔 동경의 대상이다.

규희는 음식을 좋아한다. 그래서 영양 캡슐은 정말 급할 때만 먹고, 보통은 직접 만들어 먹는다. 규희에게 식사는 의무가 아니라 취미에 가까운 듯했다. 실제로 내가 어느 정도 집에 적응하자 규희가 내게 가르친 새로운 놀이는 요리였다. 샐러드, 푸딩, 배양육 요리 등을 배웠다. 바깥에서는 볼 수 없는 재료를 자르고 다듬어 굽고 찌고 볶는 것만으로도 즐거운 일이었는데 완성된 요리는 심지어 맛도 근사했다. 그리고 규희는 그것들을 내가 놀라워하며 먹는 걸 보길 좋아했다. '내 말이 맞지?'라는 표정을 하고서. 가끔은 내가 혼자 요리를 하도록 전적으로 맡기고 규희는 완성된 요리를 맛있게 먹는다. 이것이 놀이 방식이다. 하지만 '일'에 관해서라면 규희는 엄격한 면모를 보이곤 했다.

"도와드릴까요?"

요리의 종류가 조금 많았던 어느 날, 다 먹은 그릇을 치우는 일을 거들려 했더니 규희는 그러지 말라고 했다. 그래도 나는 하고 싶었다. 규희를 위해 무언가 하고 싶었다.
"나는 규희에게 아무 도움이 안 되는 게 싫어요."
"반려인은 도움 같은 거 될 필요 없어."
"그래도……."
"말했잖아. 너는 공생인이 아니라고. 내가 널 키우는 건 인간이 아닌 네 나이의 생명체를 곁에 두고 싶어서야. 요새에서 네 나이 또래는 모두 인간이니까. 그리고 자꾸 도움, 도움, 하는데 요새에 도움이 되기 위해서 직업을 이을 아이가 필요했다면 나는 배양 센터로 갔을 거야."
"알아요."
벌써 열 번도 더 들은 말이었다. 규희가 설교를 계속했다.
"인간은 말이야. 아주 오래전부터 반려 생명을 곁에 두고 살았어. 예전엔 그 개체가 개나 고양이 같은 동물이었지만, 반려의 종류 같은 건 시대와 환경에 따라 달라지게 마련이야. 하지만 반려가 존재하는 이유만큼은 변함없어."
규희는 내게 '네겐 어떤 의무도 없다'고 재차 강조했다. 일과 놀이는 다른 것이었다. 매번 고개를 끄덕였지만 그 말을 들을 때면 약간씩 쓸쓸해졌다. 죽음이나 질병, 공복을 고민하지 않아도 좋은 시간이 꿈같다가도 불현듯 의문이 들곤 했다. 정말 이렇게 지내도 되는 걸까? 어째서 이런 무용한 하루를 보내도 규희는 괜찮다고만 하는 걸까? 모두에게는 자신만의 의무가 있는데 나는? 의심이 몸속 한구석에서 사라질 줄을 몰랐다.

시간이 흐르며 나는 스스로에게 의무를 부여하는 것으로 타협점을 찾았다. 존재만으로 주인을 기쁘게 할 것. 학교에서 돌아와 피로에 지쳐 표정이 굳어 있는 규희를 어떻게든 한 번은 웃게 할 것. 오늘 읽은 책에서 가장 재미있는 부분을 과장해서 낭독하거나, 과거를 기록한 영상물에서 본 춤을 따라 춘다거나, 새로 알게 된 노래를 불러 주거나, 창밖으로 본 일에 대해서 수다를 떨거나. 아무 이야깃거리가 없는 날도 물론 더러 있는데, 그럴 땐 가만히 규희를 감싸 안고 내 턱을 그 어깨에 기댄다. 말없이 오래 그렇게 있으면 규희는 결국 작게라도 웃는다. 내 단발 곱슬머리가 규희의 뺨을 간질이기 때문이다. 규희는 아주 미약한 간지럼도 못 참는다.

"후후, 진. 그만. 알았어."

그 웃음을 확인하고 나면 도무지 설명하기 힘든 안도가 찾아온다. 며칠을 허기에 시달리다 드디어 캡슐을 손에 넣었을 때와는 다른 종류의 안도.

나의 목적지는 이제 죽음 대신 규희였다. 그것을 의심 없이 받아들였다.

A11을 다시 만난 건, 정기 중성화 주사 및 몇 개의 백신 접종을 위해 규희를 따라 의료 구역에 갔을 때였다. 규희가 반려인 전용 데스크에 내 진료 접수를 하러 간 사이 낯선 손길이 나의 어깨를 지그시 눌러 왔다.

"너, A32구역 애 아냐?"

대기 벤치에 앉아 있던 나는 고개를 들었다. A11이었다. 내가 너보다 열다섯 살은 많다고, 인공 신체 없이도 건강하다고 자랑하던 그의 예전 모습이 겹쳐 보였다. 예전엔 귀밑까지 오는 짧은 머리였는데 이제는 어깨까지 닿을 정도로 머리카락이 제법 길었다. 그간 A11에 대해 까맣게 잊고 있었다.

"뭐야, 살아 있었네. 다들 네가 미등록 지원 센터에 갔다고 해서 벌써 종료된 줄 알았는데 말이야. 누가 널 공생인으로 추천한 거였어? 똑똑하더니 역시 요새로 들어왔네."

그렇게 묻는 A11은 나의 옷차림을 의심스럽게 바라보았다. 공생인은 진한 푸른빛의 작업복을 주로 입는데, 나는 무릎까지 오는 길이의 청록색 원피스를 입고 있었기 때문일 것이다.

"어디서 일해? 정기 접종받으러 온 거야? 난 방금 막 마쳤는데."

쏟아진 질문에 무엇부터 대답해야 좋을지 몰라서 일단 지금의 처지부터 고백했다.

"아니요. 그러니까 나는...... 반려인이 됐어요."

반려인이라는 말에 반가움 넘치던 A11의 눈동자가 빠르게 온도를 잃었다. 내가 만져서는 안 될 물건에 손을 대거나 작업실 문을 열었을 때 규희가 그러했듯.

"반려인? 네가?"

도무지 믿을 수 없다는 눈빛이었다.

나는 작게 턱짓을 했다. 등을 보인 규희를 향해서. 규희는 이번에는 검사 항목이 많아 접수에도 시간이 걸릴 테니, 내게 여기서 얌전히 잘 기다리고 있으라고 지시했다. 나는 규희의 지시를 따르는 중이었다.

A11의 시선도 규희의 등을 향했다. 시선이 그곳에 한참 고정되어 있었다. 내가 다시 'A11?' 하고 부르기 전까지 나의 존재를 잊은 듯했다.

"……그런 거구나."

나의 부름에 A11은 느지막이 중얼거렸다.

"A11 덕분이에요. 글자를 읽을 줄 안다고, 내가 영특하다고 마음에 들어 했어요."

"그래?"

"아, A11은 인간이 되었나요?"

언제나 자신은 인간이 될 거라고 호언장담하던 그였으니까 지금쯤이면 그 꿈을 이루었을지도 모른다고 생각했다. 하지만 그 물음을 던진 것과 동시에 A11의 셔츠에 명찰이 없다는 사실을 알아 차렸다. 인공 심장 특유의 위잉 하는 기계음도 전해지지 않는다. A11도 셔츠의 빈자리를 흘깃 내려다보며 말했다.

"아직 노력 중이야. 인공 심장은 비용이 만만치 않아. 공생인은 추가 봉사 서약서도 써야 해서 복잡해. '인간'의 추천서도 필요하고. 사실 그 추천서라는 게 제일 열받는데."

"그렇다고 하더라고요."

규희와의 대화에 인공 신체가 화두에 오르는 일은 거의 없어 나는 인간이 되는 절차나 비용에 대해서 자세히 알지 못했다. 하지만 우선은 맞장구쳐 주었다.

"그래서 이제 넌 이름이 뭐니?"

물론 명찰은 없겠지만, 이라고 덧붙이며 A11이 물었다.

"진이요."

"설마 입구에서 준 이름은 아니겠지?"

"맞는데요."

"놀랍지도 않다."

A11은 콧방귀를 뀌었다. 그는 이름에 큰 의미를 두고 있는 것 같았다. 그는 나중에 인간이 되면 제 이름을 '해인'이라고 지을 거라고 곧잘 말하곤 했다. 배급원으로 일하는 공생인들은 관할 지역과 숫자를 조합한 이름을 사용한다.

나는 곁에 앉은 그의 옆얼굴을 바라보았다. A11은 다시 저쪽, 규희의 등을 보고 있었다.

"규희는 이름 같은 건 아무래도 좋은 거지."

A11이 규희의 이름을 말했다. 이상하다. 등에는 명찰이 없는데, 내가 대화 중에 규희라는 이름을 말했던가? 하지만 그랬을 가능성은 없다. 나는 집 바깥에서는 무조건 규희를 '주인'으로 호명한다. 저분이 나의 주인이에요, 라고.

"규희를…… 알아요?"

"잘 알지."

나는 아직 요새에 들어온 지 2년이 채 되지 않았다. 빈면

A11은 벌써 수년이나 공생인으로 일했으니 두 사람이 서로 안면이 있을 가능성도 있다. 규희의 학교에도 청소와 시설 관리 등을 돕는 공생인들이 몇 명 있다고 들었다. 그런데 A11은 배급원인데 대체 어디서……. 나처럼 상점가에서 우연히? 그런 경우는 '잘 안다'고 하기엔 무리가 있었다.

"잠깐 나올래?"

여기서 말하기는 곤란한 듯 A11이 입구를 가리켰다. 규희는 내게 여기에 있으라고 했기에, 나는 망설였다. 규희는 간호사와 긴 대화를 나누는 중이었다. 잠깐이라면 괜찮을 것 같다. 화장실에 다녀왔다고 하면 되니까.

A11이 알고 있는 규희가 궁금했다. 함께 산다고 해도 내가 규희에 대해서 다 알지는 못한다. 내가 알지 못하는 규희에 대해서 다른 사람에게 들을 수 있다는 기회는 짜릿한 것이었다.

A11을 따라 센터 밖으로 나갔다. 앞뜰에는 반려인을 동반한 인간들과 정기 접종을 위해 방문한 공생인들이 드문드문 보였다. A11은 입구에서 가능한 멀리 떨어지려는 듯 건물 모퉁이 쪽으로 속도를 내 걸어갔다.

"같이 가요, A11."

"해인이라고 불러."

안 될 것도 없다. 그가 원하는 이름으로 불러 주는 것 정도야 어렵지 않다. 나 역시 명찰이 없었지만 진이라고 불리니까. 명찰이 없는 녀석들끼리 서로 이름을 부르는 행위가 인간들에게 조금 우스워 보일 수는 있을 것이다.

인적이 없는 건물 모퉁이에 다다랐을 때 A11이 말했다.

"넌 네 번째야."

"네?"

"하나, 둘, 셋, 넷. 네 번째라고."

A11은 손가락을 꼽아 가며 숫자를 센 후, 새끼손가락 하나만 세운 채로 내게 말했다.

"네 번째라뇨……?"

"네 번째 반려인. 보자, 규희가 지금 123살쯤 되었나? 124살? 나도 이제 헷갈리네."

백 단위가 넘어가는 숫자를 말할 때 손가락은 쓸모없다는 듯이 A11은 양손을 주머니에 찔러 넣었다. 내가 모르는 규희에 대해서 알고 싶어서 A11을 따라 나오긴 했으나 정작, 내가 얻은 정보는 바라던 바와는 성격이 조금 달랐다.

나의 굳은 얼굴을 보며 A11은 휘파람을 불었다.

"저, A11."

"해인."

"해인, 그럼 내가 네 번째 반려인이라면 첫 번째, 두 번째, 세 번째는 어떻게 된 건가요?"

A11이 나를 데리고 나온 이유를 어렴풋이 알 것 같았다. 규희는 내게 한 번도 과거의 반려인들에 대해 말해준 적이 없었다. 이것은 비밀이었다. 비밀은 은밀한 곳에서 속삭여야 하는

거라던, 얼마 전 읽은 소설의 문장이 떠올랐다.

"첫 번째는 파양이었어."

그리고 나는 낯선 단어를 배우게 되었다.

"'수미'라는 반려인이었는데 12년을 함께 지냈대. 그런데 그쯤 시간이 흐르자 수미에게 이제 나이 들었으니 새로운 젊은 반려인을 맞고 싶다고 했다더군. 지루해진 거지."

입양의 대칭점에 있는 단어가 존재하리라고는 생각해 본 적이 없었다. 매우 충격적인 개념이었다. 규희는 그런 단어를 입밖에 낸 적도 없었고 나 역시 어디에서도 들은 적 없었다. 그럴 가능성에 대해서는 한 번도 떠올려 본 적조차 없다. 거리로 되돌려 보낼 거라면 어째서 애초에 입양을 하는 거지?

"파양되면…… 어떻게 되는데요?"

"선택은 자유지. 요새 밖으로 나가서 때를 기다릴 수도 있고. 다시 그 삶으로 돌아가고 싶지 않다면 미등록 지원 센터로 갈 수도 있고."

미등록 지원 센터에서 미등록들에게 지원해 주는 것은 단 하나뿐이다. 자가 종료.

"그렇지 않아도, 두 번째가 종료였어."

'연호'라는 이름의 두 번째는 규희와 지낸 지 8년째 되던 해에 건강이 급격히 나빠졌다고 했다. 규희는 그를 치료하기 위해서 갖은 노력을 했지만 한계가 있었다. 의료진은 시간이 몇 달 안 남았음을 규희에게 고지했다. 그 사실을 알게 된 두 번째는 스스로 집을 나와 미등록 지원 센터로 가서 자가 종료를 시행했다.

내내 다물렸던 입이 서서히 벌어졌다. 여러 가지 질문들이 머릿속에 쌓이고 있었지만 이제 고작 두 번째였다. A11의 말을 더 들어야 할 것 같았다.

"세 번째가 나야."

여느 때보다 나를 똑바로 응시하며 A11이 말했다. 심장이 쿵쿵 뛰었다. 남들에게 이 소리가 들리지 않을까 염려될 정도로 빠르고 무겁게. 나도 모르게 내뱉은 숨이 귓가에 유난히 크게 울렸다.

"나는 D구역 출신이야. 13년 전에 종료하려고 들어왔다가 우연히 규희를 만났어. 지난 반려가 떠나고 그간 쓸쓸했다면서, 그리고 내가 예쁘게 생겨서 마음에 든다며 입양하고 싶다고 했어. 당장 따라갔지."

"그런데요……?"

"그런데 나는 지금 그 집에 있지 않잖아? 네가 있지."

그 이유가 궁금했다.

"파양이야."

존재하는 줄도 몰랐던 단어가 다시 들려왔다. 눈가가 떨렸다.

"우린 5년 정도 같이 살았어. 그 무렵 내가 좀 대들긴 했지만, 규희는 기어이 날 쫓아냈지. 넌 필요 없다면서. 운이 나빠 공생인이 못 되었더라면 이미 종료됐을 거야, 나는."

"규희는 그럴 주인이 아니에요. 규희는 날 사랑해요!"

규희는 나에게서 필요를 찾는 주인이 아니었다. 심지어 아이가 필요했다면 배양 센터로 갈 거라고 하지 않았던가. 나는 필요가 아니라 존재였다.

A11이 말하는 규희를 도저히 믿을 수 없었다. 이건 모함이다. 『4세대』를 비롯한 많은 소설에서 어떤 인물은 주인공에게 혼란을 주기 위해 일부러 거짓말을 한다. 그저 그를 상처 입혀 나약하게 만들기 위해서.

소설 바깥의 현실, 그러니까 이곳 요새에서 질서를 가지고 살아가는 인간에겐 어울리지 않는 비겁한 행동이다. 인간의 인간됨, 화성 이주 프로젝트가 성공할 때까지 인간이 지켜 나가야 할 엄격한 질서를 아이들에게 가르치고 있는 규희가 그랬다고는 더더욱 믿기 어렵다.

A11이 짐짓 여유로운 얼굴로 코웃음을 쳤다.

"아하, 그래. 그치. 인간들은 질서와 원칙을 중요하게 생각하지. 하지만 그건 자기들, 그러니까 인간들 사이에서나 유효해. 우린 그 계산에 포함되지 않아. 넘치면 종료시켜야 할 존재일 뿐이지. 반려라고 다른 줄 알았어?"

"······."

"반려인은 인간들의 사치일 뿐이야. 다들 입양과 파양도 대수롭지 않게 해. 내가 허튼소리를 한다고 생각하면 집에 돌아가서 작업실을 좀 둘러봐. 규희가 없을 때. 책상 가장 아래 있는 서랍에 상자가 하나 있을 거야."

작업실이라니. A11은 금지된 곳을 말했다. 나는 숨을 죽였다.

"그리고 너도 인공 심장을 갖고 싶지 않아?"

"네……?"

"인공 심장을 갖고 싶지 않냐고. 한 번도 생각해 본 적 없다고는 안 하겠지?"

"……."

"있잖아. 나는 규희가 어째서 두 번째에게 인공 심장을 주지 않았는지 이해할 수 없어. 사랑하는 반려인이 죽어 가는데 계속 함께 있고 싶다면, 그 정도는 해야 하는 거 아니야?"

아까 나도 어렴풋이 그 생각을 떠올리긴 했다. 규희는 왜 두 번째에게 인간성을 주지 않았을까.

"규희 정도의 능력이면 그 정도는 충분히 해 줄 수 있는데."

"반려인은 인간이 아니니까요."

그러나 나는 규희가 나를 곁에 두는 건 인간이 아니어서라고 했던 말을 똑똑히 기억한다. 인간성은 규희가 반려를 선택하는 조건에 위배된다.

"글쎄. 반려인이 동등한 인간이 되는 걸 용납할 수 없어서가 아니고?"

"은혜를 모르는군요, A11은."

"해인이야. 그리고 나는 네가 인간이 되고 싶지 않은지 묻는 거야."

A11은 내 말을 무시하며 재차 질문을 던졌다.

"생각해 본 적 없어요."

"그렇구나."

대꾸는 가벼웠다. 애초에 내가 무슨 말을 하든 귀담아듣지 않았을 듯한 무게감이었다. 이 대화에 심긴 무게는 내가 짊어질 것이 아니었다. 규희를 향한 A11의 원망과 분노는.

"그래도 이제는 달라져야 할 거야. 네가 앞으로 규희의 곁에 얼마나 머물 수 있는지, 그리고 그 마지막 날이 언제쯤인지. 앞으로는 계속 생각해야 해, 진. 반드시."

A11은 벽에서 등을 떼며 뒷걸음질로 멀어져갔다. 그의 시선은 내게 줄곧 고정되어 있다가 서로를 알아볼 수 없을 만큼 멀어져서야 간신히 떨어져 나갔다. 예전, 바깥에서 배급품을 두고 떠날 때처럼. 내가 너에게 해 줄 수 있는 건 별로 없지만 곧 다시 만날 테니 그동안 어떻게든 잘 지내라고 말하는 듯한 걸음. 그땐 나를 부르는 호칭이 '진'이 아니라 '꼬마야'였지만.

"규희는 왜 아이를 만들지 않아요?"

나의 질문에 규희는 면을 감던 포크를 멈췄다.

"규희도 123살이니까 이제 일을 물려줄 아이가 필요하지 않아요?"

"네가 궁금해 할 이야기는 아닌 거 같은데."

규희의 얼굴에 달갑지 않은 표정이 서리자 나는 입을 다물었다. 규희가 흥미와 애정 가득한 눈빛으로 나를 관찰하거나 바라보는 일이 줄어들었다. 신학기라 새로 적응해야 하는 업무가 많아 피로한 탓이려니 생각하지만, 지난달 의료 구역에서 A11을 만난 것이 그 기점인 것 같다는 생각이 어쩐지 떨어지지 않는다. 이젠 내가 지루해진 걸까.

아니면, 규희가 일하러 나간 사이 내가 몰래 작업실을 열고 들어가 서랍을 훔쳐본 걸 눈치채기라도 한 걸까. 흔적을 남기지 않으려고 무척 노력했는데 헛수고였을까. 하지만 평소 규희는 내가 잘못된 행동을 했다면 담아 두지 않고 혼내는 성격인데 그런 일은 없었다.

어느새부터인가 나는 규희의 눈치를 살폈다. 이전에는 이 집에서 내가 잘못 행동했는지 아닌지에 대해서만 신경 썼다면, 이제는 보이지 않는 규희의 속내를 짐작하며 수많은 상상을 한다. 최선의 방향 또는 최악의 방향, 인간성으로 설명될 수 없는 어떤 변덕들을.

생각에 빠져 있는 내가 주눅 든 줄 알았는지, 곧 규희는 달래는 목소리를 냈다.

"아예 생각이 없는 건 아니야, 진. 고민 중이란다."

규희가 긴 한숨을 쉬었다. 나는 얼른 미소를 지었다.

"그냥 궁금했어요. 얼마 전 공원을 산책할 때 아기를 봤거든요."

"그래."

거짓말이었지만 규희는 대수롭지 않게 넘겼다.

"아이 계획이 없다면, 내가 규희의 일을 배워 보는 건 어떨까요?"

담담하게 말했다. 그리 심각하게 계산한 것은 아닌 양, 갑자기 생각난 것을 툭 이야기하듯이.

규희의 눈이 커졌다. 눈가에서 볼로 떨어지는, 짙은 한 쌍의 곡선 줄기가 연해졌다. 규희가 놀랄 때 나오는 표정이다.

"내가 똑똑하다고 했잖아요. 앞으로 20년 정도 규희가 잘 가르쳐 준다면 다른 인간들보다는 조금 늦어도 요새에 도움이 되지 않을까요?"

"그러니까 지금, 인간이 되고 싶다는 말이니?"

"기회가 있다면 말이에요."

"이런. 진. 요새는 그런 방식으로 돌아가지 않아. 반려가 인간이 되는 일은 없어."

"규칙으로 정해져 있나요?"

나의 제안, 아니 상상이 어처구니가 없었는지 실소를 터뜨리며 대답하던 규희가, 그 질문에 비로소 말이 멎었다. 규희도 나도 답은 알고 있다.

"소문을 들었거든요. 공생인 중에 간혹 인간이 되는 사람들도 있다고요. 그럼 미등록이나 반려인에게도 불가능한 건 아닐 거 같아서요."

"물론 인간이 된 공생인이 있어. 내 평생 딱 두 명 봤지. 아주 특별한 경우야. 그 모두 후원자가 있었고, 요새의 프로젝트에 상당한 도움을 줄 수 있는 인재들이었어. 그걸 예외라고 하지."

길고 친절한 설명이었지만 나, 진은 거기에 해당하지 않는다는 암시가 포함되어 있었다. 이 문제에 대해서 그만 이야기하고 싶다는 뜻도.

"그렇군요."

나는 아직 요리가 반도 더 남은 그릇에 포크를 톡 내려놓았다. 예의 없는 행동이라 규희가 좋아하지 않을 걸 알지만 몸이 저절로 움직였다. 오늘은 사실 그렇게 배고프지도 않았다.

"나도 한 가지 물어도 될까?"

허락을 구하는 듯했지만 실상은 통보였다. 그 점을 모르지 않아 나는 고개를 숙인 채 살짝 치뜬 눈으로 규희의 다음 질문을 기다렸다. 규희는 이번엔 나의 무례에 대해 불쾌감을 감추지 않고 차갑게 물었다.

"작업실에 들어갔니?"

"아뇨."

암기한 것을 내뱉듯 대답했다. 당연히 규희는 믿지 않았다. 규희가 질문한 이유는 진실을 알고 싶어서가 아니라, 잘못을 고백하라는 뜻이라는 걸 알았지만 나는 고집을 부렸다.

"솔직히 말하면 용서해 주마."

"들어가지 않았어요."

"진."

"아니라고 하잖아요. 왜 날 못 믿죠? 진짜 무례하네요, 규희."

그때였다. 늘 나를 다정하게 쓰다듬던 손바닥이 날카로운 소리와 함께 내 뺨에 붉은 자국을 남긴 것은.

어느새 규희는 내 앞에 서 있었다. 나를 때려 놓고도 스스로 놀랐는지, 어쩔 줄 모르고 허공에 머무르던 손이 이내 아래를 향해 툭 떨어졌다. 나는 고개를 숙였다. 왼뺨이 약간 화끈거렸지만 괴로울 정도는 아니었다.

숨을 가다듬은 규희가 다시 입을 열었다.

"나는 거짓말은 좋아하지 않아. 거짓말은 단단하던 질서에 실금을 만들지."

그의 목소리는 평소처럼 침착했다.

"몰래 훔쳐봤다면 알겠지만, 지금 네 자리에는 다른 아이들이 있었던 적이 있어. 그 아이들과의 사이에서 생겨난 금을 막을 수 없었던 게 안타깝기는 해. 금이 생기는 데는 여러 가지 원인이 있으니 모든 것을 예방할 수 없는 건 당연하겠지. 하지만 너는 좀 다를 줄 알았는데."

너는 좀 다를 줄 알았는데. 그 말에 울컥했다. 내가 좀 다르다고 무엇이 달라지는 거지? 달라지는 게 있기는 한 걸까?

두 달 전, 나는 A11이 시켰던 대로 작업실의 책상 서랍을 열어 보았다. 거기엔 내 손바닥 네 개 정도 면적의 철제 상자가 있었다. 사진과 서류들이 보관된 상자였다. 지난 세 반려인과 나의 사진들과 건강 검진 기록 등이 보였다. 모두 암성이었다. 그중 누가 첫 번째이고 두 번째인지는 구분하기 어려웠으나 세 번째만은 금세 알아볼 수 있었다. 기억 속 모습보다 훨씬 어린, 지금 내 나이 또래의 A11이 규희의 품에 안겨 활짝 웃고 있었다.

그래도 이제는 달라져야 할 거야. 네가 앞으로 규희의 곁에 얼마나 머물 수 있는지, 그리고 그 마지막 날이 언제쯤인지. 앞으로는 계속 생각해야 해, 진. 반드시.

상자를 열어 버린 후로 A11의 그 말이 내내 머리에서 맴돌았다. 그 질문으로부터 자유로워지고 싶다는 욕망이 가득했지만 규희와 마주할 때면 자연스럽게 떠올랐다. 잘 견디고 잊고 싶었는데 결국 두 달을 넘기지 못하고 드러내 버렸다, 나의 불안을. 확인하고 싶었다. 나는 A11과는 다르다는 것을. 나를 향한 규희의 애정은 진짜라는 것을. 그렇게 해서 규희의 사랑을 고정시켜 두고 싶었다.

"너를 많이 사랑한단다. 진."

눈물을 뚝뚝 흘리고 있는 나를 규희가 끌어안았다. 꾹 삼키고 있던 울음소리가 조금씩 새어 나오기 시작하다 흐느낌으로 변했다.

"다시는 이러지 말자. 약속해, 진."

"네."

하지만 나는 약속을 지킬 수 없었다. 불안은 부피를 점점 늘려갔다. 규희는 분명 내가 처음 이 집에 왔을 때와 같지 않았나. 난 이제 거우 2년 반이었다. 12년을 함께 지냈던 첫 번째도, 5년을 지냈던 A11도 파양되었는데, 나는 그들과 무엇이 다를까. 매 순간 의심에 의심이 쌓여 하루하루를 짓눌렀다. 식욕도 사라지고 잠도 깊이 자지 못했다.

내 안색은 눈에 띄게 나빠졌다. 규희가 나를 의료 구역에 데려가는 횟수와 빈도가 증가했다. 의료 구역에서 일하는 인간들은 나에게 영양제라는 걸 처방했다. 음식물보다 캡슐을 더 많이 먹어야 했다. 캡슐들은 입안에 특별한 감각을 남기지 않았다. 내게 아무런 기쁨도, 놀라움도 주지 않았다. 미등록 지원 센터에서 받은 약물을 먹으면 이런 감각을 느끼지 않을까, 라는 생각이 들었다. 요새 바깥에서 살던 기분을 아주 오랜만에 다시 느끼게 되었다.

나는 의료 구역에 가는 것이 달갑지 않았다. 의료 구역에서 내가 진찰받는 동안 대기하는 규희의 시선을 쫓을 때면 감당할 수 없는 슬픔이 찾아왔기 때문이다. 업무용 휴대 패널로 최근의 소식이나 수업 자료를 읽으면서도, 이따금 규희의 시선은 검진이나 진찰을 받으러 온 다른 반려인을 향했다. 그들의 건강한 안색과 환한 미소에는, 미등록으로는 누릴 수 없는 그 모든 것을 대가 없이 가지게 된 기쁨이 넘쳐흘렀다. 얼마 전까지 나도 그렇게 웃을 수 있었는데.

나는 생각을 고쳐먹는다. 규희는 일부러 나를 의료 구역에 데리고 왔어. 내게 싫증 났고 귀찮아졌다면 미등록 지원 센터로 보내거나, 굶어 죽어 가게 놔 두었겠지. 규희는 나를 아끼고 사랑해서 이렇게 돌보는 거야. 내가 규희의 반려인이니까.

그러나 한편으로는 A11의 목소리를 상기하고 만다.

네가 앞으로 규희의 곁에 얼마나 머물 수 있는지, 그리고 그 마지막 날이 언제쯤인지. 앞으로는 계속 생각해야 해, 진.

그 말은 저주 같다. 그런 날 밤이면 어김없이 규희의 다섯 번째 반려인의 꿈을 꾼다. 규희가 다섯 번째 암성 미등록을 데려와 소개하며 '이 애가 내 마지막 반려인이야.'라고 말하는 장면이 반복된다.

알고 있다. 마지막 날이 언제가 될지는 계속 고민한다고 해서 내가 결론지을 수 있는 문제는 아니었다. 내 머릿속에는 나이 들어 파양된 첫 번째와 병들어 스스로 종료한 두 번째의 잔상이 내내 남아 있었다. 그 두 가지를 합친 운명이 나인 것만 같았다.

규희는 때로는 활기찼고 때로는 무기력했다. 그 사이에서 나는 매일 줄타기를 해야 했다. 규희를 사랑한다는 말은 이전처럼 편안하게 입술을 통과하지 못했다. 더 나쁜 건 규희도 그걸 알고 있다는 것이다. 하지만 진심이 변한 건 아니었다. 나는 규희를 사랑한다. 그 말의 무게가 내가 감당하기 힘들 정도로 커졌을 뿐이다.

"입에 맞았으면 좋겠구나."

오랜만에 규희의 요리를 먹는 저녁이었다.

메뉴는 옥수수를 눅진하게 삶아 끓인 소스를 얹은 곡물밥이었다. 내가 좋아하는 음식을 규희가 일부러 만들어 준 것이다. 차려진 음식을 보자 침이 꼴깍 넘어갔다. 그 반응에 규희도 안심한 듯이 미소를 지었다.

"잘 먹겠습니다."

한입 가득 물자 혀를 따듯하게 녹이는 온도와 달콤함이 다정하게 밀려들었다. 첫 숟가락은 두 번째를, 두 번째는 세 번째를 불렀다. 맛있었다. 식탁에 놓인 화병에는 싱싱한 리시안셔스 두 송이가 꽂혀 있었다. 우리를 처음 만나게 했던 꽃. 특별한 것과 좋아하는 것으로 채워진 식탁은 불안과 슬픔을 금세 누그러뜨렸다.

규희는 나랑 사랑한다.

말하지 않아도 알 수 있는 메시지가 규희와 나 사이에 가득했다. 불안과 의심은 지우고 다시 관계를 회복할 수 있을지 모르겠다는 생각을 떠올렸을 때, 규희가 말했다.

"오늘 말도 안 되는 일이 있었어."

"학교에서요?"

"응, 네겐 숨길 거 없는 이야기니까 있는 그대로 말할게. '다은'이 오늘 교실로 찾아왔어."

잠시 '다은'이 누구였는지 헷갈렸지만 늦지 않게 그 이름의 주인을 떠올릴 수 있었다. 그건 A11이 이 집에 살 때의 이름이었다. 요새 입구의 검역소에서 받았을 이름.

"왜요?"

동그래진 눈으로 물었다.
"추천서를 써 달라고 하더구나. 인공 심장 승인을 받기 위한."
인공 심장을 얻기 위해 얼마나 절차가 복잡한지 성토하던 A11의 얼굴이 떠올랐다. 그 추천서를 규희에게 달라고 했다니. A11은 대범하다고 해야 할까, 겁이 없다고 해야 할까. 그런 성격이라면 규희가 A11을 파양한 것이 아니라 A11이 가출했던 건지도 모르겠다.
"그래서요?"
"당연히 거절했어. 그 애는 인간이 되어도 요새에 아무런 도움이 되지 않아. 신체 조건을 만족한다고 요새에 봉사할 수 있는 건 아니잖니? 그 앤 아무 전문 지식도 기술도 없는걸, 상업 활동을 할 자본도 없고. 공생인 자리를 얻은 것만 해도 감사해야지. 건방져. 참, 심지어 비용을 다 모은 것도 아니란다. 추천서가 있어야 후원인을 모집할 수 있다나. 아무튼 나는 이해할 수 없어, 그 아이의 행동 하나하나."
규희의 말을 듣는 동안 질문들이 떠올랐다.
A11의 행동을 지지한다는 것은 아니었다. 내 의문은 조금 더 근본적인 것이었다. 반려인에게 아무런 의무가 없듯, 인간도 그래서는 안 되는 걸까? 인간이란 무조건 쓸모를 갖춰야만 하는 존재인 걸까? 지금 당장 도움이 되지 못하는 존재는 마땅히 종료되어야만 하는 걸까? 어째서? 누구나 자신이 바라는 이름을 가지고, 지금보다 조금 더 오래, 그러나 쓸모없이 살면

안 되는 걸까?

  감히 물을 수는 없었다. 이미 규희는 A11을 이해할 수 없다고 결론을 내렸다. 나는 '이해할 수 없는 애'로 전락하고 싶진 않았다.

"다은이 왜 집을 나갔는지 아니?"

고개를 저었다.

"나에게 심장을 요구했어. 몇 주, 아니지, 몇 달을 조르더구나. 인간이 되고 싶다고."

  그때의 규희는 거절했다고 한다. 완곡하게, 그러나 확실하게. A11은 지치지 않고 요구했다. 인간으로 만들어 달라고. 당신과 내가 무엇이 다르냐고. 인공적으로 신체를 향상했느냐, 시키지 않았느냐의 차이일 뿐, 그 정도 차이는 언제든 극복할 수 있는 게 아니냐고.

  들어주다 못한 규희는 단호하게 호통을 쳤다.

  널 너무 가르쳤구나. 좋아, 장기를 교체하면 우리의 신체적인 능력은 비슷해질지도 몰라. 하지만 너는 능력이 없어. 자격이 없다는 소리야. 네가 내일 나 대신 당장 학교에 출근해서 아이들을 가르칠 수 있니? 아니면 화성 이주 프로젝트 연구에 도움을 줄 거니? 그것도 아니라면 저예산 고품질의 배급품 생산 플랜을 짜거나, 기후 알람이 울리지 않도록 엄격하게 쿼터를 운영할 수 있어? 천만에. 넌 하등 쓸모없어. 넌 내가 베푼 자비로 살아갈 뿐이야.

과거의 규희가 한 말이 지금 이 순간 내 심장으로 후드득 떨어져 내렸다. 나를 직접적으로 겨냥하지는 않았으나 비껴갈 수도 없는 말들이었다.

가만 듣고 있던 내가 말했다.

"그러니까, 인공 심장을 얻었다고 해서 인간성을 감당할 수 있다는 뜻이 아니군요."

"그래, 맞아. 내 말이 그거란다."

규희가 동의했다. 나는 규희가 좋아할 말을 골라서 말했다.

"인간성이란 막대한 책임이 따르는 거니까."

"역시 넌 똑똑해, 진. 그래서 어디에 있든지 분명히 사랑받을 거야. 안심이 된다."

이야기의 주인공이 변했다. 학교에 찾아 온 예기치 않은 손님 A11에서 나로. 밥을 마저 입에 넣으려다가 숟가락을 내려놓았다.

"사실 오늘 네게 할 말이 있어. 네가 예전에 물었지. 아이를 만들 계획이 없냐고."

"······네."

"며칠 전에 배양 센터 상담을 받았어. 곧 준비를 할까 해."

인간성을 얻기 전 냉동해 둔 난자가 있다고 했다. 규희는 나의 주인이므로, 나의 의견이나 기분과 상관없이 무슨 일이든지 할 수 있다. 규희에게 아이가 생긴다. 규희의 일을 물려받을. 규희에게는 150년간의 봉사 종료를 앞두고 제 마지막을 준비하는 새로운 과정인 것이다.

좋은 일이다. 이 집에 새 식구가 생긴다니. 그러나 달갑지 않았다. 좋지 않은 예감이 들었다.

"그렇…… 군요."

"그날 네 말을 듣고 정말 시간이 얼마 안 남았다는 걸 깨달았어. 오랫동안 아이는 남기지 않겠다고 생각했는데 막상 시간이 되니 마음이 바뀌는구나. 배양 센터에서 아이가 태어나면 양육에 전념할 예정이야. 우리 때는 희망이 적지만 그 아이의 세대에는 프로젝트가 성공했으면 좋겠다는 마음도 있고."

규희의 눈동자는 아직 이 자리에 없는 그 아이를 향해, 식탁의 어딘가에 머물러 있었다.

"비록 그땐 너를 조금 혼냈지만, 생각해 보니 네가 먼저 말을 꺼내 줘서 고맙다는 생각이 들었어. 그래서……. 아무래도 아이와 반려인을 함께 두는 건 흔치 않은 일이라 조만간 너를 다른 집으로 재입양 보낼까 해. 걱정 마. 갈 곳은 정해 두었어. 서로 이야기도 마쳤고. 내가 존경하는 사람의 집이란다."

"……."

비로소 그 시선이 나에게 고정되었지만, 전혀 기쁘지 않았다. 조금도 생각하지 못한 방향이었다. 숨이 멎을 것 같았다.

"이런, 진. 놀랄 일이 아니야."

규희가 나를 달래기 위해 이쪽으로 건너와 어깨를 끌어안았다.

"거긴 내 집보다 훨씬 훌륭한 곳이야. 새 주인은 식물 연구원이라 너에게도 즐거운 일이 더 많이 생길 거야. 기뻐해야 하는 일이라고."

나의 기쁨은 아까 리시안셔스를 발견한 순간에서 앞으로 더 나아가지 못했다. 오히려 후퇴했다. 규희의 이야기는 내가 이해하기 힘든 영역이다. 규희가 없는데 왜 기뻐야 하지? 이해를 못 하는 것은 내가 인간이 아니어서일까? 내가 무지해서? 차라리 그랬으면 좋겠다.

"게다가 지금 당장도 아닌걸. 앞으로 몇 달이나 남았어. 그 사이에 천천히 인사를 시켜 줄게."

딩동.

그때 초인종 소리가 들려왔다.

"이상하네, 이런 시간에……."

규희는 중얼거리며 나를 남겨 두고 현관으로 나갔다. 우리 집에 예고 없이 찾아오는 손님은 인구 조사 요원 또는 에너지 적정 사용 검침원뿐이다. 그러나 그 둘은 모두 다녀간 지 며칠이 채 되지 않았다.

누가 찾아왔든 지금 내게 중요한 문제는 아니었다. 규희가 보지 않는 틈에 얼른 눈물을 슥슥 훔쳐 냈다. 마음을 가라앉히며 규희가 말한 대로 이게 정말로 기쁜 일인지 잘 생각해 보려고 했다.

규희는 금방 돌아오지 않았다. 규희에게 무슨 말을 할지 성리를 마친 것도 아니었지만, 너무 오래 돌아오지 않으니 이상했다. 규희를 찾으러 가야 할까, 하는 생각이 들 무렵이었다. 큰 목소리가 들려왔다.

"정말 경우가 없구나, 다은!"

그 이름에 찾아온 손님의 정체를 알게 되었다.

"경우? 경우요? 하하!"

그가 신경질적으로 규희에게 소리쳤다.

"들어오라고 허락한 적 없어."

"일방적으로 대화를 끊는 인간이야말로 경우가 없죠."

"보안 팀을 부를 거야."

"대답 피하지 마요! 어떻게 날 심의 주의 대상으로 신고할 수 있어요?"

두 목소리가 언쟁을 벌이며 부엌으로 점점 가까워졌다. 규희가 먼저 모습을 드러냈다. 그 뒤에서 A11이 소리치며 따라오고 있었다. 진한 푸른빛의 제복 차림이었다.

"그럴 만하니까. 혹여라도 누군가 네 심의를 통과시켜 주는 실수는 하면 안 되잖니."

"왜 그걸 당신이 결정하냐고요! 당장 취소시켜요!"

서로를 향해 퍼붓는 폭언에서 나는 대강 행간을 읽었다. 규희가 추천서를 거부하는 것은 물론 A11의 서류가 통과되지 못하도록 위원회에 제동까지 걸어 놓은 모양이었다. 규희는 차가운 얼굴로 A11을 응시하며 제 의견을 말했다.

"그건 좀 더 시간이 걸릴 것 같구나. 지금 네 태도를 보아하니."

A11은 잠시 주춤했다가 다시 쏘아붙였다.

"추천서 주는 게 그렇게 어려운 일도 아니잖아요?"

"어려운 일도 아니지만 쉬운 일도 아니지. 자, 보안 팀 부르기 전에 네가 알아서 나가도록 해. 그 정도 예절은 있겠지."

"심의 주의 해제 확인하기 전까지는 안 나가요."

"진, 나는 더 식사 생각이 없구나. 네가 다은을 배웅하렴."

규희는 A11의 말은 무시하고 나에게 말했다. 나는 긴장 속에서 몸을 일으켰다. 달랜다고 A11이 순순히 떠날 것 같지는 않았지만 주인이 시킨 일이니 일단 시도라도 해야 했다. 정 안 된다면 보안 팀 호출 버튼을 누를 수도 있다. 재입양 소식의 당혹스러움과 불안이 잠시 저만치 밀려 나갔다.

"백번 양보해 추천서를 준다 해도 내가 거기에 쓸 말은 정해져 있어."

부엌을 나서기 전, 규희가 팔짱을 끼며 말했다.

"A11은 반려로서 주인에 대한 존경이 전무했으며 지극히 자기중심적이다. 인간성을 지니기에 충분한 내면을 가지고 있지 않으므로 부적격이며, 인공 심장을 장착한다 한들 요새의 발전에 어떤 기여도 하지 못할 무능력자이니 신중한 검토를 요한다. 나, 규희가 곁에서 5년을 지켜보았으니 이 점을 분명히 보증한다."

A11의 얼굴은 아까 들어왔을 때보다 더 일그러졌다. 입가가

파르르 떨렸다.

"⋯⋯뭐?"

"그보다 더 강력한 보증이 있을까?"

"시끄러워!"

A11은 이 집의 구조를 잘 안다. 그가 달려나가 싱크대 문 안쪽에서 냉큼 요리용 칼을 뽑아 들더니 규희와 나를 향해 번갈아 겨누었다. A11의 눈시울은 아까의 나처럼 붉게 물들어 있었다. 부들거리던 입가가 다시 원망을 쏟아 냈다.

"대체 뭐가⋯⋯ 뭐가 그렇게 못마땅한 거야? 내가 인간이 된다는 게?"

"이런 중대한 시기에 무분별한 분노를 표출하는 사람이 인류의 발전에 아무 도움이 안 된다는 건 잘 알지."

규희는 침착하게 대꾸했다. 그게 A11의 분노에 더 불을 붙였다.

"너 같은 아이에게 인간성을 주느니, 차라리⋯⋯."

A11의 눈이 뒤집히더니 그가 괴성을 질렀다.

"으와악!"

"A11!"

나는 그를 제지하기 위해 이름을 크게 외쳤지만, A11은 이미 규희의 멱살을 잡아 벽으로 밀어붙인 후였다. 한쪽 팔뚝으로는 규희의 가슴을 강하게 짓누른 그가 다른 한 손에 쥔 날붙이로 규희의 목을 위협했다. 아무리 인공 신체를 가졌다 해도 교체하는 것은 대체로 내장 기관에 불과하며 규희는 123세가 넘었다. 인공화되지 않았어도 꾸준히 면역 강화 관리를 받은 생체 나이 서른여덟 살에게 힘으로 이길 수는 없다.

꼴깍거리며 숨이 넘어가는 소리로 규희가 읊조렸다.

"침착해, 다은."

"그건 내 이름이 아니야."

나는 거실 벽면에 있는 보안 팀 호출 버튼을 향해 조금씩 걸음을 옮겼다. 하지만 이내 그만두어야 했다. A11이 오른손에 쥐었던 나이프를 왼손으로 옮기더니 작업복 주머니에서 무언가를 꺼냈기 때문이다. 푸른색 알약이었다.

"이거 뭔지 알아?"

규희와 내게 동시에 묻는 질문이었다.

"자가 종료 약물이야. 이것만큼은 미등록이든 인간이든 동일하지. 삼키면 평화롭게 15분 이내 눈을 감는 거야."

자가 종료 약물은 겉보기에 영양 캡슐과 크게 다르지 않았다. A11은 그 약을 규희의 입술 사이로 밀어 넣으려 했다. 규희는 입술을 꽉 닫았지만 턱 아래를 겨누는 무기를 완전히 무시할 수 없었다. 두려움에 떨고 있는 이전 주인을 보는 A11이 후련하다는 표정으로 빈정거렸다.

"인구 쿼터가 문제라면 한 명이 종료해 주면 되는 거 아니겠어? 주인?"

"멈춰요, 해인!"

더 참을 수 없어 A11의 등을 향해 고함을 쳤다. 그는 나를 돌아보진 않았지만 규희를 짓누르던 두 손이 조금은 느슨해졌다. 규희가 그 사이 입술 틈에 걸쳐 있던 알약을 멀리 내뱉었다. 약이 부엌 바닥을 뒹굴었다. 빙그르르 굴러가는 약의 동선을 따라 A11의 시선이 움직였다.

A11의 주의가 잠시 흐트러진 틈에 나는 그의 어깨를 잡아당겨 규희에게서 떼어 놓았다. A11이 반사적으로 돌아서며 날붙이를 휘둘렀다. 공격보다는 방어의 의도가 더 짙은 몸짓이었다. 그러나 나와 A11의 간격은 너무 좁았다. 칼날이 내 배에 저항 없이 파고들었다.

"진……?"

놀란 A11이 내 이름을 중얼거렸다.

일단 놓여난 규희가 당장 부엌을 떠나 거실로 내달렸다. 보안 팀 호출 버튼을 누르러 갔을 것이다. 나는 그 자리에 무릎을 꿇으며 주저앉았다가 곧 옆으로 쓰러졌다. 우릿한 통증이 번져 오는 복부에 손바닥을 갖다 댔다. 피가 흐르고 있었다. 이렇게나 많은 피를 보는 것은 처음이었다.

"진!"

어느 순간, 거실로 나갔던 규희가 내 앞에 돌아와 있었다. A11은 이미 도망치고 없는 것 같았다. 눈을 한 번 깜빡일 때마다 시간이 꽤 많이 흘렀다.

"진, 정신 차려, 진! 보안 팀이 오는 즉시 의료 구역에 가자."

"……아뇨."

"지금은 아무 말 하지 마. 지혈해 줄게."

규희는 내 손바닥으로 상처를 지압하게 한 뒤에 무언가를 가지러 갔다. 규희가 사라진 자리에 작고 푸른 알약이 하나 뒹굴고 있었다. 집어 보려고 팔을 뻗었지만 조금 멀었다. 나는 힘을 다해 몸을 끌어 좀 더 가까이 다가가 알약을 손에 넣었다.

평범한, 푸른, 둥근 약.

이렇게 생겼구나, 누구에게나 공평한 종료는.

규희의 잇자국이 살짝 남은 그것을 한참 들여다보다가 손바닥안으로 가벼이 쥐었다.

곧 규희가 구급상자를 들고 나타났다. 응급 교육을 주기적으로 받은 것이 분명한 솜씨로 두터운 벨트로 먼저 배를 감싸고 그 안에 진득한 젤을 주입해 넣었다. 보안 팀이 와서 이송하기 전까지 도움이 될 거라고 했다. 학교에서 아이들이 사소하게 다칠 때 쓰는 방법인데 조금이라도 효과가 있으면 좋겠다고 했다. 잘 교육받은 인간의 전문성이 느껴졌다.

"있잖아요, 규희."

"쉬, 말하지 마. 넌 쉬어야 해. A11은 곧 붙잡힐 거야. 정말이지 그 애는 구제 불능이네."

"……규희는 다친 데 없나요?"

꺼져가는 소리에 미소를 덧대어 물었다. 그제야 규희는 제 몸이 성하다는 것을 깨달은 게 분명했다. 규희는 제 팔과 가슴,

배를 차례로 내려다보았다. 그러고는 중요한 것을 잊었다가 이제야 되찾은 사람처럼 탄식하듯 말했다.

"이런, 고맙구나. 얘야."

"……"

"무리하지 않아도 괜찮았는데. 나는 다쳐도 회복이……."

"규희를 지키고 싶었어요."

"……"

"규희는 요새에 꼭 필요한 인간이니까."

"……"

"나, 인간성은 없지만…… 이 정도 도움은 되어도 괜찮은 거겠죠?"

"얼굴이 창백하구나."

사이렌 소리가 집안으로 흘러들어오기 시작했다. 내 몸에서 무언가 빠져나간 대가로 그 소리가 와주는 것만 같았다. 이것도 질서일까.

"이제 괜찮아. 다들 너를 치료해 줄 테니까. 괜찮아질 거야. 제대로 치료받고 회복해서 새 주인을 만나자. 넌 행복하게 살 자격이 있어."

그럴 수도 있을 것이다. 운이 좋다면 조금 더 오래 살 수도 있을 것이다. 하지만 앞으로 규희는 없을 것이다. 나에게 꽃의 이름을 알려 주던 규희는. 나에게 새로운 두려움을 알게 한 규희는. 가끔은 밉거나 나를 슬프게 해도 그것들을 기꺼이 덮을 만한 애정을 갖게 한 규희는. 이런 상처마저도 감수하게 하는 규희는.

결코 무엇을 바라서가 아닌.

아주 오래, 오래 전의 인간성처럼.

"여기예요! 여기 내 반려인이에요!"

묵직한 신발을 신은 사람 몇 명이 집안에 들어와 나를 들것에 실었다. 한 사람이 내 이름을 물었다. 규희는 진이라고 알려주었다. 차량에 실리는 동안 생각했다. 내가 만약 진이 아니었다면, 내가 직접 지었다면 나에겐 어떤 이름이 어울렸을까. 나는 뭐라고 불리고 싶은 걸까. 하지만 아무리 생각해도 잘 떠오르지 않았다. 피를 많이 흘린 탓인지도 모른다.

나는 오롯이 나의 의지로 선택할 수 있는 유일한 길을 다시 떠올렸다. 내 손바닥 안의 푸른 길을.

그저 어제와 오늘과 내일이 비슷하게 반복되면 좋겠다는 욕심뿐이었는데, 그 욕심이 과했다면 그건 내가 어찌할 수 없는 문제다. 내겐 인간성이 없고, 지금은 인간성이 없는 존재가 할 수 있는 일이 적은 세상이니까.

"괜찮을 거야, 진."

비워진 손을 규희가 꽉 그러쥐었다. 입 안에 넣은 자가 종료 약물에서는 신기할 정도로 아무 맛도 느껴지지 않았다.

아무 바람 없던 그 마음만큼은, 이 푸른 길이 알기라도 했던 것처럼.

# 시금치 소테

자살 생존자의 원래 의미는 가까운 사람이 자살로 생을 마감했을 때 영향을 받게 되는 가족이나 친구 등의 주변 사람을 뜻합니다. 단, 소설 속에서는 자살을 시도했으나 살아남은 당사자를 가리키는 단어로 사용하였습니다.

미안해요. 조금 늦겠어요. 차가 많이 막히네요.

　메시지를 확인하고 미하는 휴대폰을 머리맡에 내려놓았다가 도로 쥐었다. 침대에 모로 누운 자세로 '천천히 오세요.'라고 답장을 보내고 몸을 둥글게 웅크렸다. 최대한 원에 가까운 자세를 만들면 손과 발이 비슷한 위치에 놓인다. 충전기에서 분리한 지 얼마 되지 않아 미지근한 휴대폰을 핫팩 삼아, 차가운 발바닥에 갖다 대었다. 가을에서 겨울로 넘어가는 환절기에는 수족냉증이 늘 말썽이었다.
　얼음장 같던 발에 미약한 온기가 번지기 시작했다. 보일러를 올린 지 5분이 채 안 되었다. 발도 집도 데워지는 데는 시간이 좀 걸릴 것이다. 보호사가 늦는다고 해서 차라리 다행이었다. 냉기 도는 집 안으로 첫인상을 꺼낼 뻔했다.
　이 모양이 되었어도 여전히 남의 시선을 신경 쓰나.
　미하는 오른쪽 발바닥에 붙였던 휴대폰을 왼발로 옮기며 생각했다. 어차피 보호사도 훈훈한 분위기를 기대하며 찾아오지는 않을 것이다.

아주 오래전 우울증 진단을 받은 미하는 한 달 전 자살 시도를 했고, 자살 생존자라는 신분을 달고 어제 병원에서 퇴원했으며, 나라에서는 오늘부터 보호사를 파견했다. 거절할 방법은 없었다.

자살 생존자 보호사 제도는 몇 해 전부터 나라에서 운영하는 사업이다. 보호자가 없는 자살 생존자에게 의무적으로 보호사를 파견 보내는 것이 골자다. 병명과 정신 건강 상태에 따라 파견 기간은 다르지만 기본 1개월에서 6개월 사이이며, 보호사들은 그 기간 동안 생존자의 일상을 아이 돌보듯 돕고 변화를 체크한다. 미하의 경우에는 2개월간 보호사가 월수금에 집으로 방문할 것이라고 퇴원할 때 받은 서류에 쓰여 있었다. 미하에게는 배우자가 있었지만, 별거 상태로 미국에 있는 그가 올 형편은 아니었다. 결국 서명을 했다.

미하가 퇴원하는 날, 병원에서는 몇몇 환자를 강의실에 불러 모았다. 그간 못 보았던 낯선 의사가 프레젠테이션을 발표했다. 죽으려던 사람에게 이런 교육이 과연 도움이 될까 싶을 만큼 강의 내용은 무의미하기 짝이 없었다. 보호사 제도가 생겨난 배경과 함께, 운영된 후 자살률이 점차 줄어들고 있다는 성과 보고가 주된 내용이었다. 너희들도 이 통계의 한 축이 되라는 일종의 협박인가? 지루한 통계를 보여 주는 그래프와 표가 이어졌다. 10분쯤 지나자 약 기운에 그나마 남아 있는 집중

력마저 흐트러졌다. 그때였다.

"마지막으로 말씀드릴 부분은, '옵션'입니다."

떨어진 고개를 들어 올린 이유는 자동차 영업 사원에게나 어울릴 만한 단어가 들려서였다. 옵션.

"이미 알고 계신 분도 계시겠지만, 최근 저희 정신 건강 의학 센터에서는 특정한 기억의 존망을 다루는 연구가 마무리 단계에 접어들고 있습니다. 임상에서는 모두 성공적인 결과를 거두었어요. 저희는 이 프로젝트를 '옵션'이라고 부릅니다."

의사의 설명이 이어졌다. 강의실의 모두가 의사를 똑바로 응시하고 있었다.

"극단적인 선택은 안타깝게도 재발률이 낮은 편은 아닙니다. 그래서 보호사의 파견 기간이 종료된 후에도 예후가 좋지 않다면, 부정적 사고를 유발하는 기억만 선별해 제거하는 시술을 선택할 수 있습니다. 뇌의 시냅스 일부를 차단하는 시술인데요, 말 그대로 옵션인 거죠. 정확하게는 기억을 제거한다기보다는 특정한 기억이 촉발하는 감정의 고리를 끊는다는 표현이 맞겠으나, 복잡한 의학적 설명은 생략하겠습니다."

극단적 선택, 부정적 사고.

의사는 자살이라는 직접적인 단어를 사용하지 않으면서도 모든 정보를 빠짐없이 전달하기 위해 최선을 다했다. 뇌의 정보를 판독하는 특허권에 관한 자랑도 절반 섞어가며 시술 과정을 자세히 설명했다.

"기억을 인위적으로 만진다는 점에서 우려가 있기는 합니다. 하지만 범죄나 극단적인 선택을 선제적으로 예방하기 위해, 신청자에 한하여, 그것도 아주 제한된 영역에서만 시행 중이라는 점을 알아주시면 좋겠습니다. 인간적이지 않다고 생각하시는 분들이 계실지도 모르겠습니다. 하지만 어떤 분들에게는 옵션만이 유일한 선택지인 경우도 적지 않습니다. 실제로 옵션을 선택하신 분들은 시술을 받고 나서야 사람 사는 것 같다고 말씀하시기도 하니까요."

"그럼 뭐 하러 기다려야 해요?"

가장 뒷줄에 앉은 남자가 팔짱을 낀 채로 입을 열었다.

"원하는 사람 지금 당장 시술하면 되지, 보호사 같은 거 보낼 필요 없잖아요."

"그래도 옵션이 쉬운 결정은 아니니까요."

이런 질문은 벌써 수차례 받아본 듯 의사는 부드럽게 응답했다.

"또 옵션을 선택해도 바로 시술에 들어가지는 않습니다. 의료진과 충분한 기간을 두고 기억을 선별, 또 선별합니다."

남자는 더는 토를 달지 않았다.

"그리고 저희가 여러분에게 파견해 드리는 보호사들은 모두 옵션을 선택한 분들입니다. 옵션 이후에 새 삶을 살고 계신 분들의 삶을 곁에서 관찰하시면, 최종 결정을 내리는 데 크게 도움이 되리라 생각합니다."

강의실에는 아까와 다른 팽팽한 긴장이 흘렀다. 모두 자신에게 옵션을 대입하는 장면을 계산하는 중이었으리라. 의사는 침묵이 충분히 흐르게 내버려 둔 뒤 이렇게 말하며 강의를 끝냈다.

"무엇이 인간적인지는 결국 자신이 정의 내리는 것 아닐까요."


"안녕하세요. 이정인입니다. 최미하 씨죠?"

도착한 보호사는 60세 남짓한, 자그만 체구의 여성이었다. 얼굴을 마주하자마자 정인은 주민등록증과 보호사 면허증을 나란히 내밀어 신분을 확인시켜 주었다. 눈높이보다 조금 아래 반백의 단발머리가 있었다. 몸에 걸친, 굵게 짜인 니트는 단풍잎 색이었다. 만약 엄마가 있었다면 이 정도 나이대였겠지만 미하에게는 엄마도 이 연령대의 가족이나 지인도 없었다. 남편도 양친을 일찍 여읜 사람이었다. 어색했다. 앞으로 얼마나 어색한 시간을 견뎌야 할지도 까마득했다.

"여긴 참 따뜻하네요."

정인의 안경에 김이 서렸다. 집이 적당히 데워진 모양이었다. 굽이 평평한 땅콩 같은 신발을 벗고서 정인이 안으로 들어왔다. 그러고 보니 가운이나 유니폼을 입지 않은 사람과 대면하는 것도 오랜만이었다. 정인이 주머니에서 작은 수건을 꺼내 안경을 닦으며 물었다.

"이른 추위래요. 혹시 뉴스 보셨어요?"

"아니요."

"하긴 뉴스 봐야 속이나 시끄럽죠. 저도 날씨는 앱으로만 봐요."

정인은 벌써 며칠 이 집에 들락거린 사람처럼 말을 붙여 왔다. 나이 든 사람 특유의 오지랖일까, 아니면 불행한 감정을 지워 낸 이후의 가벼움일까. 미하는 그것부터 궁금해졌다.

안경을 모두 닦은 정인은 와이파이를 쓸 수 있는지부터 물었다.

"제가 잘 도착했다고 출석 도장을 찍어 보내야 해요."

지각이라 아마 벌점이 쌓이겠지만 어쩔 수 없지요, 말을 보태며 정인은 액정에 떠오른 달력의 오늘 날짜에 체크 표시를 만들었다. '전송 중입니다.'라는 글씨와 함께 몇 초간 물결 표시가 흘렀다. 출석 체크? 생존 체크가 더 맞겠지. 미하는 그렇게 생각하며 냉장고로 향했다. 반강제적인 만남에 아무리 어색해도 손님은 손님이니 뭐라도 대접해야 할 것 같았다.

"주스라도 드릴까요?"

말이 먼저 튀어나왔다. 사실 냉장고 안에 주스가 있는지조차 모른다. 마지막으로 열어 보았던 냉장고의 풍경은 기억나지 않는다. 어제 오후에 퇴원하고 돌아와서도 냉장고를 열어 볼 생각도 않았다. 약을 먹느라 마신 생수 한 병이 지난밤 섭취한 전부였다. 그래도 마실 거 뭐 하나는 있겠지 싶어 냉장고 문을 잡아당겼다.

문이 열리자마자 미하는 콧잔등을 찌푸리며 냉장고를 당장

봉했다. 무언가 쉬었는지 썩었는지 가늠도 안 되는 냄새가 물컥 쏟아져 나와 온 거실로 파고들었다. 토할 것 같았다.

화장실로 달려가 변기를 붙잡았다. 몸 안에서 주먹질이 올라오는 듯 속이 뒤틀리는데도 입 밖으로는 아무것도 쏟아지지 않았다. 숨이 들지도 나지도 않았다. 몸 어디 한군데를 찢어서라도 공기를 통하게 하고 싶을 지경이었다. 이 아파트의 화장실은 구조상 창문이 없었다. 제 기능을 하는지 아닌지도 알 수 없는 환풍구만 있을 뿐. 그 생각까지 떠오르자 숨이 더 막혔다.

썩은 냄새가 마치 제 속에서 새는 것 같았다. 자신이 썩은 것 같았다. 깨끗이 죽지도 못한 반(半) 시체. 이 세상에서 제 몸뚱이 하나 치워 내지 못한 무능함. 순식간에 쏟아지는 자괴에 고인 눈물이 토사물 대신 변기 안으로 뚝뚝 떨어졌다.

잠시 후 등이 뜨끈해졌다. 헉헉거리며 미하는 겨우 고개를 들었다. 정인이 곁에 쪼그려 앉아 등을 길게 쓸어 내리고 있었다. 정인은 말없이 팔을 부지런히 움직일 뿐이었다. 말을 붙여 왔다 한들 대꾸할 처지도 아니었으나, 그 기계적인 동작이 뒤틀린 속을 진정시키는 데 조금은 도움이 되었다.

보통의 호흡이라 불러도 좋을 감각이 더디게 찾아왔다.

토기가 가신 후에도 한참을 화장실 바닥에 그대로 앉아 있었다. 한 달 넘도록 비웠던 집이라 타일 바닥은 바싹 말라 있었다. 정인은 이대로 잠시 있으라면서 거실 소파에 있던 쿠션을 갖다 주었다. 미하는 그걸 허리에 받쳐 욕조를 벽 삼아 기대고 정인이 냉장고를 정리하는 모습을 멍청하게 지켜보았다.

 스스로 할 일을 누군가 대신해 주고 있다는 사실이 수치스러우면서도 가까이 갈 엄두는 나지 않았다. 눈을 길게 한 번 깜빡일 때마다 정인의 위치가 달라졌다. 오른쪽에서 왼쪽으로, 위에서 아래로. 그는 부지런히 썩은 것들을 비닐에 담고, 냉장고 안을 닦고, 그릇을 헹구었다. 환기를 위해 열어 놓은 베란다 창을 통과해 온 찬 바람이 욕실까지 느껴졌다. 집과 몸이 다시 차가워졌지만 역겨운 냄새는 서서히 지워져 갔다. 서늘한 공기가 코로 들어왔다가 빠져나갔다. 숨을 쉬고 있었다. 희미한 낙엽 냄새가 났다.

 귓등으로만 들었던 퇴원 교육 후, 미하가 내린 보호사의 정의는 '감시자'였다. 죽지 못하게 지켜보는 사람. 좋게 말해 인구 1의 수호자. 추락할 뻔한 생산력을 지키는 사람. 어차피 버리려고 작정한 목숨이었으면서 처음 이 제도에 대해 들었을 때는 인권에 반하는 시스템이라는 반발심부터 들었다. 스스로 죽을 자유도 없단 말이야?

 그러나 그 감시자가 지금 썩어 가는 것들로부터 미하의 인권을 보호해 주는 중이었다.

 집안에 들어온 후 엉덩이 한 번 붙이지 못하고 힘만 뺐는데도 정인은 지친 기색을 비치지 않았다. 속이 좀 편해지자 미하는 욕실을 벗어났다. 뭘 대접해야 하지. 별다른 게 없는 걸 알면서도 찬장을 이리저리 여닫아 댔다.

"서두르지 말아요, 우리. 첫날이니까."

환기한 집처럼 산뜻한 말투였다. '우리'라는 단어조차 전략적인 선택으로 들려왔지만.

정인이 찬장 구석에서 티백을 발견했다.

"이거 먹어도 돼요?"

언제부터 있었는지도 모를 루이보스 차의 상자에는 며칠 뒤의 유통기한이 찍혀 있었다. *날짜가 딱 좋네요.* 정인이 화색을 띠며 가스레인지에 물을 올렸다.

얼마 만에 튀어 오른 푸른 불꽃일까. 계산도 안 됐다. *마실 거죠?* 묻는 정인에게 오히려 미하가 손님처럼 고개를 끄덕였다.

어색한 티 타임을 가진 후 정인은 집안을 살펴도 되는지 허락을 구했다. 신입 사원은 나 홀로 오리엔테이션을 할 테니 자기는 없는 사람 치고 미하가 하고 싶은 일을 하라고 했다. 말이 쉽지 한 공간에 있는 사람을 없는 존재로 대할 수는 없었다.

시호를 먼저 보내고 나서 미하와 태혁은 한동안 서로를 없는 사람처럼 대하고 살았다. 하지만 태혁은 결코 없는 사람이 되지 않았다. 있는 사람이고, 있는 상처였다. 태혁과의 사이가 점점 벌어질수록 상처는 그 사이에서 제 부피를 늘려갔다. 서로의 얼굴에서 죽은 일곱 살 아이의 눈이며 입술이 보였다. 배달 음식이 식다 못해 굳어가도록 식탁에 내버려 두었다. 식탁에 마주 앉는 일도 없어졌다. 차가운 음식이 정물처럼 놓인 식탁은 아무리 보아도 제사상 같았다.

태혁을 원망했다. 아이가 약하니 학교 가기 전에 체력이라도 기르게 하자고 보낸 태권도장이었는데, 시호는 학원이 있는 상가 건물 복도에서 뛰다 미끄러져 넘어져 머리를 부딪혀 다시 눈을 열지 못했다. 크리스마스를 하루 앞둔 날이었다.

원망의 대상이 모호했다. 가여운 아이를 탓할 수는 없었다. 슬픔을 어디로 흘려보내야 할지 도무지 알 수 없었다. 몇 군데를 꼼꼼하게 알아보고 평이 가장 좋은 그 태권도장으로 아이를 보내자고 말했던 태혁 말고는. 그 도장의 이름이 새겨진 도복을 입은 시호의 첫날이 자랑스럽다며 기념사진까지 남겨 놓은 태혁 말고는. 그 사진을 영정 사진으로 만든 태혁 말고는.

어설피 건네던 위로는 신경질로, 신경질은 분노로 깊어져 갔다. 몇 달 후, 미하는 이혼을 요구했다. 태혁은 서류에는 눈길도 주지 않고 다른 이야기를 했다. 해외 발령 제안을 받았는데 같이 가자고. 이 공간을 떠나야 우리가 살 것 같다고. 미하는 이혼해 줄 생각이 없으면 혼자 가라고 했다. 살고 싶으면 너 혼자 살아, 난 이미 죽었으니까. 이미 자신은 썩어 문드러졌으며 이 집이 내 관이라고 소리를 질렀다.

결국 태혁은 혼자서 짐을 꾸렸다.

"2년 있다 올 거야."

"……."

"오고 싶으면 언제든지 연락해."

"……."

이제 유일하게 남은 식구를 베란다 바깥을 바라보며 등진 채로 떠나보냈다. 그래서 어떤 표정으로 태혁이 그런 말을 했는지 미하는 아직도 모른다. 그저 창밖에서 목련꽃 몇 송이가 흰 봉오리를 터뜨리던 모습만을 기억할 뿐이다. 비 한 번 내리면 금방 질 것들이. 떨어지고 밟히고 썩어 문드러질 것들이.

시호도 태혁도 완전히 없는 사람으로 만들고자 했다. 어찌할 수 없는 집만 빼고 모든 것을 버렸다. 시호의 물건도, 태혁의 물건도. 그래도 그들이 없는 사람이 되지는 않았다. 될 수가 없었다. 배 속의 시호가 길게 다리를 뻗으며 배를 밀어내던 감각, 그 안에서 딸꾹대던 박자는 미하의 몸에 달라붙은 채로 떨어지지 않았다. 정작 그 심장의 주인은 꺼졌는데도.

죽음도 별거도 사람을 완전히 사라지게는 못했다. 미하에게 남은 방법은 하나였다. 스스로를 지우는 것. 그리고 실패했다. 그렇지 않았더라면 수족냉증의 싸늘함을 다시 경험하지는 않아도 되었을 것이다. 몸은 항상 우리의 필요보다 많은 것들을 기억했다.

"미하 씨는 먹기만 잘하면 돼요."

매일 규칙적인 식사를 할 것. 그것이 정인의 첫 번째 요구였다. 정인이 매 끼니를 만들어 줄 거라고 했다.

'보호사님은 가사도우미가 아니잖아요.'라고 했더니, 규칙적인 식사를 챙기는 일이 보호사의 기본 업무니까 요리하고 싶어서 견딜 수 없는 게 아니라면 애써 거절하지는 말아 달라고 했다. 물론 아니었다. 먹는 일도 귀찮았고 만드는 건 더더욱 고역이었다.

미하가 하루 동안 무얼 먹었고 약은 잘 챙겼는지가 정인에겐 가장 중요한 보고 사항이라고 했다. 환자가 루틴을 갖는 것에도 도움이 되고, 이 제도를 연구하는 사람들에게도 도움이 되는 정보라고 했다. 자기가 오지 않는 날은 그날의 식사를 어떻게 했는지 약을 몇 시에 먹었는지 적어 두었다가 다음 날 알려 달라고 했다. 병동만 빠져나온 보호 관찰이나 마찬가지였다.

산책 겸 함께 마트에 가서 장을 보았다. 뭘 골라 담아야 할지 막막했다. 딱히 입맛이 없었다. 뜬금없이 입덧 때 들은 조언이 생각났다. 뭔가 먹기 힘들고 입맛이 없을 땐 차고 시큼한 걸 먹으면 좋다던. 빌어먹을 기억. 또 시호 생각에 젖을 뻔했다. 미하는 기억을 토하듯 심호흡을 크게 한 번 내뱉고서 카레와 미트볼 같은 레토르트 식품을 살폈다. 당장 오늘이 아니더라도 사 두면 언젠가는 먹겠지 싶은 것들을.

"미하 씨는 무슨 채소 제일 좋아해요?"

그때 곁에서 정인이 물었다. 만난 지 얼마 되지 않아서일까, 정인은 미하에게 거의 아무것도 묻지 않았다. 부엌에 관련한 질문 서넛이 전부였다. 보호사로 왔으니만큼 환자의 히스토리는 이미 파악하고 있을 것이다. 미하가 고아로 자랐고, 늘 가벼운 우울증을 앓았고, 사고로 아이를 잃었고, 남편과 별거 중이라는 사실을. 좋아하는 채소는 그 히스토리에 포함되지 않은, 비교적 개인적인 질문이었다.

"시금치요."

카레 포장지에 인쇄된 시금치 그림을 보며 대답했다. 좋아하긴 했지만 결혼 후에는 즐겨 먹지 않았다. 태혁도 시호도 약속이라도 한 듯 시금치를 싫어했다. 시호는 이유식부터 시금치 조각은 기막히게 구분해 밀어냈다. 그 모습에 미하가 스트레스를 받으면 태혁은 시금치를 좋아하는 사람이 더 드문 법이라며 괜히 상심하지 말라고 했다. 태혁은 미하의 걱정거리를 종이접기 하듯 절반, 아니, 그 반의반 정도로 접어 내는 능력이 있는 사람이었다. 나도 시금치는 고등학교 가서나 먹었으니까. 태혁의 말을 듣고 나면 시호의 편식 정도는 대수롭지 않게 여겨졌다.

그래도 몇 해 동안은 시호에게 세 젓가락 정도는 먹으라며 잔소리를 했다. 언제까지 이런 잔소리를 해야 할까, 이 잔소리가 끝나는 날은 있을까 태혁에게 푸념을 늘어놓았던 기억이 났다. 이 잔소리 끝나면 다른 잔소리 생기겠지. 태혁은 웃으며 대답했다. 맞아, 부모 되기 어려워, 점점 어려워지겠지? 습관처럼 말했다. 잔소리가 끝나는 날이 정말로 찾아올 줄 알았다면, 양육자라는 자격이 하루아침에 지워질 수도 있다는 걸 알았다면, 그런 말은 안 했을 것이다.

손에 든 3분 카레 상자 위로 눈물이 떨어졌다. 뚝뚝. 결국 젖고 말았다. 눈물은 감추지도 못하게 굵게도 떨어졌다. 몸 여기저기에 보이지 않는 버튼이 돋아난 것 같았다. 그 버튼은 하루에도 몇 번씩 눌렸다. 그러나 눈물을 멈추게 하는 버튼은 없었다. 흔들리는 미하의 어깨를 정인이 가만히 끌어안았다. 흘긋대는 사람들의 시선에 아랑곳하지 않고, 아침 화장실에서의 그 손길로 정인은 몇 분간 미하를 다독였다. 울어도 좋다는 허락을 받은 것 같았다. 어깨의 요동이 작아질 무렵 정인이 낮낮하게 말했다.

"시금치가 잘못했네."

눈물범벅이 된 와중에도 미하는 나중에 기억을 지워야 한다면 시금치에 대한 것부터 삭제하고 싶다고 생각했다. 시금치를 봐도 아무런 감정이 들지 않으면 좋겠다고.

레토르트 진열대를 떠나 채소 코너로 이동했다. 국 끓일 때 필요한 것들을 좀 사 두겠다며 정인은 양파, 감자, 대파를 차례로 담았다. 오늘 잘못한 시금치는 생략이었다. 이어서 정육 코너에서 달걀과 포장된 고기도 골랐다. 미하의 생명을 연장할 식료품들이 차곡차곡 카트에 쌓였다.

보호사가 오는 기간에는 경제적인 활동을 할 수 없기에 자살 생존자는 생활비에 쓰일 돈을 바우처로 지원받는다. 미하는 정인에게 일하는 동안 바우처를 대신 관리해 달라고 했다. 정인은 미하를 위해 매일 저녁 국이나 찌개 한 가지를 가득 끓여 놓고 퇴근했다. 정인이 없는 날도 미하가 언제든 쉽게 챙겨 먹을 수 있도록 밑반찬도 몇 가지 만들어 두었다. 이 집에서 정인이 시간을 보내는 방식이었다.

정인이 부엌일을 하는 동안 미하는 청소를 하고, 세탁기를 돌리고, 빨래를 널고 갰다. 걸레를 빨며 온수를 펑펑 썼다. 따뜻한 물에 얼었던 손을 적시면서 새카만 먼지가 흘러 나가는 걸레를 언제까지고 바라보았다. 까만 물이 점점 명도를 낮춰 가면서 배수구로 흘러 들어가는 모습을. 전 같으면 생각지도 않았을 일이다. 물 낭비, 시간 낭비. 어딘가를 닦는 시간보다 걸레를 빠는 시간이 더 오래 걸렸다. 처음에는 완전히 새까맣던 땟물이 옅은 회색이 되었다가 맑은 물에 가까워지는 과정을 보고 있자면 어쩐지 속이 편안해졌다. 미하가 아무리 느릿느릿 비효율적으로 움직여도 정인은 사소한 참견 한마디 보태지 않았다. 아이가 장난감을 가지고 노는 걸 지켜보듯 그저 거리를 두고 바라보았다.

다른 보호사들은 만난 적 없어 모르겠지만 적어도 정인은 옵션에서 좋은 결과를 얻은 생존자인 것이 분명했다. 정인은 매일 밝고 맑았다. 언제나 정인의 주변에는 가벼운 공기가 감돌고 있었다. 미하에게는 없는 것이었다.

컨디션이 좋지 않은 날이면 미하는 쉽게 짜증을 내기도 했고, 기분이 내키지 않을 땐 정인의 말을 못 들은 척 무시할 때도 있었다. 연장자 입장에서 기분이 나쁠 만한데도 정인은 미간 한 번 찌푸리지 않았다. 안온했다.

*이 사람은 속도 없나, 참 나이브하네.* 입 밖으로는 내지 않았지만 그런 생각은 종종 했다. 처음엔 과거의 정인이 죽음을 시도한 이유가 궁금했지만, 이제는 정말 죽으려고 했을까가 궁금했다. 그런 종류의 그늘과는 상관이 없는 사람으로 보였다. 좋은 뜻으로든 나쁜 뜻으로든 해맑았다. 이게 옵션 시술의 위력인 걸까.

정인이 방문한 지 한 달이 지났을 때 센터에서 중간 점검 전화가 왔다. 보호사에 대한 중간 평가와 함께 옵션에 대한 의중을 묻기 위해서였다. 미하는 솔직히 대답했다. 사람 참 해맑다고. 전화를 건 센터 직원은 기계적으로 웃으며 의견 감사하지만, 점수로 따지면 몇 점이나 되겠느냐고 물었다. 통계를 위한 일인데, 점수가 나쁘면 보호사를 변경해 줄 수도 있다고 했다. 미하는 아주 잠깐 침묵을 지켰다가 70점을 선택했다. 정인이 싫은 건 아니었다. 옵션에 대해서는 고민 중이라고 했다. 역시 솔직한 대답이었다. 시커먼 걸레를 빠는 것처럼 마음도 빨면 속의 독이 모두 빠져나가면 좋겠지만, 그 무게가 모두 빠져나가 버린 최미하가 누구일지 도무지 상상할 수 없었다.

알게 돼 버린 것은 알아서 두렵지만, 모르는 것 역시 몰라서 두려운 것이다. 두려움이 빠져나갈 때에도 용기는 필요하다.

"우리 집은 좋겠어요."

금요일 오후, 빳빳이 마른 빨래를 함께 개며 미하가 말했다.

기온은 영하지만 볕이 좋은 날이었다. 안에서 밖을 볼 땐 봄이라고 해도 좋을 그런 볕이었다. 오늘의 출석 체크를 한 정인은 겉과 속이 다른 날이라고 했다.

"이 집이요? 왜?"

"챙겨 주는 사람이 둘이나 있잖아요. 치워 주고, 닦아 주고."

그냥 문득 떠오른 생각을 말했을 뿐인데 정인은 재미있는 농담이라도 들은 소녀처럼 까르르 웃었다. 정인의 새로운 포지션은 미하 대신 웃어 주는 사람이었다. 웃음의 통역사라고 미하는 속으로 이름 붙였다. 미하는 이 집에서 웃을 수 없었다. 아직 웃어서는 안 될 것 같았다. 아직은. 웃기에는 이르다고 많은 기억이 미하를 붙들고 있었다.

미하는 무늬가 같은 양말을 짝지어 둥글게 겹쳐 감았다. 공처럼 말린 수면 양말들이 나비다리를 한 무릎 곁에 야트막한 언덕으로 쌓였다. 겨울 빨래의 절반은 수면 양말이다. 색깔은 하나같이 파스텔톤이었다. 꿈속에서나 나올 듯한 유니콘의 갈기 같은 색깔들.

"미하 씨는 양말도 예쁜 것만 신네."

"수족냉증이 있어요. 발이 차면 괜히 속상해요. 잠도 안 오고."

우울하다는 단어는 가급적 쓰지 않으려고 하고 있다. 말로 보태면 우울이 배로 쌓이는 것 같았다.

"우리 지연이도 그랬는데. 이런 거 사다 줄 생각은 못 해 봤네요. 난 왜 이런 걸 몰랐지."

"따님이에요?"

미하는 별다른 생각 없이 물었다.

"네. 하늘로 보냈지만요. 11년 전에. 의료 봉사 나갔다가 사고가 났어요."

의대생이었던 스물둘, 남미 산악 지대에서 발을 헛디뎌 추락했다고 했다. 정인의 담담한 고백에 미하의 속이 툭 내려앉았다. 막 완성한 양말 공이 바닥으로 툭 떨어졌다. 미하는 얼른 그 양말을 붙잡았다.

*이게 뭐야. 예고도 없이 이게 뭐야.*

미하는 터지기 직전의 눈물을 겨우 붙들었다. 웃음은 어떻게든 삼킬 수 있지만 눈물은 그게 안 된다. 자신의 일이 아닌데, 정인의 일인데, 무언가가 목구멍에 걸렸다. 시큰한 코를 겨우 다독였다. *울지 마. 울지 마. 최미하. 네 일이 아니잖아.* 그래도 눈물이 기어코 눈꺼풀을 비집고 나왔다. 반면에 정인은 요동이 없었다. '옵션'을 선택했으니까, 딸아이와 연결된 슬픈 감정의 고리를 끊었을 테니까.

뭐지, 이 프로그램은. 일부러 이렇게 붙인 걸까. 이제 본격적으로 옵션을 영업하는 타이밍인가. 보호사가 찾아온 지도 벌써 한 달 반, 이제 슬슬 실적을 생각하지 않으면 안 될 때라는 건가. 비슷한 사례를 보여 주며 너도 가벼워지라고 유혹하는 건가. 미하는 스웨터 소매로 눈꼬리를 훔쳤다.

"……안 우시네요."

새 양말을 꿰며 일부러 내뱉듯 말했다. 정인은 거의 보이지 않을 정도의 엷은 미소를 띠었다.

"가끔 우는걸요, 지금도."

"……?"

"저한테도 시금치 버튼이 있거든요."

미하는 고개를 들었다.

절대 울지 않아요. 옵션 시술이 도움이 많이 됐어요. 그런 말을 들을 줄 알았다. 그럼 시술이 소용없었다는 건가? 부작용인가? 동그랗게 뜬 눈으로 소리 없는 질문을 쏟아 내자 정인이 먼저 입을 열었다.

"제 버튼은 병원이에요."

"……."

"어디서든 병원 간판만 보면 화가 났어요. 어디 아파서 진료를 보러 가서 가운 입은 의사를 보면 말할 것도 없고. 다 싫었어. 지연이가 이렇게 있어야 하는데. 이게 지연이여야 하는데. 죽을 사람 살려 보자고 거기 간 건데, 좋은 일 하겠다고. 그런데 멀쩡한 사람 숨통만 끊어졌어. 나는 어떻게 살아."

문장 끝에 힘이 실렸다. 늘 폴폴 날아갈 것만 같이 가볍던 목소리에 추가 매달렸다. 미하만 알 수 있을 정도로 작은 추였다. 덩달아 눈물이 떨어지는 건 아닐까, 조마조마했다.

"가운 입은 사람 마주칠 때마다…… 왜 지연이가 아니지? 왜 아니지? 이 중에 하나는 지연이여야 하잖아. 의사들은 누구든 꼴도 보기 싫었어요. 자꾸만 없는 애 생각이 나니까."

정인은 남은 빨래를 차곡차곡 접으며 말을 이었다.

"근데 죽으려고 했다가 눈을 떴는데, 다름 아닌 어디였겠어요."

푸른 신호 아래 차가 달리는 8차선 도로로 뛰어들었다고 했다. 이왕이면 커다란 차에 부딪히면 좋겠다고 믿어 본 적 없는 신에게 마지막 기도를 하며, 정인은 의식을 놓았다. 영원히 놓기를 바랐다. 의식이 매달려 있던 그 마지막 순간까지도 기도했다.

그리고 병원에서 눈을 열었을 때 정인은 남편을 보고 눈물을 쏟았다. 그가 반가워서가 아니었다. 마치 기름종이를 덧댄 사진처럼 그의 얼굴에 지연이가 가만히 남아 있어서. 그것도 병원이라는 곳에서. 살아남아 버려서. 지연이가 이런 나를 질책하지 않을까 해서. 이렇게도 살아나는 사람이 있는데 그렇게 허무하게 가 버린 우리 아기가 너무 아파서.

그리고 몇 달 후, 두 번째 시도를 하고 다시 병원에 실려 왔다가 퇴원할 무렵 정신 건강 의학 센터 주치의가 찾아왔다. 일상이 힘들다면 옵션이라는 시술이 있다고. 두 번 이상의 자살 시도가 있는 환자들을 대상으로 임상 시험을 하는 기간이라고 했다. 정인은 크게 망설이지 않고 옵션을 선택했다.

미하는 예전에 지인의 성화에 못 이겨 교회에 가 본 적이 있다. 새 이웃 초청 잔치, 그런 비슷한 이름이었다. 목사가 설교를 끝마치니 간증을 하는 차례였다. 중년의 여성이 원고를 들고 나와 이전의 삶이 얼마나 고달팠는지, 예수가 저에게 어떤 의미인지, 그가 자신의 영혼을 어떻게 살렸는지 회상하고 고백하며 눈물을 흘렸다. 이것도 나름 고통과 구원에 관한 이야기였다. 하지만 일련의 과정을 고백하는 정인은 그들과는 달리 그리 고통스럽지도, 감격스럽지도 않아 보였다. 아픈 역사를 이토록 덤덤히 회상할 수 있는 것이 옵션의 덕이라면 그 효과는 충분히 알게 된 것 같았다.

"역시 옵션이 필요할까요."

미하가 마지막 티셔츠를 개며 중얼거렸다.

"마감이 언제라고 정해진 건 아니잖아요. 천천히 생각해 봐요."
"좀 더 적극적으로 영업하셔야 하는 거 아니에요?"

같은 아픔을 알고 있다는 동질감이 자라나서일까, 조금은 편하게 말을 뱉고 말았다. 정인이 후후 웃었다.

"나는 영업 사원이 아니라 방해꾼이에요. 좋은 방해꾼."

보호사로서의 정인의 임무는 '끼어들기'라고 했다. 물론 보호사 교육 커리큘럼에 정식으로 명시된 개념은 아니다. 하지만 정인은 재활, 지지, 관찰, 보호 같은 항목들에 '방해'도 추가하고 싶다고 했다. 생존자가 우울이라는 깊은 우물에 빠져 혼자 가라앉지 않도록 끼어드는 방해꾼이 되는 것이 제 목표라며.

"어때요, 제가 조금은 방해가 되고 있나요?"

정인이 가장 자주 활용하는 방해 수단은 집안일이었다. 불행인지 다행인지 집안일은 꼬리를 물고 나온다. 끝이 없다. 그것을 차례대로 정인과 해치운다. 지지난달까지만 해도 몰랐던 사람과 한집에서 온종일 시간을 보내야 하는데 집안일이 없다면 도대체 어떻게 되었을까 싶기도 했다.

출근 도장을 찍고 빨래를 걷고, 개고, 세탁기를 새로 돌리고 장을 보고 그게 마트였는지 시장이었는지 편의점이었는지도 기록한다. 집 안의 어디 어디를 청소했으며 점심과 저녁으로는 뭘 먹었는지, 어떤 책을 읽었고 어떤 방송을 보았고 어떤 인터넷 뉴스를 읽었는지도. 특별한 일 없이 집에서만 보내도 하루는 촘촘히 굴러갔다. 그 내용을 정인은 스마트폰에 일목요연하게 기록해 퇴근하기 전 센터로 전송한다.

이런 게 그들의 연구에 무슨 도움이 될는지 모르겠지만, 해야 할 일이라기에 매일 이어가는 중이었다.

집안일에 매달려 하루를 부지런히 움직이고 나면 손발에 깊이 박혀 있던 냉기가 녹았다. 사람 둘이 만든 먼지와 열기를 환기하기 위해 창을 열 때면 들어오는 찬바람은 차갑지만 동시에 숨통을 트이게 했다.

그 냉정한 온도를 마시고 나면 미하는 그날 하루의 눈물샘이 어는 것이라고 스스로 주문을 걸었다. 좋은 방해꾼이라고 생각했다. 효과가 없는 것 같지는 않았다.

베란다 바닥 타일을 보다가, 욕실의 곰팡이 얼룩을 보다가, 누워서 꺼진 형광등을 멍하니 보다가도 맥락 없이 흐르던 눈물의 양이 조금씩 줄었다. 울다가도 가스레인지에서 끓고 있는 주전자의 불을 꺼야 했고, 취침 약을 먹어야 한다는 알람이 울리면 컵에 물을 따랐다. 세탁기가 다 돌아갔다는 딩동딩동 소리는 방해 중의 방해였다.

그러면 떨어진 눈물을 슥 닦고 일어나 젖은 빨래를 탈탈 털어 건조대에 널었다. 일렬로 줄지은 화려한 수면 양말들은 곧 다가올 크리스마스 장식처럼 보였다. 계절은 잘도 반복된다.

정인의 마지막 방문은 12월 25일이 될 예정이었다. 크리스마스였지만 보호사가 공휴일을 지킬 수 있는 직업은 아니었다. 무조건 월수금. 병동에 쉬는 날이 없는 것과 마찬가지 이유로.

이날 저녁 식사는 자신이 만들고 싶다고 미하는 생각했다.

하늘이 깨끗한 크리스마스였다. 기온도 반짝 올라 영상이었다. 화이트 크리스마스는 못 됐지만 맑은 하늘 덕에 내내 미지근한 빛이 거실로 들락날락했다. 집 안이 포근했다.

정인이 출근하자 미하는 오늘 저녁은 직접 차리겠다고 선언했다. 정인은 조금 어리둥절해했지만 기대하겠다며 금세 함빡 웃었다.

미하가 만든 저녁은 플레이팅에 잔뜩 힘을 준 샌드위치와 샐러드였다. 치아바타 빵 사이에는 베이컨과 양송이버섯, 치즈, 그리고 시금치를, 샐러드에는 올리브와 방울토마토, 아보카도를 아낌없이 넣었다. 저녁이라기보다는 브런치에 가까운 메뉴였다. 식탁에 마주 앉자마자 정인은 어머 예뻐라, 감탄부터 터뜨렸다. SNS 계정이 있었다면 사진이라도 찍어 올릴 기세였다.

"샌드위치에 나물이 들었네요."

나물이라는 말에 미하가 미소 지으며 대답했다.

"소테라고 해요. 시금치 소테."

소테는 센 불에 재빨리 볶는다는 뜻의 프랑스어다. 시금치는 이리저리 활용하기 좋고, 방금 불에서 막 건져 낸 따끈한 음식을 좋아하는 미하는 자취하던 시절 시금치 소테를 밑반찬 삼아 먹곤 했다.

뿌리를 다듬어 낸 파릇한 줄기를 헹궈서, 기름 두른 팬에 볶아 소금 간만 살짝 하면 완성이었다. 만들기도 쉽고 맛있었다. 밥반찬으로 먹어도, 빵 사이에 치즈와 함께 끼워 먹어도 잘 어울렸다. 그저 불에 익혀서 숨이 죽고 온기만 품었을 뿐인데 이렇게 맛있어도 되나 생각하곤 했다. 쉽디쉬운 요리인데 정말이지 오랜만에 만들었다.

정인이 샌드위치를 크게 한 입 깨물었다.

"겨울엔 시금치랑 무가 제일 맛있죠. 추울수록 달달하지."

"맞아요."

두 달 전 시금치 그림을 앞에 두고 눈물을 펑펑 쏟던 그 사람은 오늘 없었다. 적어도 지금은. 언제 또다시 불쑥 나타날지 모르지만 자주는 아닐 거라는 예감이 어렴풋하게 들었다.

"보호사님, 여쭤보고 싶은 게 있는데요."

"뭐든지요. 오늘이 아니면 이제 물어볼 수도 없으니까."

"두 개예요."

"좋아요."

정인은 질문이 무엇이든 몇 개든 대답할 준비가 되었다는 듯한 얼굴이었다.

"저 말고 다른 생존자를 돌본 적이 있으세요?"

"그럼요. 미하 씨가 두 번째예요."

"그분은 어떻게……."

다른 사람의 일을 묻는 것이 실례가 될 수도 있겠다는 생각이 들었으나 이미 말해 버렸으니 어쩔 수 없었다. 대답하고 아니고는 정인의 자유였다.

"그분은 옵션을 선택했어요."

"네……."

말해줄 수 있는 건 거기까지인 듯했다. *그분은 행복하게 살고 계신가요, 우울이 재발하지는 않았나요?* 묻고 싶었지만 이내 질문이 애초에 틀렸다는 생각이 들었다. 자살 사고가 있었든 아니든 '행복하게 살고 있나요?'라는 질문에 '네.'라고 대답할 사람이 세상에 얼마나 있을까. 옵션은 상처 난 부분을 지울 뿐, 새로운 행복을 가져와 주는 도구는 아니다. 그건 미하도 이미 알고 있었다.

두 번째 질문을 이었다.

"보호사님은 그러니까…… 어떤 기억을 지우셨어요? 옵션을 선택하셨잖아요."

이런 질문이 모순적일까. 질문을 던지는 순간에도 미하는 고민했다. 망각한 것을 기억해 낼 수 있으면 망각이 아니었으므로. 하지만 의사는 기억 자체가 아니라, 기억과 연결된 감정의 고리만을 끊는 것이라고 설명했다. 그게 어떤 상태이고, 또 어떤 기분일지는 알 도리가 없다. 그러니 어떤 질문이 가장 옳은 형태일지 역시 모르는 일이다. 제 말이 전하고자 하는 바가 제대로 담겼으면 좋겠다고 생각하며, 미하는 대답을 기다렸다. 정인이 조금 느리게 입을 열었다.

"옵션 시술을 결정하면 담당 의료진이 뇌를 판독해 그중에 자살 사고를 일으키는 정보들을 선별하지요."

퇴원 교육에서 들었던 내용이다. 자살 생존자는 그렇게 추려진 것들 중 어떤 정보를 제거할지 의료진과 상담하여 결정한다.

"그런데 나는 그 안에 있는 건 지우지 않았어요."

"……네?"

*지우지 않았다고? 옵션을 선택했다며?*

"지울 수 없었어요. 그 두툼한 파일 안에 있는 것들은 한 글자도 지울 수 없었어."

정인은 가끔 운다던 말에 꼭 어울리는 얼굴이 되어 있었다. 아직 옵션을 겪지 않은 것 같은, 여전히 흔들리는 사람의 그런 표정이.

"다 그 아이 같은 거예요. 이 기억은 눈, 이 기억은 손가락

한 마디 한 마디, 이 기억은 무릎, 이 기억은 머리카락 한 올 한 올."

"……."

"지연이를 더 잃고 싶지는 않았어요. 그게 만질 수 없는 기억이라고 해도. 조금도 말이야."

흘러내린 눈물을 닦으려고 정인은 소매로 뺨을 눌렀다가 눈가를 휘며 웃어 보였다. 미하를 안심시키고 싶은 듯했다.

"그래서 난 거기에 없는 걸 지웠어요. 지연이 열 살 때, 학교 숙제 빼먹은 거 때문에 크게 한 번 혼낸 적이 있었는데, 그 기억을 지웠어. 두고두고 후회했거든요. 사실은 내가 애 아빠 때문에 속상해서 화풀이를 거기에 하고 말았던 거라."

기억을 지웠다고는 표현했지만, 엄밀히 말하면 기억 자체는 남아 있다고 했다. 하지만 모니터를 통해 보는 흑백 이미지처럼 거리감이 생겼다고 했다. 더 이상 그 기억의 주체가 내가 아닌 기분. 그 장면을 이해는 하지만, 감정의 동요는 사라진다고. 시술을 받은 이후에는 '기억'보다는 '정보'라는 단어에 더 적합해진다고 정인은 말했다.

"비겁하지만 내가 할 수 있는 건 거기까지였어요. 고작 내 잘못 지우기."

정인은 샌드위치와 샐러드를 남김없이 먹어 주었다. 접시에 떨어진 시금치의 자투리 이파리까지 깨끗이. 빈 접시를 치우며 시계를 보니 6시 15분이었다. 또 *늦어 버렸네*, 중얼거리며 정인은 오늘의 일지를 센터로 전송했다. 저녁은 생존자가 직접 만들어 주었고, 시금치 소테 샌드위치였으며, 맛있었고 나도 나중에 직접 만들어 보고 싶어졌다고. 지극히 개인적인 일기 같은 리포트를 보냈다.

전송이 모두 완료되자 정인은 그간 와이파이 잘 썼다며 얼굴 모든 주름에 웃음을 가득 담아 미하에게 고마움을 전했다. 미하는 인사 대신 정인의 어깨를 끌어안았다. 처음엔 조금 어설프게 팔을 둘렀다가 이내 힘을 주어서 꾹 끌어안았다. 정인은 칭얼대는 아이를 달래듯 미하의 등을 길게 쓸어 주었다. 가슴속에 응어리진 무언가의 밀도가 느슨해지는 것 같았다. 잃어버리고 싶지 않은 감각이라고 미하는 생각했다.

정인이 떠나고 미하는 일자리를 구했다. 센터에서는 생존자가 사회에 복귀하기 위한 일자리 연결도 돕고 있는데, 대단한 일들은 아니지만 자신에게 맞는 일을 하나 골라 사회화를 시작해야 한다.

미하는 결혼 전 사보 디자인을 했던 경력으로 현수막 제작 업체에서 일하게 되었다. 월요일부터 금요일까지, 커다랗고 눈에 띄는 글씨로 누군가의 목소리를 뽐내 주는 작업을 한다. 하던 일에 비하면 많이 단순했지만 적성에는 잘 맞았다.

저녁에 퇴근하고 빈집에 돌아왔을 때나 휴일이 되면 정인을 떠올렸다. 그날그날 날씨에 따라 정인이 만들어 주던 미역국, 꽁치조림, 연근 튀김 같은 것들도 생각났다. 마른 빨래 더미에서 양말을 골라 개킬 때면 얼굴도 모르는 지연이라는 아이를 상상했다. 정인을 닮았을 그 아이를. 어쩌면 시호와 같은 곳에 있을지도 모를. 아니, 같은 곳에 있을 것이다. 그곳에서 시호의 배가 아프면 지연이 봐줄 것이다.

미하는 어느 날 아침 문득, 태혁이 떠난 이후 처음으로 시차 계산을 해보았다. 샌프란시스코. 한국보다 열여섯 시간이 느렸다. 여기는 토요일 아침 9시이니 거기는 금요일 오후 5시일 것이다. 동시(同時)를 살아가는 존재인데, 그쪽의 입장에서는 여기가 아직 다가오지 않은 미래의 시간이라니 재미있었다.

미하는 침대에 모로 누워 휴대폰의 통화 목록을 열었다. 부재중 전화가 찍혀 있었다. 계속 무시해 온 그 번호가 태혁의 해외 번호이겠거니, 짐작은 했다. 낯선 그 번호를 길게 눌렀다. 처음 들어보는 리듬으로 몇 번 신호가 흐르더니 한동안 잊으려 했던 목소리가 들렸다. 잊으려 했으나 잊은 적은 없던.

"미하야?"

다짜고짜 묻는 저쪽의 목소리에는 반가움이 그득 묻어 있었다. 어떻게 잠음도 하나 없을까 싶었다.

"……뭐 해?"

거의 1년 만에 듣는 목소리면서 미하는 바로 어제 통화했던 사람처럼 태연하게 물었다. 꽤 뻔뻔하게.

"나야 일하지. 뭐."

"그렇구나. 방해되면 끊을게."

"아냐! 안 바빠. 하나도."

궁금한 게 산더미 같을 텐데 그가 하고 싶은 말들을 겨우겨우 참고 있는 게 이쪽까지 느껴졌다. 많은 질문을 뒤로했을 태혁이 물었다.

"넌 뭐해. 어디야?"

"미래입니다. 그쪽에서 열여섯 시간 미래."

그렇게 대답해 놓고 미하는 혼자서 작게 웃고 말았다. 웃고 나서야 조금 놀랐다. 아무 생각도 않고 웃어 본 게 언제가 마지막이었을까. 태혁도 휴대폰 너머에서 덩달아 웃었다. 이렇게 웃게 되는구나. 비 온 뒤 바닥에 맺힌 커다란 물웅덩이 하나를 훌쩍 뛰어넘듯. 앞으로도 웅덩이는 또 나오겠지만.

작년 봄에 떠난 그는 아무것도 모른다.

자살 시도도, 보호사의 돌봄을 받은 나날도, 오랫동안 웃지 않았던 시간도. 미하에게도 벌써 까마득한 과거가 된 것 같았다.

이번엔 미하가 물었다.

"추워? 거기도?"

"그렇긴 한데, 그래도 한국만큼은 아니야."

"여긴 또 한파 기록 갱신했어."

"너 발 시리면 힘들겠네."

"응, 죽겠어, 아주."

죽겠다는 말도 이렇게 자연스레 나올 줄이야.

오랫동안 이리저리 피했던 말이었다. 한 존재의 완전한 소멸과, 다른 존재의 연장된 생이 어쩔 수 없이 동시에 떠올라 버려서. 그래도 앞으로는 걸려 넘어지지도 물러나지도 않기로 했다.

"여보, 기억나? 내가 시호 다 큰 거 같다고 했던 거."

오랜만에 입에 담는 이름이었다. 지금이라면 눈물샘을 붙잡은 채 대화할 수 있을 것 같았다. 아이를 재워 놓고 나란히 누워 두런두런 이야기하던 그때처럼. 열여섯 시간을 사이에 둔 과거와 미래가 함께.

"왜, 아기들 누우면 자기 발 갖고 놀잖아. 다리도 짧으니까 붙잡기도 쉽고."

"응, 기억난다."

"근데 언제부턴가 시호가 누워도 발을 안 갖고 논다고. 다리도 길어지고 키도 쭉쭉 크고, 좋긴 좋은데 정말 다 키워 버린 거 같아서 뭔가 섭섭하다고."

"그 팽이 장난감, 크리스마스 선물 줬던 날."

"맞아. 그날."

세 사람이 함께 보낸 마지막 크리스마스였다.

"내가 시호에게 많이 의지했던 거 같아. 키운다는 핑계로."

"……"

"부모라고 다 어른은 아닌 거야. 아무리 생각해도 그래."

"의지하는 데 애 어른이 어딨어."

"그런가."

"당연하지."

태혁은 미하가 무슨 말을 해도 편을 들어줄 기세였다. 시금치를 뱉어 냈던 시호의 편을 들어주었을 때처럼. 그래서 용기 내 말할 수 있었다.

"우리 시호는 대단했어. 잘 먹고 잘 크고 잘 놀았어. 매일 유치원도 가고."

"응."

"수족구도 잘 이겨 내고."

"응."

"그러니까 태권도 대회도 많이 나갔을 거야."

"……."

"띠도 색깔별로 다 땄을 거야."

"……응."

"그치?"

"그럼."

"시호를 알아서 좋았어. 고마웠어."

"나도."

"그치?"

"응."

"정말로."

응. 응. 나도. 나도. 끝없는 대답을 들으며 미하는 몸을 잔뜩 웅크렸다. 발가락이 손에 닿았다. 시호의 작은 발바닥에 제 손바닥을 갖다 대 보았던 첫날이 생각났다. 손바닥보다 훨씬 작은 발바닥을 가득 채우고 있던 체온이. 기억에서 언제까지고 저물지 않을 작은 온기가.

월요일 아침 미하는 센터에서 마지막 만족도 조사 전화를 받았다. 상담 직원이 점수를 물었을 때 미하는 숫자를 말하는 대신 저도 모르게 그분이 벌써 보고 싶다고 해 버렸다. 상담사가 작게 웃었다. 그래도 점수는 수치로 말씀해주셔야 한다고 했다. 100이란 숫자는 어쩐지 비현실적이고 더 이상의 여지가 없는 완성형의 느낌이라 미하는 고심 끝에 95점이라고 말했다. 옵션에 대해서는 여전히 생각 중이라고 했다. 진심이었다.

아마도 영원히 옵션의 가능성을 생각하겠지만 결국 선택에는 못 이를 것 같아. 전화를 끊으며 그런 마음이 들었다.

표백

"실장님."

세 번째 불렸을 때야 근아는 모래를 돌아보았다. 병원 지하 세탁실의 삼면을 둘러 채운 대형 세탁기와 건조기들이 토해 내는 낮고 거친 회전음에 모래의 목소리가 잘 들리지 않았던 모양이다. 모래가 목소리 볼륨을 30퍼센트 정도 높여 부른 세 번째에야 근아는 자신을 부르고 있다는 사실을 인지했다.

"아, 네, 모래 씨."

근아는 다음 넣을 세탁물이 가득 담긴 햄퍼 두 개를 낑낑 끌고 오던 도중이었다. 바퀴가 달렸어도 햄퍼가 무거워 방향 조절이 수월하지 않다. 근아의 이마에 땀이 맺혀 있다. 애쓰는 것이다.

전임 주간 실장에 이어 새로 들어온 지 이제 겨우 2주를 넘긴 근아는 오래 근무한 평사원들에게 이것저것 물으며 세탁실에 적응해 가는 중이었다.

근아는 자기가 뭔가 실수한 거라도 있나 살짝 움츠러들었다. 마스크 위에서 두 눈이 깜빡인다. 실장이라고 해도 근무 일수로는 이 세탁실에서 가장 막내인지라 아직 날마다 긴장 속에서 보낸다. 신임 실장은 이제 갓 대학을 졸업한 젊은 청년이다. 직급만 상사인, 경험 적은 신입이 안절부절못하는 모습은 모래에게 낯설지 않다.

시간이 지나면 근아도 자연스럽게 권위를 익혀서 모래와 다른 평사원들에게 스스럼없이 지시를 내리게 될 것이다. 행정실로 발령받아 떠난 전임 주간 실장도 그랬고, 지금의 야간 실장도 그렇다. 낮과 밤, 이교대로 돌아가는 세탁실은 인간 실장 두 명을 둔다. 나머지는 모두 모래와 같은 휴머노이드들이다.

모래는 제 표정이 필요 이상으로 무거운가 싶어 페이스 모듈에서 신중함의 수치를 15퍼센트 낮췄다. 이어 본격적인 용건을 말하기 전 안부나 상태를 물으며 상대의 긴장을 누그러뜨린다.

"소음, 힘들지 않으신가요?"

근아는 제 목덜미에 걸친 청력 보호구를 톡톡 두들겨 보였다.

"많이 거슬릴 땐 이거 쓰면 되니까요."

그렇지만 근아가 청력 보호구를 착용한 모습을 모래는 아직 본 적이 없다. 이 세탁실에서 일하는 동안은 휴머노이드들처럼 자신도 무뎌지고자 견디는 것 같았다.

"무거운 건 저희에게 맡기세요, 실장님. 특히 오염된 세탁물은요."

"괜찮아요. 저도 배워야 하니까요."

근아의 얼굴에서 긴장이 빠져 나가자 모래는 비로소 본래의 용건을 앞으로 내밀었다. 구겨진 환자복이었다. 병동에서 수거해 온 그대로로, 아직 세탁 전이었다.

"환자복이…… 왜요?"

모래는 환자복의 접힌 면을 두 번에 걸쳐 펼쳤다.

윽 소리를 내며 근아가 마스크 위로 코를 한 번 더 막았다. 옷 속에는 쌀밥 한 뭉치와 연근 조림 몇 개, 시금치 나물, 동그랑땡 몇 개와 원래는 잘 말라 있었을 김이 한데 뒤섞여 음식물 쓰레기처럼 엉겨 있었다. 한 끼는 거뜬히 될 양이었다. 환자복은 당연히 각종 양념의 얼룩으로 엉망이었다.

"누가 음식을 이렇게……. 이거 지워지는 거죠?"

세탁실 업무를 하면서 혈액을 비롯한 다양한 체액과 토사물을 비롯한 오염 물질을 보아 온 근아였다. 음식물은 귀여운 수준이다. 주사침 같은 위험 물질이 딸려 나온 것도 아니고 휴대폰이나 귀금속 같은 귀중품도 아니다. 그저 매일 맞아들이는 12톤의 세탁물 중에서 식판을 그대로 쏟아 놓은 듯한 음식물 더미는 처음이라 조금 당황했을 뿐이다.

"그럼요. 효소 세제를 쓰면 표백할 수 있습니다."

"혹시 오염 세탁물로 분류되었어야 하는 건가요?"

근아가 확인하듯 물었다. 의료 기관에서 나오는 세탁물은 오염 세탁물과 아닌 것을 엄격히 구분한다. 일반적인 침구나 의류는 오염 세탁물이 아니지만, 환자의 혈액이나 고름, 분비물 또는 전염성 물질이 묻은 경우는 오염 세탁물로 분류해 별도의 소독 과정을 거쳐야 한다.

"아니요. 일반 세탁물 맞습니다."

"그럼 음식물은 버리고 절차대로 세탁하면 되지 않나요?"

근아는 뭘 굳이 내게 그걸 보여주기까지 했느냐는 질문을 돌려 물었다.

"병동에 고지해야 하거든요."

"음식을요?"

아직 자신이 모르는 일을 배울 때마다 근아는 고개를 살짝 비스듬히 기울이고는 작업용 가운에 딸린 주머니에서 휴대폰을 꺼낸다. 아까 살펴보다가 그대로 넣어 두었을 소셜 네트워크 서비스인 '스포트라이트'를 닫고 근아는 업무용 메모장을 실행시켰다.

근아의 낙은 업무 틈틈이 스포트라이트를 살피며 코멘트를 쓰는 일이었다. 교대 시간을 제외하면 세탁실에 인간은 근아 혼자이므로 대화랄 것을 나눌 상대가 전무하다. 그래서 거기에 잡담을 늘어 놓는 것이다.

"수거한 세탁물에서 버려진 음식물이 다량 발견되면 간호사 데스크에 고지해야 해요. 이건 정신과 병동 햄퍼에서 발견되었습니다."

설명을 덧붙이자 근아는 제 나름의 이유를 추론했다.

"음식물 섭취를 거부하는 환자를 보호하기 위해서인가요?"

"맞아요."

환자복에 이름표가 달린 것도 아니니 누가 입던 것인지 바로 특정은 못 하지만, 그래도 어림짐작 정도는 할 수 있다. 당장은 몰라도 자연히 정체가 드러난다. 먹기를 거부하려고 작정한 사람은 한 끼만 버리지 않기 때문이다. 감시가 시작되면 계속 숨기기는 무리다.

모래는 근아와 세탁실 한편에 마련된 사무실로 들어갔다. 다소 초라한 공간이다. 작은 방 중앙에는 관리자 공용 책상이, 그 위에는 서류 작업이나 업무 보고용으로 쓰는 모니터가 놓여있다. 나름 사무실이라고 세탁실과 이곳을 분리하는 벽이 있어 소음이 약간은 덜하다.

근아는 바로 정신과 병동 간호사 데스크를 호출해 버려진 음식을 펼쳐 보이고, 오늘 오전 수거한 세탁물에서 발견되었다고 보고했다. 근아는 이렇게 하는 게 맞는지 확인하듯 몇 번이나 모니터 너머의 모래에게 눈짓했다. 모래는 작게 고개를 끄덕였다.

"모래?"

중앙 공급실에 수술실용 리넨을 전달하고 빈 햄퍼를 끌며 돌아오는 길이었다. 낯선 목소리가 모래의 이름을 불렀다. 사실 불렀다고 하기에는 적합하지 않았다. 여자가 무심코 중얼거린 것을 모래의 예리한 청력이 들어 버렸다고 해야 옳았다.

소리가 난 쪽을 살피니 10미터 정도 떨어진 흡연 구역에 두 사람이 보였다. 한 사람은 중년의 간호사, 한 사람은 20대 후반 정도의 여자였다.

모래는 여자의 생김새를 판독했지만, 메모리에도, 캐시 파일에도 정보가 없는 인물이었다. 즉, 낯선 사람이다.

그도 그럴 것이 모래는 환자를 만날 일이 없다. 리넨을 수거하고 불출할 때가 아니면 지하 세탁실에서 빨래 더미와 종일 부대끼며 지내는 탓이다. 이런 일과 속에서 얼굴을 익힐 인간은 실장 아니면 간호사들뿐이다.

모래와 여자 사이의 거리는 아무리 시력 좋은 사람이라고 해도 모래의 목에 걸린 사원증을 읽을 수 있는 수준이 아니었다. 그렇다면 다른 곳에서 모래를 보고 일방적으로 이름을 기억해 두었다는 의미였다.

모래가 정보를 정리하는 동안 여자가 천천히 다가왔다. 다크서클이 짙고 얼굴에 핏기가 없었다. 바람이 지나가자 여자가 피우던 담배 연기가 모래의 얼굴을 덮었으나 모래는 찡그리지 않는다. 담배 연기에 반응할 정도로 이물질에 예민한 휴머노이드라면 애초에 세탁실에서 일하기에 적합하지 않다.

여자는 밋밋한 표정으로 모래를 쳐다보았다. 키가 모래보다 한 뼘 정도 작아 눈을 마주하기 위해서 여자는 고개를 들어야 했다. 사람 대 사람이었다면 약간 뻔뻔해 보였을 것이다.

"가까이 보니까 확실히 차이가 있네요. 사람이랑."

"제가 도와드릴 일이 있을까요?"

모래는 상냥하게 물었다. 환자를 비롯한 낯선 사람이 휴머노이드 직원, 즉 '휴인'에게 대화를 시도했을 때의 매뉴얼이다. 도와줄 수 있는 일은 문자 그대로 돕고, 휴인이 할 수 있는 일이 아니면 도움을 줄 수 있는 다른 부서를 연결한다. 위급한 상황의 경우 응급실에 원격 호출을 넣는다. 때에 따라 코드 블루 경보(심장 마비 환자 발생 시 병원에서 발동하는 경보)도 울릴 수 있다. 그러나 이 환자는 응급 상황과는 거리가 멀어 보였다.

"그냥 보는 거예요. 이렇게 정교한 모델은 한 번도 본 적 없어서."

여자는 무심하게 중얼거리고는 다시 담배를 물었다.

사회 곳곳에서 로봇이 인간들의 업무를 분담하기 시작한 지도 긴 시간이 흘렀다.

사회적 로봇으로 활동하는 휴머노이드의 종류는 사양도 외형도 아주 단순한 것부터 사람과 거의 구분이 안 가는 수준까지 폭넓었다. 의료 기관에는 모래 같은, 인간과 가장 비슷한 생김새와 체형, 지능을 가진 모델이 투입된다.

짙은 갈색의 짧은 머리에, 갈색 눈동자를 기본으로 한, 성별을 가시화하지 않은 뉴트럴 모델. 한 사업장에는 특수한 경우가 아니면 동일한 디자인을 배치하지 않는데, 이 말은 현재 병원에서 일하는 세탁실의 휴머노이드 서른여섯 대 모두가 다르게 생겼다는 뜻이다. 여자가 모래를 알아볼 수 있었던 이유였다.

휴머노이드에게 개성을 부여하는 이유는 환자에게 친근감을 주기 위해서였다. 심지어 병원에서는 휴인들에게 의료인들이 입는 것과 흡사한 말끔한 가운을 입히고, 휴'인'이라고 불러가며 전문적이고 안전하다는 느낌을 강화한다.

행정적으로, 휴인은 병원이 소유한 고가의 장비로 등록되어 있다. 그럼에도 실제 현장에서는 평범한 인간 직원처럼 대우받는 일이 많다. 인간과 거의 다를 바가 없는 외양과 인공 지능 때문이다. 인간이 아니라는 사실은 모두가 알고 있다. 존중할 필요까지는 없다는 사실도. 하지만 그토록 인간과 흡사한 존재를 사람이 아닌 것으로 대우하는 일은, 역설적으로 인간에게 불쾌감을 주기 마련이었다.

물론 여자처럼 휴인을 코앞에서 관찰하면 자연스럽지 않은, 즉, 인간스럽지 않은 부분을 발견하기도 한다. 규칙적으로 깜박이는 눈꺼풀, 혈관이 전혀 비쳐 보이지 않는 일정한 톤의 피부, 질서를 이루고 있는 머릿결 등을.

물끄러미 모래를 보던 여자가 질문했다.

"당신은 간호사인가요?"

'당신'이라는 지칭에 약간의 망설임이 있었다.

"의료법상 휴인은 의료 행위를 할 수 없습니다."

병원을 돌아다니다 보면 가끔 듣는 질문이다. 특히나 아이들이 많이 묻는다.

"저는 세탁실 직원이에요. 먼지가 많은 곳이라 인간의 호흡기에 좋지 않아 최소 인원의 관리자 외에 인간은 일하지 못하도록 법이 개정되었어요."

"아, 그래서 빨래를."

이제 알았다는 듯 중얼거리며 여자는 거의 꽁초만 남은 담배의 불씨를 떨었다. 모래는 이 사람이 언제 자신을 눈에 담아두었는지 깨달았다. 병동에 들러 햄퍼를 수거할 때일 것이다.

"관찰력이 좋으시네요."

"근데 그거 알아요?"

모래가 재미있다고 생각하는 표현이었다. 그거 알아요? 정말로 아는지 모르는지 궁금해서 묻는 말이 아니라, 무언가를 이야기하고 싶은 사람의 순수한 욕망이 담긴 표현.

여자의 입에서 나온 말은 뜻밖이었다.

"내가 밥을 빨래통에 버렸다고 누가 고자질을 했다네요. 그게 누군지 궁금해요."

동시에 모래도 이제 이 사람이 누구인지 알았다. 얼굴을 본 건 처음이고 이름도 모르지만, 누구인지만은 명백하다. 며칠 전 빨랫감에서 나온 음식을 버렸을 그 사람.

그러고 보니 여자가 입은 환자복의 품이 상당히 컸다. 옷이 큰 게 아니라 몸이 작은 것이다. 모래가 판독한 결과 성인의 환자복 중 가장 작은 것을 입고 있었는데도 소매며 바지통이 벙벙하게 남았다. 깡마른 사람이었다.

여자는 모래의 시선이 탐탁잖있는지, 긴조하던 목소리에 악간의 뾰족함을 더해 말했다.

"나 허락받고 나온 거예요. 밥 잘 먹으면 담배 피워도 된다고 해서."

여자가 눈짓으로 가리킨 방향에는 아까 그 간호사가 보였다. 감시로 따라 나온 것이다.

"어차피 개방 병동인데 되게 선심 쓰는 척이야. 안 그래요?"

모래는 대꾸하지 않았다. 모래가 판단할 수 있는 내용이 아니었다. 모래의 반응은 아무래도 좋은 듯 여자는 이렇게 내뱉었다.

"그래도 올라가면 토할 거지만."

"어째서요?"

"궁금해요?"

묻는 여자의 눈에는 날카로움이 선연했다. 고자질한 모래를 향한 호기심에 공격성도 섞여 있다. 파리한 얼굴에 드러난 표정은 지나치게 도드라져 보여 괴기스럽기까지 했다.

저쪽에서 기다리던 간호사가 이쪽으로 다가왔다. 허락된 시간이 다 된 모양이다.

"궁금하면 내일 이 시간에 다시 나와요."

간호사와 함께 돌아서며 여자가 말했다. 하지만 모래는 아무것도 궁금하지 않았다. 식사를 거부하는 환자는 드물지 않게 있다. 그에게 적합한 방법을 찾아 치료하는 것은 의료진의 몫이다.

다음날 중앙 공급실 불출 담당은 모래가 아닌 다른 휴인이었고, 그래서 그 길을 지날 일이 없었다. '내일 이 시간에 다시 나와요.'라는 명령은 병원 관계자가 업무로 지시한 것이 아니므로 중요하지 않은 데이터로 처리해 휴지통에 넣었다. 월말에 병원 9층에 있는 정보 처리실에 가면 관리자가 데이터를 점검하고 휴지통을 비워 줄 것이다.

의료진은 환자의 고통을, 휴인은 빨래의 오염을, 관리자는 휴인에게 불필요한 데이터를 제거한다. 빙글빙글 돌아가는 세탁조처럼, 병원은 얼룩을 지우는 반복 속에 있다.

며칠 후 점심시간이 막 지났을 무렵, 근아가 모래를 불렀다. 고열 멸균 건조기에서 쏟아져 나온 침구를 다른 휴인들과 함께 작업대에서 차근차근 접던 중이었다.

"정신과 병동에 좀 다녀와 줘요. 모래 씨."

목소리에 기운이 없다. 오늘 근아는 출근했을 때부터 기분이 별로 좋지 않았다. 평소처럼 '돕는다'며 휴인들의 뒤꽁무니를 따라다니지도 않고 세탁실 맞은편의 충전소에 오전 내내 틀어박혀 있었다.

보통은 교대 후 휴인의 충전이 탈 없이 이루어지고 있는지 한 바퀴 둘러보고 나와야 하는데 오늘은 머무는 시간이 길었다. 울었는지 눈이 충혈되어 있었다.

인간의 감정이란 통제가 어려울 때가 있다. 근아에겐 오늘이 그런 날이었다.

그리고 마침내 퀭한 얼굴로 충전소에서 나온 근아가 모래에게 맥없이 정신과 병동으로 가라고 지시한 것이다.

"세탁물로 문제가 생겼나요?"

그런 경우엔 휴인이 아닌 실장을 호출한다는 것을 알지만 다른 가능성이 떠오르지 않았다.

"가면 거기 데스크에서 알려 줄 거예요."

근아는 귀찮은 무언가를 털 듯 대꾸하며 모래가 일하던 작업대에서 침구를 접기 시작했다.

"건조 업무가 남았는데요. 60킬로그램짜리 세 통이 대기 중이에요. 각각 4분, 9분, 15분……."

"알겠다고요. 내가 지켜볼게요. 왜요. 못 미더워요?"

말에 날이 섰다. 대꾸하기도 싫은 모양이었다. 모래는 '아닙니다.'라고 응답하며 세탁실을 나섰다. 근아의 솜씨는 휴인의 속도와 정확도에는 못 미치지만, 이제라도 일할 마음이 생겼다면 다행이다.

근아는 오전에 야간 실장과 교대하며 한소리 들은 이후로 기분이 상해 있다. 문 닫힌 사무실에서 이루어진 대화였지만 휴인들에겐 아주 잘 들렸다.

세탁용 약품 관리 대장에 근아가 수량을 잘못 기입해 발주 일정에 차질이 생긴 것이다. 근아가 작성한 수량과 달리 재고는 오늘을 넘기지 못할 분량이었다. 늦어도 오늘 오후에는 약품이 입고되어야 빨래가 밀리지 않고 돌아갈 수 있다. 야간 실장이 그걸 자정 넘어 발견하고서 총무팀과 거래처 양쪽에 한밤중에 읍소해 입고 일정을 당겼다.

혼자 일을 수습해 놓은 야간 실장은 아침에 근아가 출근하자마자 혼냈다.

'휴대폰만 들여다보지 말고 비품이랑 휴인한테도 관심을 좀 갖죠? 말 나온 김에, 아직도 부서별 세탁물 분류 실수하죠? 수간호사들이 나한테 컴플레인 넣는다고요. 못하면 차라리 휴인한테 전담시켜요.'

장기 근속자라고 해도 같은 실장인데 그런 대우를 받은 근아도 자존심이 상했다. 그 짜증의 잔여물이 모래에게까지 넘어온 것이다. 만약 모래가 휴인이 아닌 인간이었다면 근아와 마찬가지로 기분이 상하지 않았을까? 가설을 띄우며 모래는 엘리베이터에서 내렸다.

그러나 그 가설은 병동에 도착한 동시에 저 뒤로 밀어 놓아야 했다. 이 병원에서 근무한 이래 한 번도 해 보지 않은 업무를 지시받았기 때문이다. 정신과 병동 수간호사가 모래에게 부탁한 내용은 이러했다.

"손의진 환자가 식사를 다 마칠 때까지 병실에 함께 있어 주세요. 휴인 업무가 아닌 줄은 알지만요."

*식사요? 같이 있으라고요? 리넨 문제가 아니라요? 저는 세탁실 휴인인데요.* 정확한 지시인지 재확인하자 수간호사는 난

감해하면서도 그렇다고 했다.

"네. 모래 씨가 와야만 식사를 하겠다고 고집을 부려서."

안내를 받아 병실에 들어가자 며칠 전 흡연 구역에서 만난 그 여자가 등을 돌린 채로 누워 있었다. 옷이 사람을 잡아먹은 듯했다. 손의진. 모래는 휴지통에서 여자의 얼굴과 음성을 복원해 이름을 더한 정보를 저장했다. 침대에 딸린 식판에는 죽 한 그릇이 올라간 쟁반이 놓여 있었다. 김은 오르지 않았다. 죽의 표면이 말라 광택 없이 엉겨 있었다.

"안녕하세요."

목소리를 내자 의진의 어깨가 움찔했다. 바로 돌아눕거나 일어나지는 않았다. 잠시 후 가라앉은 목소리가 들려왔을 뿐이다.

"왜 왔어요. 계속 무시하지."

얼마 전, 일방적인 약속을 지키지 않은 것에 대한 질타였다.

"업무 지시에는 응해야 하니까요."

대꾸는 없었다. 병실은 다시 고요했다. 바깥에서 새들이 지저귀는 소리만 오래 흘렀다. 모래는 보호자용 의자에 앉았다.

모래가 와 주었으니 의진은 주어진 식사를 해야 한다. 그것이 요구를 들어주는 조건이었다. 그러나 의진은 누운 채로 주삿바늘 꽂힌 팔을 들어 식판을 밀어 엎었다. 와장창 소리가 났다. 간호사가 돌아와 한숨을 뱉으며 익숙한 몸놀림으로 바닥을 정리했다. 이런 일을 벌써 몇 번 경험한 것 같았다. 모래에게는 그만 돌아가도 좋다고 했다.

세탁실로 복귀한 모래는 작업 속도를 2.2배 정도 높여야겠다는 판단을 내렸다. 건조기 세 통에서 연달아 나왔을 세탁물과 씨름 중인 근아가 이유였다. 접은 면적이 들쭉날쭉한 채로 위태롭게 쌓인 세탁물은 다시 펴서 고쳐 접어야 할 테고, 부서진 단추가 달린 환자복도 모래의 눈에는 또렷하게 보였다. 저런 것은 개는 게 아니라 옷 수선을 전담하는 휴인에게 전달해야 한다.

충전 중인 야간조 휴인 하나를 임시로 투입하는 편이 나았을 텐데도 근아는 제 손으로 어떻게든 해내려 하고 있었다. 다섯 명의 무표정한 휴인 사이에 섞여 끙끙 앓는 사람처럼 땀을 쏟아내면서도 말이다. 이런 행동을 고집이라고 부른다는 건 알지만, 어떤 형태의 마음인지까지는 모래가 알 방법이 없다.

그 이튿날, 그리고 그 다음날도 모래는 병동으로 호출받았다. 의진은 그날처럼 쟁반을 밀치지는 않았지만 사흘을 꼼짝 않고 식사를 거부했다. 하루가 다르게 얼굴이 해쓱해졌다.

영양제 주사에 의지하던 의진은 모래의 방문 나흘째가 되서야 비로소 숟가락을 들었다. 흰죽 반 그릇을 비우는 데 꼬박 한 시간이 걸렸다. 모래는 침묵 속에서 수저가 그릇을 스치는 소리를 묵묵하게 삼켰다.

식사가 끝난 듯 보이자 모래는 자리에서 일어났다. 아주 약간의 기운이 실린 목소리로 의진이 물었다. 왜 아무것도 안 물어보느냐고. 로봇이라서 시키는 곧이곧대로만 하는 거냐고. 질문할 줄 모르는 인생 참 편하겠다고. 자신이 와 달라고 불렀으면서, 영혼이나 인격이라고 부를 만한 것을 소유하지 않은 존재를 조롱하는 것이다.

그리고 의진이 틀렸다. 휴머노이드도 질문한다. 질문에 대한 대답은 데이터 내에서 우선하여 찾아내고, 그렇지 못하면 학습을 위해 묻는다.

사실 '기운을 차려서 한다는 말이 겨우 그것인가요?' 같은 조롱을 덮는 조롱도 데이터에 없지는 않으나 모래는 가장 안전한 매뉴얼을 선택했다.

"부르셨으니까, 이야기하고 싶은 게 있다면 하셔도 좋아요. 도와드릴 방법을 저도 생각해 보겠습니다."

시비에 동하지 않는 휴인에게 말할 의욕을 잃었는지, 의진은 아무런 대꾸도 하지 않았다. 모래가 다시 말했다.

"토하지 않으면 좋겠어요. 그럼 회복이 더디잖아요."

"상관없어. 난 여길 나가고 싶지 않으니까."

체념 조로 작게 중얼거렸으나 모래에게는 또박또박 들려왔다. 궁금하면 다시 흡연 구역으로 나오라던 그 말과 관련이 있는 것 같았다.

그때 간호사가 낯선 두 사람을 데리고 나타났다.

"형사님들 오셨어요."

의진은 이불을 뒤집어쓰며 웅크려 누웠다. 그 모습에는 그리 신경 쓰지 않으며 간호사가 모래에게 돌아가라고 했다.

멀어지는 모래의 뒤로 멀찍이 형사의 목소리가 뒤따랐다.

"선생님, 오늘은 조금이라도 말씀 좀 해 주시지요. 정황을 확인만 해 주시면 됩니다. 서둘러 종결을 해야 하지 않겠습니까."

오늘이 그들의 첫 방문은 아닌 듯했다. 형사들이 의진에게서 원하는 이야기를 아직은 듣기 힘들겠다고 모래는 추론했다. 다만 내일도 의진이 부른다면 오늘보다 조금 더 긴 이야기를 들려줄 가능성이 있겠다고만 결론지었다.

그러나 추론은 빗나갔다. 며칠간 정신과 병동으로부터 아무 연락이 없었다. 중앙 공급실에 다녀오는 사이 살펴본 흡연 구역에도 의진은 보이지 않았다. 병동에서 가져온 세탁물에서 음식이 나오지 않을까 유심히 살폈는데 그렇지도 않았다.

하루는 근아가 먼저 물었다.

"왜 요즘은 모래 씨 안 부를까요?"

근아도 이 일의 경과가 무척이나 궁금한 모양이었다.

휴인에게는 휴게 시간이 없다. 실장의 교대에 맞춰 서른여섯 대 중 열여덟 대가 업무를 시작하고, 다시 교대 시간이 되면 충전 박스로 들어가는 일상의 반복이다. 휴게 시간이 없다는 건 동료 휴인과 불필요한 잡담도 없다는 뜻이다. *이걸 수선해 주세요, 중앙 공급실에 다녀오겠습니다, 처리되었습니다,* 같은 업무 관련한 사항만이 음성 언어로 오간다.

이유는 간단하다. 욕망이 없어서다. 알고 있는 무언가를 타인과 공유하거나, 누군가에게 인정받고자 하는 욕망 자체가 휴인에겐 존재하지 않는다.

그래서 모래가 정신과 병동에 다녀왔을 때 무슨 일이 있는지 궁금해하는 존재는 근아뿐이었다. 이 세탁실에서 잡담이라는 것을 구사할 수 있는 유일한 존재.

모래가 돌아오면 근아는 상의할 게 있다며 사무실로 따로 불러 이것저것을 물었다. 야간 실장은 물론이고 전임 실장도 휴인과 이런 사사로운 대화를 하고 싶어 하는 사람이 아니었는데 근아는 좀 달랐다.

병동 간호사들이 보안 사항이라는 말은 안 했으니, 모래는 근아에게 그곳에서 있었던 일들을 더하고 빼는 것 없이 설명했다. 어쨌든 상사니까. 형사들이 등장한 날의 이야기를 특히 근아는 귀를 쫑긋 세우고 흥미롭게 들었다. 바깥에서 어떤 범죄에 연루되었기 때문에 나가지 않고 병원에서 버티려는 것 같다고 모래의 추론과 흡사한 이야기를 했다.

"그런데 난 그 사람 기분 좀 알 것 같기도 하고요."

4번 건조기의 남은 시간이 임박해서 나가 보겠다고 하자 근아도 따라 일어나며 말했다.

"아무도 의지하고 싶진 않은데 쓸쓸한 거 아닐까요, 그 사람. 그러니까, 이야기를 해서 마음의 짐을 덜어 내곤 싶은데 같은 사람에게 하긴 내키지 않고 휴인이라면 괜찮지 않을까. 일종의 자존심, 아니면 양가감정? 아니 차라리……."

근아는 문을 열기 전 다시 마스크를 썼다.

"마음의 얼룩을 세탁한다는 비유가 맞으려나."

"세탁이요?"

"오염된 빨래를 세탁기에 돌린다고 세탁기도 오염되는 건 아니잖아요. 인간끼리는 아무래도 감정이 전이되니까. 말해 놓고 후회하는 경우도 있고 들어 놓고 후회할 때도 있거든요. 그런데 모래 씨 같은 휴인은……. 비유하자면 뭐, 그런 거죠. 기분 나쁜 거 아니죠?"

나쁠 기분이란 것도 처음부터 없다. 오히려 쉬운 설명이다. 빨래를 빠는 세탁기. 불편한 이야기를 듣는 휴인.

근아는 딩동딩동 소리가 나는 건조기 방향으로 '그래 간다, 가.'라고 추임새를 넣으며 갔다.

어둠이 내린 시각에 주간조인 모래가 눈을 뜰 일은 좀처럼 없다. 눈이 열리고 공감각 센서가 작동하며 익숙한 진동 소리가 들리자마자 모래는 평소 실행되던 시간이 아니라는 것부터 인식했다.

지하에 위치한 세탁실은 창문이 없어서 인간은 시계 없이 낮과 밤을 구분할 수 없지만, 휴머노이드는 그 각자가 시계다. 현재는 오전 4시 20분이었다. 즉 야간조 휴인이 일하고 있을 시간이었다.

충전 박스를 벗어나자 야간 실장이 보였다. 이 세탁실에서 7년 근속한 실장. 실수로 잘못 실행시킨 걸까, 아니면 휴인 중 누군가에게 문제가 생겨 대체 인력이 필요한 걸까.

"안녕하세요."

"잘못 깨운 거 아니니까 프로그램 세팅해."

긴장을 푸는 말 따위는 없다. 오래 먼지를 마셔 마르고 칼칼해진, 특유의 목소리로 그가 단도직입적으로 명령했다.

야간 실장은 정신과 병동으로 올라가 보라고 했다. 데스크에서 요청이 있었다고. 빨래해 갖다 바치기만도 바빠 죽겠는데 별 같잖은 수발까지 들어야 하냐며, 이게 다 주간 실장이 처신을 제대로 못 해 만만하게 보여서 그런 거라고 불퉁스레 퍼부었다.

야간조 휴인들은 그런 실장에게 눈길 한 번 주지 않고 제 일에만 열중한다. 휴인이 폭언에 영향받지 않음을 긴 시간에 걸쳐 체득하게 된 실장은 열악한 근무 환경에 대한 불평은 물론 집안 문제 등의 개인적 스트레스까지 휴인들에게 말로 풀었다. 근아의 논리에 따르면 야간조 휴인은 야간 실장의 세탁기인 셈이다.

병실에 도착했을 때 의진은 침대 가에 오도카니 앉아 있었다. 헤드에 달린 독서등만 켜져 있어 의진의 왼편은 밝고 오른편은 어두웠다. 모래는 렌즈의 해상도를 높여 낮은 조도에 적응했다.

"식사 시간은 아닌데요."

"알아요."

모래가 먼저 입을 열자 의진은 곧장 받아쳤다.

"설마 그동안 내가 부르기 기다렸던 거예요?"

글쎄, 모래는 휴머노이드이므로 '바랐다'고는 할 수 없지만, '대기 중'이라고는 할 수 있었다. 이어질 여지가 있는 대화, 아직 완료되지 않은 업무였으므로 휴지통으로 보내지 않았다는 뜻이다. 그 업무를 처리하는 시간이 원래 근무 시간이 아닌 새벽이 될 줄은 몰랐지만.

응답이 없는 모래에게 의진이 말했다.

"나 아침에 퇴원하려고요."

"다 회복하신 건가요?"

"회복……."

의진이 뇌까렸다.

"그런 게 있기는 할까요."

푸념 같은 말꼬리에 모래를 향한 질문이 붙는다. *당신은 그러니까, 휴인이라고 했던가.*

"휴인은 평생 아무것도 느끼지 않는 거죠?"

"감각은 있습니다. 시각, 청각, 촉각……."

"아니. 누군가가 좋다거나 가엾다거나 한심하다거나 질투하거나 동정하거나 증오하거나 상처받거나……."

모래는 고개를 저었다.

"어떤 삶일까. 그런 상태는."

"영영 알 수 없겠지요. 저는 손의진 씨를, 손의진 씨는 저를."

모래는 모래가 아는 대답을 했다. 의진은 그 말에 틀린 것은 없다는 양 투명한 시선으로 모래를 잠시 바라보다가 입을 열었다.

"이야기를 좀 하고 싶은데, 들어볼래요?"

오래 끊어져 있던 말이 다시 이어진다. 물론 모래는 잘 들을 수 있다. 다만 그게 전부다. 인간들이 서로 나누는 대화에서 빚어지는 효과는 부재할 것이다. 조금 전 의진이 늘어놓았던 종류의 정서를 공유하는 일 또한 없을 것이다. 과연 이게 의진이 원하는 대화의 형태가 될 수 있을까, 모래는 의심했다.

"듣기만 하면 돼요."

모래의 머릿속을 들여다보기라도 한 듯 의진이 말했다.

"연습해 두고 싶은 거니까. 내일 경찰을 만나기 전에."

의진이 말했던 퇴원의 의미를 이제 알았다. 원하든 원치 않든 이곳을 나가 피할 수 없는 의무를 받아들이는 것.

동시에 모래는 지난번 근아가 했던 말을 기억에서 불러왔다. *마음의 얼룩을 세탁한다.*

"무슨 일이 있었던 건가요?"

모래는 매뉴얼대로 공기를 데우며 의자를 당겨 와 의진과 마주 앉았다. 가까이 와서 보니 살이 올랐다고는 할 수 없어도 눈빛의 명료함이나 혈색은 전보다 나았다. 모래를 부르지 않왔던 동안 식사를 소홀히 하지 않은 게 분명했다. 나가고 싶지 않았겠으나 그럼에도 스스로 퇴원 준비를 해온 것이리라.

"결론부터 말하자면…… 사람이 죽었어요."

의진은 윗니로 아랫입술을 짓이겼다.

"얼굴도 모르는 사람이지만."

"유감이네요. 조의를 표합니다."

부고에 대한 반응을 보냈으나 의진은 화제를 돌렸다.

"모래 씨는 스포트라이트 알아요?"

스포트라이트는 현재 국내에서 가장 인기 있는 소셜 네트워크 서비스다. 근아가 이용하는 그것 말이다. 국내 인구의 42퍼센트가 사용한다는 통계가 있다. 아마 병원 직원들도 절반 내외는 스포트라이트의 가입자일 것이다.

사용법은 간단하다. 회원으로 가입해 자신의 생각이나 일상을 텍스트, 영상, 이미지를 활용해 기록한다. 그렇게 업로드하는 게시물의 단위를 '스포트'라고 부르며 기본적으로 전체 공개다. 그러나 마음이 맞는 사용자들끼리 '클로즈업'이라는 소그룹을 형성할 수도 있다. 근아의 경우 같은 동아리 출신의 친구 다섯 명만 소통할 수 있는 클로즈업을 만들었고, 그곳이 근아의 감정 세탁기다.

생성할 수 있는 클로즈업 숫자에 제한은 없다. 작성한 스포트는 스포트라이트 회원 모두에게 공개할 수도 있고, 어떤 클로즈업 한정으로도, 다수의 클로즈업에 걸쳐서도 공개할 수 있다. 네트워크상에서의 거리도 필요에 따라 다양하게 선택할 수 있는 것이 인기 요인이라고 한다.

"처음에 클로즈업 같은 건 안 썼어요. 스포트라이트에서 누군가와 어울릴 생각도 없었고요, 그저 작품 홍보 계정 구독용이었죠. 그게 내 일이었거든요."

웹진 에디터인 의진은 어떤 일러스트레이터가 작업 방향과 어울릴지 늘 탐색해야 했다. 가끔은 유명한 일러스트레이터를 쓰기도 했지만, 예산이 넉넉지 않아 신인과 작업하는 일이 많았다.

스포트라이트에는 자신의 작품을 업로드해서 홍보하는 계정이 넘쳤다. 그렇게 입소문을 타 그림을 팔거나 외주 업무를 따내는 구조가 형성되어 있었고 의진도 그것을 이용했다.

"팀장이 원했던 스타일과 딱 맞는 그림을 발견했어요. 내 마음에도 들었고요. 그래서 그 계정에 있는 작품 몇 장을 팀장에게 보여 줬더니 역시 당장 컨택하라고 하는 거예요."

그렇게 일러스트레이터 '수림'을 알았다. 신화의 여신을 모티프로 현대적으로 변주해 작업을 하는 작가였다. 다음 호 메인 칼럼 '신화와 역사와 과학'에 들어갈 삽화로는 최적이었다. 팔로워가 이천 명가량으로 고정 팬은 어느 정도 있으나 이렇다 할 경력은 아직 없는 신인 스라이터(스포트라이트 사용자의 별칭)라서 비용상으로도 괜찮을 듯했다.

계약은 바로 이루어졌다. 업무 소통은 이메일과 메신저로만 했다. 수림은 그림도 잘 그렸지만 글솜씨도 매끄러웠다. 만나서 대화하거나 전화를 주고받은 일은 없었으나 일하는 데는 불편함 없었고 괜찮은 사람이라는 느낌을 받았다.

해당 호의 작업이 마무리되고도 의진은 스포트라이트에서 수림의 계정을 지속해서 살폈다. 좋은 인상을 받은 사람에겐 아무래도 관심이 한 번 더 가는 법이다.

"나도 수림 님의 그림이 각별히 좋았으니까요. 일이라서가 아니라 개인적으로요. 그래서 라이크(like)도 많이 누르고 새 작품을 올리면 코멘트도 빠짐없이 달았죠."

그러면 그 코멘트에 수림도 라이크를 누르고 감사 코멘트를 달아 대화를 이어갔다. 볼 것 없는 의진의 계정도 맞구독해 주었다. 제게 말을 거는 모두에게 수림이 그렇게 하진 않았다. 자신도 호감을 느끼는 구독자에게만 라이크를 누르고 반응했다. 의진이 그중 하나가 된 것이다. 업무 관계의 영향이 있다 해도 어깨가 으쓱해지는 일이었다. 게다가 의진에겐 수림이 첫 팔로워였다. 그렇게 그림으로 시작한 관심은 점점 수림의 일상, 즉, 사생활로 넘어갔다.

"코멘트를 자주 주고받게 되니까 점점 편해져서, 나중엔 그림 얘기 말고 다른 잡담도 하게 됐어요."

무엇을 먹었다는 스포트, 어디에 방문했다는 스포트, 다른 사람과의 관계에 대한 스포트. '행복하다, 속상하다, 배고프다, 우울하다, 놀랐다.' 등의 희로애락에 의진은 '저도요, 괜찮아요? 괜찮을 거예요, 정말 좋겠다, 그 사람 나빴네요, 맛있어 보여요.'로 응답했다.

수림과의 소통을 계기로 의진은 스포트라이트에 제 일상을 드러내기 시작했다. 소통하는 스라이터도 하나둘 늘어갔다. 수림을 토대로 확장한 관계라 대체로 팔로워가 겹쳤다. 그림과 책, 사회 이슈에 대한 의견을 활발히 나누기도 하고 점심 메뉴나 각자가 보고 있는 풍경을 공유하기도 했다.

꽤 즐거웠다. 그간 유행한다는 소셜 네트워크 서비스를 몇 개 시도해 보긴 했으나 활발하게 이용한 적은 한 번도 없었다. 이미 서로의 얼굴과 신상을 충분히 알고 있는 지인의 계정, 혹은 업무상 관계가 있는 사람을 팔로우하는 정도에만 머물렀다. 전혀 모르던 누군가와 친밀히 연결된 감각은 의진에게 자못 새로운 활력이었다.

소통하는 스라이터가 134명까지 늘었다. 그래도 가장 마음이 잘 통한다고 느껴지는 사람은 여전히 수림이었다. 가장 먼저 가까워진 사람이기도 했지만 무엇보다 서로의 피드에 새겨진 스포트가 편안했기 때문이다. 무엇 하나 '이건 아닌데' 싶은 부분이 없었다. 맞지 않는 구석을 일부러 찾으려 해도 없을 정도였다. 얼굴조차 모르는 존재인데도 신기할 정도로 면면이 모두 마음에 들었다. 그림도 사진도 어조도, 심지어 하소연조차. 알아갈수록 좋은 사람이었다.

모두 그가 그리는 환상적인 색채를 가진 그림의 연장 같았다.

"두근두근했어요. 여행 떠나는 길 같달까, 연애 비슷하달까. 재미있는 책의 도입부 같기도 했죠."

"그랬군요."

의진이 묘사하는 그때의 기분을, 모래는 알 수 없었다. 휴인의 '학습'과는 성격이 전혀 다를 것이므로.

"생일에 선물도 보냈어요."

날짜는 스포트라이트가 알려 주었다. 알람을 받고 오전 내내 고심하다가 점심시간이 다 되어서야 다이렉트 메시지로 음료 교환권을 보냈다. 마음 같아서는 케이크를 보내고 싶었는데 그건 이미 가까운 다른 사람이 준비했을 확률이 높았다. 아직 의진은 케이크까지 준비할 수 있는 사이가 아니었다. 가볍게 주는 편이 받는 수림도 부담스럽지 않을 것 같았다.

내년, 어쩌면 내후년에는……. 이 인연이 계속 이어진다면 케이크를 내밀 기회도 언젠가는 오겠거니 생각했다. 그 정도로 마음에 드는 사람이었다, 수림은.

"많이 좋아하셨네요."

"그런가요. 그렇죠. 좋아했죠."

스스로 확인을 거치듯 의진은 되뇌었다.

"신기하죠. 매일 실제로 많은 사람이랑 부대끼며 사는데도 호감이 생기는 경우는 드문데. 얼굴도 목소리도 모르는 누군가에게 집중하게 된 게요."

교환으로 받은 음료 사진과 함께 고맙다는 스포트를 정성스럽게 남긴 수림에게 라이크를 누르며 의진은 괜히 벅찼다.

"그리고 다이렉트 메시지가 왔어요. 수림 님한테."

수림의 생일인 9월을 지나 10월이 되었을 때다. 클로즈업 개설 초대 메시지였다. 지난달 보낸 음료 교환권 이미지의 바로 하단이었다.

"클로즈업 기능이 있다는 건 알았지만 따로 꾸릴 생각은 없었거든요. 같은 관심사로 묶을 수 있는 맞구독자가 많은 것도 아니고. 회사나 출신 학교에 관련한 클로즈업은 굳이 가입하고 싶지 않았고요."

하지만 수림의 초대는 당연히 수락이었다.

"이렇게 될 줄 알았더라면 수락했을까요. 모르겠네요."

"이렇게…… 라는 건."

짐작하는 바가 있지만 확인을 위해 모래가 물었다.

"수림 님의 죽음이요."

목에 걸린 무언가를 억지로 삼키는 얼굴로 의진이 말했다.

"하지만 이깟 앱 하나 쓰면서 그런 일이 있을 거라고 예상하진 않잖아요. 난 그저 일하려고 했던 건데. 업무와 일상의 경계를 약간 지웠을 뿐인데. 당신처럼 차갑게 선을 긋지 않았을 뿐인데."

친근한 이미지를 위해 데려다 놓은 인간형 휴머노이드에게 인간은 서슴없이 차갑다고 말한다. 물론 모래는 '상처받지' 않는다. 자주 있는 일이다. 인간은 끊임없이 휴머노이드와 자신의 차이를 모색하고 확인한다. 그 차이에 우월감을 느끼기도 하고 막연한 동경을 드러내기도 한다.

"클로즈업 멤버는 모두 열세 명이었어요."

수림과 의진을 포함한 숫자였다. 참여 리스트에는 낯설지 않은 계정이 다수였다. 직접 코멘트를 나눠 봤던 사람은 '라군'이라는 닉네임을 쓰는 사람 딱 한 명이었지만, 나머지는 수림이 공개 코멘트를 자주 나누던 이들이라 낯은 익었다.

클로즈업의 이름은 '시크릿 박스'였다. 수림이 특히 고마움을 느끼는 팔로워들로 구성한 소모임이었다. 많이 좋아하고 신뢰하는 사람들에게 조금 더 일상을 나누고 소통하고 싶어졌다고 한다. 일종의 VIP 라운지였다.

"파티 룸 같았죠."

의진의 입가에는 옅은 미소가 있었다. 그 순간의 감정을 떠올린 것이리라. 그러나 그 곡선은 무엇인가의 무게에 눌리기라로 한 듯 이내 사라졌다.

수림의 그림을 좋아한다는 이유로 일면식도 없는 이들이 한자리에 모인 그곳은 왁자지껄했다. 지금까지 혼자 간직했던 들뜬 기분을 공유할 통로가 생긴 것이다. 오로지 호의 하나로 출발한 모임. 덕분에 물리적으로는 다른 공간에 있지만 마치 서로의 입김이 닿는 듯 공기는 뜨끈뜨끈했다.

수림은 시크릿 박스에 현재 그리는 그림의 중간 작업을 올리기도 하고, 지금 있는 곳이 어디인지 알 수 있는 사진을 공유하기도 했다. 새로 따낸 계약 소식도 전했다. 확실히 공개된 계정보다는 편안하게 소통하는 공간이었다. 다른 열두 명의 멤버도 마찬가지였다. 자연스럽게 거주하는 지역과 직업, 가족에 대한 이야기를 노출하게 되었다. 일러스트레이터이거나 지망생들이 다수였다. '라군'도 그중 하나였지만 말수가 적은 타입이었다.

진로 고민을 나눈 멤버도 있었다. 열두 명은 각자의 경험을 기반으로 다양한 위로와 조언을 보탰다. '업계 관련자로서' 의진도 몇 마디 팁을 더했다. 선택과 책임은 당사자의 몫이다. 시크릿 박스에서는 조언자가 짊어져야 할 부담이나 책임감이 적다.

"사실 그 친구에게 도움이 되고 싶었다기보다, 내가 그럴듯한 이야기를 할 수 있는 위치에 있는 사람이란 걸 확인하고 싶었기 때문이었을지도 모르죠."

내가 더 세상을 잘 안다는 뉘앙스들이 어쩔 수 없이 드러나고 만 것이다.

각개의 삶에서는 모두가 주인공이다. 수림을 좋아한다는 마음을 제외하고는 각자 취향도 다르고 나름의 고집도 내세우곤 한다. 사람은 휴인처럼 모두 같은 세팅으로 태어나지 않았다.

몇 개월이 지나자 시크릿 박스에는 보이지 않는 갈래가 생겼다. 멤버들끼리 바깥에서 직접 만나기도 하면서 끼리끼리 가까워진 것이다. 수림을 제외하고 대충 세 무리로 나뉘었다. 하지만 의진은 어느 갈래에도 속하지 않았다. 그림을 그린다는 공통점을 지닌 사람들만이 나누는 단단한 무언가는 의진이 가질 수 없는 것이었다.

시크릿 박스에 의진이 먼저 대화창을 띄우는 일은 점점 줄었다. 나중엔 관조하게 되었다. 중간에 끼어들고 싶을 때도 없진 않았지만 한창 무르익은 분위기를 깰까 싶어서 손가락을 놀리다가도 그만두는 일이 많았다.

멤버들은 수림 없이도 각자의 작업에 관해 이야기했고 고충도 늘어 놓았다. 소모적인 작업 과정과 비용에 대한 불만도 종종 화두로 올랐다. 그럴 때 '업계 관련자로서' 의진은 침묵할 수밖에 없었다.

"원래 여럿이 어울리는 자리를 어색해하는 성격 탓이려니 했는데."

정작 시크릿 박스를 만든 수림은 수다스러운 편이 아니었다. 다른 멤버들이 바깥에서 만나자고 해도 응하지 않았다. 작품은 드러내고 싶지만, 개인 신상에 관해서는 익명을 유지하고 싶다는 이유였다.

다만 의진과 다른 점이 있다면 달아오른 대화에 쉽게 끼어든다는 것이었다. 의진은 그런 수림이 부럽다고 생각하면서도 요령 없는 자신이 한심하게 느껴지곤 했다. 미처 자각 못 한 자격지심의 시작이었다.

그날도 수림은 대화 중에 슥 끼어들었다.

― 맞아요. 말도 안 되는 비용 들으면 정말 웃음도 안 나와요. 작업 시간 생각하면 장당 70은 받아야 하는데 43 부른 업체도 있었어요. 43이 뭐야. 45도 아니고.

― 43? 진짜? 수림 님 그림을?

― 날강도다. 신고해요.

― 게다가 수정은 또 얼마나 요구하는지. 그날 다른 약속도 취소해야 했어요. 당일 인쇄 넘겨야 해서 급하다고요.

― 말만 들어도 짜증 나.

― 어디예요? 미리 거르게요.

어울리는 무리에 상관 없이 모두가 비난했다. 의진은 침묵했다. 이번엔 분명한 이유가 있었다.

"43. 그거 우리 회사가 제시한 금액이었거든요. 인쇄 당일 급하게 수정 요청 부탁한 것도요."

이미 컨펌을 끝냈는데 팀장이 갑자기 마음을 바꾼 것이다. 그러나 수림은 괜찮다며 선뜻 받아주었다.

*괜찮다고 했는데 정말 우리 회사 이야기일까? 다른 데 아닐까? 같은 공간에 있는데 이렇게 보란 듯이 저격할 수 있을까?*

몇 분 후 수림에게 다이렉트 메시지가 왔다.

> 혹시, 오해하신 거 아니죠? 아까 저희 대화요.

액수 때문에 의진이 오해할지도 모르겠지만, 다른 회사의 이야기니까 신경 쓰지 않으면 좋겠다는 내용이었다. 의진은 바빠서 미처 못 봤다고 답장을 보냈다. 그러자 수림은 그때 '우리'의 웹진을 보고 어느 팬시 업체에서 연락이 와 최근 꽤 규모 있는 프로젝트 계약을 맺었다면서 의진 덕분이라고 전했다. 아직 외부에는 비밀이고, 조금 윤곽이 잡히면 오픈 계정에 공개할 예정이라고 했다. 그러니 의진만 알고 있어 달라고도.

덕분이라 해도 의진은 기쁘지 않았다. '우리'라는 말에도 동의 못 했다. 어떤 갈고리에 잡아 당겨진 기분이었다. 형식적인 인사만 타이핑했다.

축하드려요. 잘됐네요.

오해할 게 없다면 일부러 해명을 나설 이유가 없다. 실수였든 고의였든 아차 싶어 수습하려는 거다. 가면이다. 속아 주지만 불쾌하다. *나한테 어떻게 이럴 수 있지.*

더 이상 시크릿 박스는 부담 적고 가볍던 공간이 아니었다. 알 수 없는 얼룩이 덕지덕지 생겨났다.

얼마 후 수림은 오픈 계정에 계약 체결 사실과 그림 한 장을 공개했고 큰 축하를 받았다. 예전 같았으면 가장 먼저 라이크를 누르고 코멘트를 달았겠지만 의진은 침묵을 유지했다.

그날 이후로 의진에게 시크릿 박스는 원치 않는 시험을 치르는 공간처럼 느껴졌다. 나가는 편이 낫지 않을까 하루에도 몇 번씩 생각했다. 의진 없이도 시크릿 박스는 잘 굴러갔다. 이제는 의진이 끼어들지 않는 것인지 저들이 의진을 무시하는 것인지조차 모호했다.

그러나 이천 명 중에 열둘. 그중 하나인데. 그게 뭐라고 그 선택받았다는 특별함에 '나가기' 버튼이 눌러지지 않았다. 어떤 끈질긴 고집이 의진을 붙잡아 놓았다. 이런 생각도 했다. 나는 그들에게 일을 줄 수 있는 *사람이야.* 언젠가 내 존재를 아쉬워할지도 몰라. 지금 몰라보는 *것뿐이야.* 일감을 준다고 하면 태도가 돌변할걸.

"그런데 라군 님이 오랜만에 클로즈업에 나타났어요."

의진은 서두에 잠시 언급했던 이름을 다시 꺼냈다.

한참 잊고 있던 이름이었다. 어느 갈래에도 속하지 않았던 사람이다.

"순간, 박스가 싸늘하게 식었어요."

홀연히 나타난 라군이 띄운 것은 이미지 두 장이었다. 첫 번째는 시크릿 박스의 모두가 잘 아는 수림의 여신 시리즈였다. 최근 팬시 회사와의 계약을 알리며 업로드한 그 작품이었다. 반면에 두 번째는 처음 보는 화풍의 인물 일러스트였다.

그러나 그 두 이미지를 확인하자마자 클로즈업 안의 멤버들은 모두 같은 생각을 했을 거라고 의진은 말했다.

"똑같았어요. 구도나 소품이나. 인물이 오른팔을 하늘을 향해 뻗고 반대 방향으로 고개를 살짝 든 포즈부터, 팔찌의 착용 위치나 펜던트 모양, 의상에 레이스, 머리 장식도 일치했고요. 하다못해 배경도 오른쪽에 나무가 네 그루, 정중앙과 왼쪽에 까마귀 각각 한 마리씩 배치한 것들도 그랬어요."

한 작품이 다른 작품을 따라 그렸거나, 아니면 두 작품 모두 같은 레퍼런스를 따왔거나.

이미지 두 장에 이어 라군의 텍스트가 올라왔다.

ㅡ수림 님, 오래 고민하다가 말씀드리는데 해명해 주세요.

두 번째 작품은 지난해 라군의 친구가 그린 것이라고 했다. 그 역시 온라인에 작품을 공개하며 활동하는 아마추어 작가로 구독자가 100명이 조금 넘는 수준이었다. 라군의 친구는 스포트라이트는 이용하지 않지만 다른 채널을 작품 홍보에 사용 중이라고 했다.

그림은 라군의 친구가 먼저 공개했다. 친구는 직접 모델을 촬영한 사진을 기초로 그렸으며 그 사진은 어디에도 공개한 적이 없다고 했다. 라군이 주장하는 것은 수림이 해당 작품을 무단으로 도용, 즉 표절했다는 것이었다.

수림은 부정했다. 그림은 출처가 기억나지 않는 무료 제공 이미지를 참고했으며 해당 작품은 오늘 처음 본다고 일축했다. "어수선해졌죠, 박스는."

*개인 메시지로 보내도 될 내용을 굳이 왜 여기에서 공개하느냐, 수림 님은 그럴 분이 아니다. 사과해라.*

텍스트가 이어 올라왔다. 평소 말이 많던 멤버 몇은 왜인지 긴 침묵을 지켰다. 이미 관조자가 된 의진도 마찬가지였다.

박스에서는 그날 내내 수림과 라군의 언쟁이 이어졌다. 수림은 결백을 주장하며 물러나지 않았다. 그러자 라군은 공개된 곳에서 다른 사람들의 판단을 듣겠다며 스포트를 전체 공개로 등록했다. 단순 도용도 나쁘지만, 해당 작품으로 금전적 이득을 취하게 된 상황에서는 그냥 넘어갈 수 없다는 내용이었다.

그 스포트는 리스포트(respot)로 퍼져나가기 시작했다. 그 숫자는 이천에 비할 바가 아니었다.

쏟아지는 비난에도 수림은 굽히지 않고 일일이 코멘트를 달며 제 주장을 이어갔다. 수림의 편에 선 사람도 있었다. 그 정도로 표절이라 하기엔 무리가 있지 않으냐, 단순 참고 수준이다. 문제를 제기한 작가가 과민한 것이다. 법을 조금 안다고 하는 사용자들도 의견이 분분했다. 표절로 보아야 한다, 아니다.

이 회오리 속에서 어떤 손가락이 구부정한 의진의 등을 톡 건드리는 듯 했다. 너도 이 대화에 끼어들 수 있는 그럴 듯한 것이 있지 않느냐 말을 건네듯이.

"무엇이 진실이었는지는 중요하지 않았을지도 몰라요."

의진은 얼마 전 사무실 동료가 보여 주었던 그림 한 장을 기억했다. 스포트라이트의 경쟁 앱에 올려진 이미지였다. 동료는 '이거 의진 씨가 좋아하는 작가 작품 아니야? 그 사람 다른 계정인가?'라고 물었다.

아니었다. 화풍이 다르다. 하지만 그림의 주인공인 여성의 스타일과 포즈, 시선, 표정, 상반신 구도까지 의진이 아는 그림과 일치했다. 대고서 따라 그리기라도 한 것 같았다. 작년, 웹진 작업 제안을 수락하면서 수림이 포트폴리오로 보내왔던 온라인 미공개 작품 하나와 꼭 닮았다. 동료가 언뜻 보았던 그 그림과 혼동할 정도로.

세상에 그림이 얼마나 많은데, 우연들이 겹칠 수도 있지. 당시엔 그러려니 넘어갔다. 의진이 그렇게 침묵을 고수했더라면 이 병원엔 오지 않아도 되었을 것이다.

"그걸, 라군의 고발 스포트 아래에 새 코멘트로 덧붙여 올렸어요."

─ 이 작가의 게으름은 습관적인지도 모르겠습니다.

얼룩에 얼룩을 더했다.

의진의 그 코멘트도 빠르게 리스포트되었다. 수림은 그 아래 코멘트로 화를 내다시피 글을 남겼다. 이 그림은 제 오리지널이 확실하다고, 저쪽이 따라 그렸다는 가능성은 어째서 생각하지 않는 거냐고.

미공개 작품을 따라 그리기는 현실적으로 불가능하지 않으냐고 의진은 약간의 조롱을 섞어 반박했다. 다른 사용자들도 의진의 편을 들었다. 제게 동조하는 의견이 눈에 띌 때마다 이상하게도 마음이 가벼워졌다. 개운했다. 수림이 그런 파렴치한 인지도 모르고 일감을 주고 칭찬한 것도 모자라 마음고생까지

했던 시간을 보상받는 느낌마저 들었다.
 수림은 포트폴리오로 내며 비공개하긴 했지만 그 작품은 과거에 다른 플랫폼에 올렸다가 삭제한 적이 있노라고 재반박했다. 하지만 수림은 이미 '저작권 의식 없는 작가'의 대명사였다. 의진의 스포트는 라군의 불씨에 기름을 부은 격이었다.
 이번 논점에 오른 해당 작품의 작가는 어째서인지 라군의 친구처럼 모습을 드러내지 않았다. 수림은 비난 여론에 홀로 대응했다. 이제는 시크릿 박스의 다른 멤버들도 수림에게 실망했다는 내용의 스포트를 공개적으로 게시했다.
 거의 한 달에 걸쳐 스포트라이트는 표절 시비와 수림의 작품 불매 여론으로 내내 시끄러웠다. 결국 팬시 회사와의 계약은 해지되었다. 제품 출시 전에 이미 소비자를 등진 작가와는 프로젝트를 해 나갈 수 없다고 판단한 것이다. 수림의 구독자는 이제 만 삼천이었다. 그러나 그 숫자가 오롯이 팬이 아님을 모두가 안다. 숫자가 늘어난 만큼 비난의 꼬리도 길었다.
 변호사를 선임하겠다던 수림은 두 달 뒤 스스로 목숨을 끊었다.
 유서에는 의진의 이름이 있었다. 내용은 길지 않았다. 늦었으나 라군의 문제 제기는 인정하며 사과한다. 그러나 의진의 주장은 명백한 허위라는 호소였다.
 경찰 조사 결과 수림의 주장대로였다. 의진이 의혹을 제기한 그림은 몇 년 전, 짧은 기간 업로드했던 수림의 그림을 발견한 누군가가 취미로 카피한 것이었다. 그는 따라 그린 그림을 올려 둔 것조차 잊고 있었다. 심지어는 이젠 그림을 전혀 그리지 않는다고도 했다.

소식을 들은 의진에게 암전이 덮쳐 왔다. 누군가 연극 무대의 조명을 갑자기 꺼 버린 것 같았다. 그 어둠은 너무나 깊고 무거워 도무지 밀어낼 수 없었다.

의식을 잃었다.

다시 눈을 뜬 후로도 아무것도 먹을 수 없었다. 움직일 수도, 아무 말도 할 수 없었다. 갑자기 숨통이 막혀오다가 울다가 떨리다가 쓰러지다가를 며칠 반복했다.

"알 수 없겠지요, 모래 씨는."

의진이 입매를 일그러뜨리며 중얼거렸다.

"좋아했는데요. 분명히."

*어째서 결말은 이런 모양이 된 걸까요.*

육체의 고통은 알지 못한다. 마음의 고통 또한 모래에게는 미지의 영역이다. 모르는 것에 대해서는 말할 수 없다. 결코 학습할 수도 없을 것이다.

그저 근아의 말을 곱씹을 뿐이다.

자신은 의진의 마음의 얼룩을 세탁하는 중인 거라고.

첫눈이 내린 날, 근아는 사직서를 제출했다.

"연결감이 없는 게 견디기 힘드네요."

아무래도 혼자 하는 일이라는 것이 그 이유였다.

모래는 사무실로 불려온 참이었다. 잠시 할 이야기가 있다고 했다. 오늘도 세탁실에는 일감이 쉼 없이 밀려들고 있었다. 그냥 모두가 있는 자리에서 조회하듯 퇴사 일자를 통보해도 휴인들은 모두 고개를 끄덕인 다음 분위기를 부드럽게 하기 위한 학습된 몇 개의 말, 이를테면 아쉽네요, 그간 수고하셨어요, 더 좋은 데로 가시면 좋겠습니다, 따위를 보탠 후에 제 업무를 해 나갈 텐데, 분주한 모래를 굳이 따로 부른 것이다.

"야간 실장님처럼 세탁실 업무가 천직인 사람도 있지만 아무리 생각해도 난 아닌 거 같아요."

전임자처럼 나중에 지하를 벗어나 중앙 공급실이나 행정실 같은 곳에 재배치받을 요량으로 허드렛일부터 시작하긴 했는데, 소음도 먼지도 다 괜찮지만 역시 일이 힘들다고 했다.

'힘든 일'은 휴인들이 하지 않느냐고 묻자 근아가 웃었다.

그 힘듦이 아닐 거라고. 그리고 덧붙인 퇴사 사유가 연결감이었다.

아무리 인간과 비슷하게 생겼어도 휴인은 휴인이라고. 휴인은 언제나 근아에게 너그러운 표정을 짓고 상냥하게 말하고 이야기를 들어주지만, 결국 시계이고 기계이며 감시하는 렌즈라고. 교감할 수 없다고.

'감시하는 렌즈'라는 표현은 근아가 말을 한참 고르다 선택한 단어였다.

매월 말 휴인들이 9층의 정보 처리실로 가서 데이터를 점검받는 행위는 그들의 관리자, 즉 실장들의 평가 데이터를 수집하는 시간이기도 했다. 휴인의 메모리 속에서 그들이 얼마나 효율적으로 일하고 있는지 엿보는 것이다.

근아는 감정을 주체하기 힘들면 충전소에 틀어박히는 일도 종종 있었고, 휴인이 하도록 내버려 두면 좋을 일에 끼어들어 오히려 실수를 하기도 했다. 휴대폰에 장시간 집중을 빼앗기는 일도 잦았다. 휴인들은 그에 불만은 품지 않지만 모두 기억하고 저장한다. 그것이 최종 인사 고과가 된다.

사적 감정은 존재하지 않는 냉정한 평가임을 알면서도 근아는 처음엔 굉장히 충격을 받아 괴로웠다고 했다. 변명할 곳도 탓할 대상도 없었다. 휴인도 가책을 갖지 않는다. 아침에 충전 박스에서 눈을 열면서 '안녕하세요, 실장님.'이라고 무구하게 웃으며 인사한다. 사람으로 치자면 뒤끝이 없는 것이다.

그야말로 공정한 처사인데 근아의 마음은 계속 어지러웠다. 논리로 설명할 수 없는 불쾌함과 답답함이 속에 차곡차곡 쌓여갔다. 휴인을 미워할 이유도 필요도 없는 것을 알면서도 싫어진다. 매일 자신만이 마음에 독을 쌓고 악당이 되어 가는 것 같다. 저 효율적인 존재들 틈에서.

자괴를 반복하던 근아는 나약해지는 자신을 그냥 두기 힘들어졌다고 한다. 스포트라이트에 푼념하는 것도 한계가 있다. 일단 이곳을 빠져나가서 생각해 보고 싶다고 했다. 보통 사람들끼리의 연결감을 되찾아 보고 싶다고.

전부 이해하기는 어려웠지만, 모래는 근아의 논리를 찬찬히 따라잡다가 한 가지 생겨난 질문을 던졌다.

"그런데, 어째서 이 이야기를 제게 말씀하시는 건가요."

근아가 샐쭉하게 대답했다.

"후. 글쎄요. 왠지 모래 씨한테는 따로 말하고 싶었어요. 원래 중요한 소식은 친한 사람에게 먼저 말해 두는 거잖아요."

친한 사람. 시계이고 기계이고 감시하는 렌즈라던 표현과는 이어지지 않는 단어다. 그렇게 말한 근아도 제 말에 모순이 있음을 아는 얼굴이었다. 멋쩍게 웃었다.

"또 하나는…… 사과하고 싶어서요."

그리고 잠시 얼버무리다 말했다. 미안했어요, 라고.

"가끔 함부로 말하고 제멋대로 행동한 거요. 늦었지만 미안해요. 정말이에요."

"아아, 네."

모래의 고개는 살짝 비스듬해졌다. 근아에게 학습한 몸짓, 그러니까 원래 프로그램에는 없던 반응이다.

그 모습을 본 근아는 무언가 더 설명하려다 말고 작업복을 한 번 탁탁 털며 일어났다.

"자, 그럼 이제 일하러 갈까요?"

세탁실의 소음 속으로 들어가는 근아의 등은 제법 후련해 보였다.

"이런."

객실에 도착한 테이는 캐리어를 풀다가 탄식하고 말았다. 수면 안대가 없었다.

짐을 챙기면서 파우치에 넣은 것까지는 기억이 나는데, 어쩐지 캐리어 안에 파우치는 존재하지 않았다. 테이는 가벼운 한숨을 한 번 뱉고 난 후 다시 캐리어를 구석구석 뒤졌다.

지구에서 칼리스토까지의 여행은 워프를 이용해도 상당히 긴 구간이었다. 지구의 시간 개념 기준으로 꼬박 120일이 걸린다.

성간 여행은 처음이지만 테이는 그 정도는 지구에서의 일상을 유지하며 지낼 수 있다고 자부했다. 동면 프로그램을 신청하지 않은 이유였다.

한정된 공간에 갇혀서 120일이나 되는 시간을 보내는 일이 사실 쉬운 것은 아니었다. 그래서 승객들의 대부분은 동면 프로그램에 들어간다. 여행을 예약할 때 항공사 직원은 깨어 있는 승객은 많지 않을 거고 승선 나흘이 지난 후에는 편의 시설 운영도 반의 반의 반으로 줄어들 거라고 겁 아닌 겁을 주었다. 지구에서의 120일과는 엄연히 다르다고 강조했다. 승객들이 잠들어 있는 기간은 꽤 지루하고 고요한 날들의 연속이므로 예민한 승객에게는 여행 자체가 '작은' 스트레스가 될 수도 있다고도 했다. 약 알레르기나 공포증이 있으신 게 아니라면 동면을 추천한다고.

테이는 동면을 선택하지 않았다. 알레르기나 공포증이 있어서는 아니었다. 그는 언어학자다. 평소에도 혼자 책과 씨름하는 날이 많은 그에게는 홀로 보내는 120일이 준다는 리스크가 별로 와 닿지 않았다. 매일 루틴이 틀어지지 않도록 하루의 스케줄을 정해 그대로 살아가면 될 일이었다.

그렇게 하루를 꾸려가기 위해서 가장 중요한 건 숙면이었다. 잠이 틀어지면 모든 게 틀어진다. 테이는 꿈도 꾸지 않는 질 좋은 수면을 선호한다. 조금은 집착하는 수준일지도 모른다. 그래서 몇 년째 매일 사용 중인 수면 안대를 일순위로 챙겼는데 그게 캐리어 안에 들어 있지 않은 것이다. 산더미 같은 짐을 샅샅이 뒤졌지만 역시 없었다.

테이는 눈을 한 번 길게 감았다 다시 뜨고는 객실의 유일한 창문으로 시선을 옮겼다. 지름 20센티미터가 조금 넘는 둥근 창. 바깥으로 떠나온 푸른 행성이 엄지손톱만 하게 보였다.

객실에 비치된 안내 모니터 쇼핑몰에 여행 중 필요한 일상용품 카테고리가 있기는 했다. 수면 안대도 팔겠지만 효과는 없을 게 분명했다. 오랫동안 제 손을 타며 몸에 맞춰진 것이기에 의미가 있는 거였다. 새 제품에 적응할 무렵이면 우주선은 벌써 칼리스토에 닿았을 테다.

그래도……. 테이는 수면 안대를 구매한 후 모니터 오른쪽 하단 구석에 있는 '이용 가능한 승무원 호출' 버튼을 눌렀다. 버튼 옆에서 깜빡이는 이름은 '미레이'였다.

"구매하신 물품 왔습니다."

객실 바깥에서 낯선 목소리가 들려왔다. 테이는 문을 열었다. SWV 항공 로고가 새겨진 유니폼을 입고 '미레이'라는 명찰을 패용한 여성이었다. 그는 필통만 한 상자를 들고 있었는데, 거기에도 SWV 항공의 로고가 보였다. 밝은 목소리와 표정, 가볍고도 절도 있는 몸짓. 미레이에게는 베테랑 승무원의 기운이 가득했다. 그는 테이와 비슷한 나이대와 키로 보였다. 또한 테이와 같은 인종이었고, 테이의 모어를 유창하게 구사했다.

이 우주선에 탑승한 승객의 국적이나 인종은 다양하다. 승무원 역시 최대한 통역을 덜 거치도록 고객과 비슷한 문화권의 사람으로 배치해 주는 모양이었다.

"감사합니다. 아, 결제는……."

테이는 바지 주머니를 뒤적거렸다. 아까 공항에서 쓰고 남은 성간 여행 전용 코인이 있을 것 같았다.

"칼리스토에서 하차하실 때까지 본선에서 이용하신 금액이 전액 합산되어 익월에 네트워크로 청구됩니다. 하차하실 때 C

칩으로 결제하셔도 되고요."

미레이는 거의 쉬지도 않고 규정을 말했다. 테이는 느리게 고개를 끄덕였다. 그러고 보니 미레이가 입고 있는 유니폼에는 실물 코인을 챙길 만한 주머니 같은 건 없는 것 같았다.

요즘은 손목에 심은 C칩 하나로 신분 인증, 금융 거래, 교통 이용, 건강 관리 등의 모든 일상이 흘렀다. 테이처럼 유난히 구식으로 사는 스타일이 아니고서야 미레이 같은 모습이 보통이라고 할 수 있었다. 가볍고 빠르고 똑똑하고.

"그럼, 즐거운 여행 되십시오."

"아…… 네."

미레이는 세상의 다른 사람들처럼 '쯔쯔, 저 남자 촌스러워.' 같은 내색은 요만큼도 않고서 산뜻한 표정 그대로 테이를 떠났다.

어쩐지 조금 위안이 되었으나 그것도 잠시였다. 새하얗고 빳빳한 종이 박스에서 건져 낸 수면 안대는 초경량에 최고급 재질인 것은 분명했으나 거기까지였다. 며칠을 길들여 보아도 영 제 것 같지 않았다. 간신히 잠들어도 복잡다단한 꿈이 숙면을 방해했다. 우주선이 이륙하다 펑 터져 가루가 되는 꿈이라든지, 모두 동면 중이고 테이만 유일하게 깬 상태에 선체에 구멍이 난다든지. 자도 잔 것 같지가 않았다.

그렇게 승선 일주일쯤 지나자 시간 개념이 조금씩 희미해졌다. 대부분의 승객들은 동면에 들어갔고 복도와 식당은 한산하다 못해 적막하기 그지없었으며, 창밖으로는 끝없는 어둠만 흘렀다. 매 순간이 같고, 같고, 같았다. 이대로는 120일이 아니라 아주 기나긴 하루를 보내게 될 것 같다고 해야 할까. 그것도 밤으로만 이어진 하루를.

"안녕하세요."

낯설지만은 않은 목소리가 경쾌하게 적막 속을 비집고 들어왔다. 테이는 선체가 지금 어느 반짝이는 항성 곁을 지나가는 건 아닐까 하는 착각에 잠시 빠졌다. 내내 구름 뒤에 숨어 있던 빛이 제 앞에 드리우는 듯했다.

미레이였다.

테이는 셀프 레스토랑 자판기 앞에서 점심인지 저녁인지 모를 식사를 챙기던 중이었다. 조미된 콩과 배양육 세트를 골랐다. 자판기가 냉동 식품을 해동해 재가열해 주는 방식인데 그리 나쁘진 않다. 주문한 메뉴를 생물 재료로 직접 요리해 주는 셰프 레스토랑도 한 군데 열려 있긴 하나, 테이는 혼자서 그저 생존을 위해 먹는 밥에 필요 이상의 비용과 시간을 들이고 싶진 않았다.

동면하지 않는 승객 중에서는 일부러 셰프 레스토랑만 찾아가는 사람들도 있었다. 쓸쓸하니까. 잠들기는 무섭고, 혼자는 외롭고. 그래서 막 불에서 건져 낸 요리와 그것을 내어 주는 셰프와의 대화에서 불완전하더라도 지구의 감각을 찾는 것이다. 하지만 테이는 꿋꿋이 자판기를 이용했다. 아직 그 정도로 지구의 감각들이 그립지는 않았다.

동면에 들어가지 않고 셰프 레스토랑도 이용하지 않는 승객은 극소수였다. 다른 사람과 마주칠 일은 거의 없었다. 모호해진 시간 개념만큼이나 생체 리듬도 흐트러져 '밥때'라고 부르는 게 각자 달라졌기 때문이다.

누군가와 마주 보며 대화를 나누는 일은 아주 오랜만이었다. 승무원도 이곳을 이용하는지는 몰랐다.

"역시 동면하지 않으셨네요."

눈짓으로 양해를 구한 미레이가 테이블 건너에 앉았다. 테이는 미레이가 왜 '역시'라고 생각했는지 궁금했다.

"큰 짐을 갖고 타는 분들이 대체로 그렇더라고요. 시간을 보낼 물건이 많이 필요한 거죠. 일반적으로는 수하물로 부치니까요."

미레이가 계속 설명했다.

"그리고 예전 방식을 선호하는 분들은 알레르기나 공포증과는 관계없이 보통 동면을 안 하세요."

테이는 어떤 '예전 방식'을 이 승무원에게 들켰을까 기억을 되짚었다가, 주머니에서 코인을 찾아 뒤적이던 제 모습을 떠올렸다. 이 승무원은 친절하게도 '구식'이라는 표현은 생략해 주었다.

"그렇네요."

종이 포장된 포크와 나이프를 꺼내며 테이가 긍정했다.

미레이는 휴식 시간인 모양이었다. 그의 앞에는 SWV 항공 로고가 새겨진 종이컵에 든 커피 한 잔뿐이었다. 자판기에서 방금 뽑아낸 건지 김이 피어오르고 있었다. 테이는 접시의 호를 따라 둥글게 흩어진 완두콩들을 한데 모으며 푸념을 했다.

"그런데 그냥 잠도 잘 못 자겠어요."

"수면 안대가 별로였나요?"

"아뇨, 수면 안대는 훌륭했지만······."

"그런데요?"

"그냥······ 우주에서의 밤이 너무 긴 탓이죠. 이 120일이 사실 못 깨어나는 긴 꿈인지도 모르겠다는 생각이 들어요."

"와."

테이가 완두콩을 한 가득 떠 입에 넣었다. 미레이의 입도 헤벌어졌다.

"승객분께 사적인 질문을 드리는 건 금지되어 있지만 지금은 휴식 시간이니까요."

"네?"

"시인이세요?"

테이는 풋 웃으며 고개를 저었다. 말을 다룬다는 점은 같지만, 종목은 전혀 달랐다. 아주 그럴싸한 문장을 읊은 것도 아닌데 미레이는 고전 소설에서 가슴을 치는 명문이라도 발견한 것처럼 들뜬 표정을 했다.

"미레이 씨는 동면하지 않으시나요?"

이번엔 테이가 물었다. 승무원들도 최소 인력을 제외하면 동면에 들어간다. 어째서 동면 대신 근무하는 쪽을 선택했는지 알고 싶었다.

"승무원님은 아무래도 구석으로 보이시지는 않는데요."

약간의 자학을 섞은 농담이었는데 미레이에게는 통하지 않았다. 미레이는 말쑥한 얼굴로 대답했다.

"저는 원래 동면하지 않아요."

"원래요?"

"안드로이드거든요."

입안에서 구르던 완두콩 한 알이 멈췄다.

테이는 저도 모르게 미레이의 두 손 사이에 있는 종이컵으로 시선을 내렸다. 커피는 식어 있었으나, 처음에서 조금도 줄지 않은 그대로였다

안드로이드. 미레이에게서 배어 나오는 비현실적인 산뜻함에는 이유가 있었다.

눈치 못 챘다. 대화 방식이나, 몸짓이나, 그 어느 것 하나 인간이 아니라고 의심할 만한 구석은 없었기 때문이다. 물론 승무원과는 필요한 이야기만 최소한으로 나누었으므로 충분히 관찰할 기회는 없었지만, 아무튼 예상 밖의 일이었다.

당황한 테이 대신 미레이가 대화를 이어갔다.

"모르셨다면 그건 아마 승객분께서 예전 방식에 익숙하기 때문일 거예요."

여전히 배려심 깊은 안드로이드였다.

이제는 알고 보아서일까. 미레이의 눈동자는 보통 인간들보다 약간 투명한 느낌이 들었다. 그저 기분 탓인지도 모른다.

"물론 일하지 않는 동안 전원을 꺼 둘 수도 있기는 하지만요. 이번에는 제 시간을 그대로 보내 보고 싶었어요. 회사에서도 그렇게 해도 좋다고 했고요."

마시지도 않을 커피를 두 손으로 감싸 쥐며 미레이가 말했다. 마치 거기서 온기를 구하려는 사람처럼.

"이번 여행이 제겐 마지막이라서요."

"직업을…… 그러니까 업무를 바꾸게 되는 건가요?"

테이가 아무리 예전 방식으로 산다고 해도 사회가 돌아가는 방법을 아예 모르는 것은 아니었다. 안드로이드는 보통 정부나 기업에 소속되어, 인간을 비롯한 자연 생명체들을 위한 업무에 봉사한다. 존재하는 이유 자체가 노동인 것이다. 계속 같은 업무를 할 수도 있지만 때로는 다른 용도로 변경되는 경우도 있다.

그러나 미레이가 내놓은 대답은 예상외였다.

"아뇨. 폐기요."

망설임 없는 목소리와는 영 어울리지 않는 그 단어가 생경했다. 테이는 먹던 손은 멈추고 미레이를 멍하니 바라보았다. 못 알아들은 줄 알았는지 미레이가 다시 설명했다.

"저는 칼리스토에 도착하면 승객분들 하차를 도와드리는 것을 마지막으로 폐기 절차에 들어갈 거예요."

"……왜요?"

멍청한 질문이라고 생각하면서도 묻고 말았다. 다른 말은 떠오르지 않았기 때문이다. 미레이는 빙그레 웃으며 말했다.

"저는 이제 너무 예전 방식이라서요."

다른 의미로 잠이 오지 않았다. 즉흥적으로 떠오른 어설픈 문장이 현실이 되었다. 정말로 긴 밤만큼이나 깨지 않는 긴 꿈이 시작된 것만 같았다.

그게 인간이든 다른 무엇이든 곧 마지막을 앞두고 있다는 존재에 대해 떠올리지 않기란 무리였다. 매일 규칙적인 수면 패턴을 유지하고 싶다는 바람은 이제 먼지의 질량과 비슷해졌다. 영원한 잠에 빠져들 존재 앞에서 제 잠은 아무것도 아니었다.

오롯이 밤뿐인 날들이 지나고 또 지났다.

건성으로 읽던 종이책을 덮어 두고 테이는 객실 안내 모니터를 열었다. 오늘에만 벌써 몇 번이나 확인했다. 내내 미레이라는 이름이 있어서 다시 모니터를 끈 것도 몇 번이다. 그런데 이번에는 드디어 '이용 가능한 승무원 호출' 버튼 곁에 그의 이름이 사라져 있었다. 그가 일하지 않는 시간이라는 뜻이었다.

테이는 셀프 레스토랑으로 향했다. 지금이 테이의 '밥때'였다. 요즘 테이가 지키는 유일한 루틴은 셀프 레스토랑에서 휴식 중인 미레이와 잡담을 나누는 것이었다.

미레이는 언제나처럼 SWV 종이컵을 두 손에 감싸 쥔 채로 레스토랑 한쪽 테이블에 앉아 창밖을 내다보고 있었다. 테이는 식사 대신 커피를 뽑았다. 다른 자판기 메뉴와 마찬가지로 커피도 원료가 합성 물질이라 풍미가 밋밋하다는 말을 들어서 굳이 마시고 싶다는 생각이 없었으나 오늘은 그것도 나쁘지 않을 것 같았다.

"안녕하세요. 미레이 씨."

미레이의 맞은편에 앉았다. 레스토랑에는 둘뿐이었다.

"안녕하세요. 디카페인 커피인가요?"

미레이가 테이의 컵을 보며 물었다.

"아뇨, 보통 커피예요. 설탕만 조금 넣었어요."

"숙면에 별로 도움을 주진 않을 텐데요."

수면 안대를 가져다주었던 승무원의 염려가 전해지는 말이었다. 테이는 지구를 떠난 후로 처음 마시는 커피의 온기를 입 안에 잠시 머금었다가 태연자약하게 대꾸했다.

"때맞춰 자고 싶다는 욕망이 사라졌어요."

첫 성간 여행에 잔뜩 긴장해 캐리어에 짐을 가득가득 채울 때 곁에서 그런 거 다 소용없을 거라고, 동면하지 않는 이상 리듬은 결국 흐트러질 거라고 비웃던 동생의 얼굴이 잠시 떠올랐다. 이유야 어쨌든 그 말이 결국 맞았다.

"저, 일전에 모방 심리라는 걸 배웠는데요."

미레이가 뜬금없이 말했다.

"인간들은 상대방의 비위를 맞추거나 호감을 표시하기 위해서, 아니면 소속감을 갖고 싶어서 정말로 원하는 것도 아닌데 무의식중에 상대방과 같은 걸 선택한다고요. 맞나요?"

"음, 그럴지도요."

"그럼 테이 씨도 모방 심리로 커피를 고르신 건가요?"

인간을 제삼자로 위치시킨 화법 때문인지, 아니면 이제는 미레이가 인간이 아님을 알아서인지 테이는 미레이의 질문이 별로 당황스럽지는 않았다. 그저 그런 말을 직접적으로 들으니 '모방 심리' 따위나 가진 나약한 인간임을 간파당한 것 같아 조금 부끄러울 뿐이었다.

모니터에서 그의 이름이 사라질 때만 기다렸다가 여기까지 나왔으니 이미 무엇이 중요한가 싶었지만.

"그런 것 같아요."

미레이에게, 안드로이드에게, 휴식 시간인 승무원에게, 이제 시간을 얼마 남겨 두지 않은 존재에게 괜한 위선을 떨 필요 없었다. 테이는 순순히 긍정했다.

"그건 제가 테이 씨의 마음에 들었다는 의미겠죠?"

인간이 묻는다면 뻔뻔하다고 생각했겠지만 안드로이드에겐 아니었다. 아주 근본적인 질문일 뿐이다.

"이럴 땐 기쁘다고 말해도 되나요?"

그리고 이어진 질문도 비슷했다. 테이는 고개를 끄덕였다.

"기쁘네요."

미레이가 작게 고개를 조아리며 말했다. 부끄러움을 흉내 내는 것인지, 정말로 부끄러운 것인지는 구분하기 힘들었다.

미레이는 이 우주선에서 21년을 일했다고 했다. 처음부터 승무원용으로 제작되었으며, 때때로 업데이트를 거치며 장거리 비행을 수행했다. 동면 전까지 승객들의 사소한 민원들을 처리하고 동면이 실행되는 시점 미레이도 전원을 껐다가 승객들이 깨어나야 할 때 다시 전원을 켰다. 미레이는 해야 할 업무가 존재할 때만 전원을 허락받았다. 즉, 이렇게 무용하게 흘러가는 시간을 온몸으로 감당하는 것은 태어난, 아니 제조된 이래 처음인 일이었다. 미레이는 또 이렇게 덧붙였다.

"업무와 관계 없이 승객과 시간을 보내는 것도 새로운 일이고요."

"혹시 불편하시다면……."

"후후, 아니요."

미레이는 웃음을 흘리며 고개를 저었다.

"저는 불편이라는 건 모르니까요. 걱정하지 않으셔도 괜찮아요. 다만……."

언제나 일정한 리듬으로 술술 이야기하는 미레이가 처음으로 애매한 단어를 내버려 둔 채로 말을 맺지 않았다. 적당한 말을 탐색하고 있는 것 같았다. 인간이었다면 '심사숙고'라는 표현을 썼으리라. 마침내 미레이가 꺼낸 말은 이랬다.

"점점 확실해진딜까요."

"뭐가요?"

"제가 예전 방식이라 폐기한다는 회사의 입장이요."

그러고 보니 안드로이드의 세계에서 '예전 방식'이란 무엇인지 테이는 몰랐다. 안드로이드의 도움이나 C칩에 의지하지 않는 생활 방식이 인간의 '예전 방식'이라면 대체 안드로이드에게는 뭘까. 테이가 보기에 미레이는 적어도 기능적인 면으로는 아무 문제가 없다.

미레이가 대답했다.

"인간과 닮고 싶어 하는 학습 버그를 제거하기 번거롭대요. 제 모델은."

"네?"

"인간을 돕다 보니, 인간을 흉내 내고자 하는 습관들이 제게 덕지덕지 묻는대요. 관리자 표현에 따르면요."

"그러면…… 안되나요?"

"안드로이드니까요."

결론은 명료했다. 그의 눈빛만큼이나.

"'예전 방식'에서 벗어나지 못한 시스템적 한계인데. 다음 모델에서는 그런 오류가 대폭 줄어들 거랬어요."

미레이는 손에 쥔 종이컵을 야트막한 굴곡으로 굴렸다. 섬세한 동작이었다.

"이 커피도 제 오류예요. 우습죠. 마시지도 못할 걸 가지고 와서 테이블 위에 놓고 창밖을 봐요. 제가 도운 인간들은 바깥

풍경이 아름답고 신기하다고 감탄했어요. 아득해지고 압도당한다고요. 하지만 제게 그런 것들은 안 보여요. 뭘까요. 아름다움을 안다는 기분은요."

"그럼 미레이 씨는 뭘 보나요?"

테이는 물었다. 이러한 대화가 미레이에게는 불필요함의 극치일지도 모른다고 생각하면서도. 하지만 주어진 생의 마지막 단락에 온갖 불필요한 것들을 경험하려는 발버둥은, 어쩌면 남은 생을 선고받은 인간들과 그리 다르지 않은 것도 같았다.

미레이가 일정한 리듬으로 눈을 깜빡이며 대답했다.

"없음. 그리고 있음. 그리고 없음. 있음."

그 말은 테이를 꽤 슬프게 만들었다. 그렇게 세계를 인식하는 미레이에게 있어. 테이는 그저 '있음'으로 인식될 뿐이라는 사실이. 이쪽에서 조금씩 부풀고 있는 마음은, 그저 이쪽만의 사정이라는 것도.

비로소 테이는 인정해야 했다. 여행이 반절이 조금 지났을 때 성큼 스며들어 온 쓸쓸함을.

일찍이 경험한 바 없던 거대한 고요 속에서 마주친 존재에게 의지하고 싶은 나약한 마음일지도 몰랐다. 저들이 오류라고 부르는 그것과 비슷할지 모른다. 커피를 마시며 바깥을 보고 잡담을 나누는 무용함으로 함께 시간을 채우고 싶은 욕망은.

"미레이 씨."

캄캄한 진공 속 없음과 있음을 바라보던 승무원이 테이를 향해 고개를 돌렸다.

"제가 챙겨 온 짐, 구경해 보실래요?"

"왜요?"

"예전 방식의 위대함을 좀 자랑하고 싶어서요. 들어줄 사람이 미레이 씨뿐이네요."

농담 아닌 진지한 말이었는데 어쩐지 미레이는 웃었다. 아무튼 수락한 것은 분명해서 테이도 따라서 웃었다. 고요한 곳에서의 웃음소리는 아무리 작아도 짙게 울리는 경향이 있다.

객실에 도착한 테이는 방 한쪽 구석에 열린 채로 아무렇게나 널브러져 있던 큰 캐리어를 활짝 펼쳤다. 보통은 이민 가방으로나 쓸 사이즈였다.

"어마어마하네요."

미레이가 한마디 했다.

"네, 들고 오느라 죽는 줄 알았어요."

"책이라니……. 데이터 파일로 충분하지 않으신가요?"

책 더미를 보며 많은 사람들이 말했던 잔소리를 미레이도 똑같이 말했다. 단, 악의는 없다. 테이도 욱하지 않았다.

"전혀요. 여행 중에 모조리 읽을 작정이었거든요."

"그래도요. 저희 SWV는 전자 도서관 장서량도 동종 업계에서 가장 많고, 심지어 무료라고요."

"아, 미레이 씨, 지금은 휴식 시간이니까 업무 이야기는 접어 둬요."

"그것도 '예전 방식'인가요? 쉬는 시간에 업무 얘기하지 않는 거요."

"아뇨, 그건 인지상정이라고 해요."

"……."

안드로이드에게 말발로 승리했다는 사소한 쾌감을 느끼며 테이는 종이책 더미의 틈에서 미레이에게 보여 주고 싶었던 '예전 방식'의 유물을 발굴해 냈다. 그가 금속 손잡이가 달린 작은 나무 상자를 미레이의 눈 앞에 내밀었다.

"뭐죠, 이게?"

저장 공간을 아무리 검색해도 도무지 일치하는 데이터를 발견할 수 없던 미레이가 호기심 섞인 목소리로 물었다.

"커피 분쇄기요."

미레이는 가만히 눈을 깜빡일 뿐이었다. 그에게 존재하지 않는 데이터를 대면하는 가장 적절한 반응이었을 것이다.

테이는 객실의 테이블에 원두 분쇄기를 내려 놓고 이어서 가방 깊숙한 곳에서 핸드 드립으로 커피를 내릴 수 있는 작은 주전자형 서버와 플라스틱 드리퍼를 꺼냈다. 마지막으로 진공 팩에 꽁꽁 싸 두었던 원두도 개봉했다.

"칼리스토에 괜찮은 커피가 있으리란 보장이 없어서 다 싸 들고 왔어요."

모두가 말렸지만 그랬다.

"칼리스토에서 별점 네 개 반 이상을 받은 카페들을 추천해

드릴 수 있지만 휴식 시간이니까 말씀드리지 않을게요."

"좋은 생각이에요. 지금은 미레이 씨가 직접 커피를 내려 볼 시간이니까요."

테이는 지구에서 매일 아침 수행했던 습관을 소환해 왔다.

분쇄기의 입구에 원두를 두 스푼 가득 채워 넣고 손잡이는 미레이에게 맡겼다. 덜컥거리는 느낌이 모두 사라지고 매끄러워질 때까지 빙글빙글 돌려달라고 하자, 미레이는 영문을 모르겠다는 표정을 띄웠다가는 테이가 부탁한 대로 원두를 갈았다.

낮고도 단조로운 드르륵 드르륵 소리가 이어졌다. 이내 고소한 냄새가 방 안을 가득 채웠다. 순간 테이는 이 우주선에 탑승한 이래 가장 지구가 그리워졌다. 이럴까 봐 객실에서는 안 꺼내려고 했는데. 반사적으로 눈물이 찔끔 나오려고 할 때 미레이가 말했다.

"다 됐어요."

"고마워요."

미레이가 내민 분쇄기를 받아, 갈린 원두를 종이 필터 씌운 드리퍼에 털어 넣고 서버 위에 받쳐 올렸다. 뜨거운 물은 상시 준비되어 있다. SWV 항공의 모든 객실은 냉온수를 즉각 공급하는 시스템이다. 이것만은 '예전 방식'으로 따로 끓일 필요 없다.

테이는 SWV 고로가 새겨진 종이컵에 뜨거운 물을 받아 원두 가루 위에 가느다란 물줄기를 쏟았다. 마른 원두 가루는 물줄기를 만나자 오븐 속에서 익어 가는 빵처럼 폭신하게 부풀어 오르며 검은빛으로 반짝거렸다. 지켜보던 미레이가 탄성을 냈다. 이런 정보를 처음 보는 것이 분명했다.

"이렇게 부풀어 올랐다가 무너지고, 다시 부풀었다가 무너지고 그래요."

미레이는 대꾸도 잊고 필터 속에서 벌어지는 검은 폭발을 가만히 지켜보았다. 멀리 흘러가는 창밖을 바라보던 때와는 분명히 다른 눈이었다.

"미레이 씨도 해 볼래요?"

테이는 뜨거운 물이 든 종이컵을 미레이에게 건넸다. 그리고 가볍게 그와 손을 겹쳐 물줄기를 떨어뜨리는 방법을 알려주었다. 어느 정도 힘 조절이 필요한지, 얼마나 부으면 좋은지. 오래 들인 습관으로 얻은 제 나름대로의 감각이다. 미레이는 금방 배웠다. 잠시 겹쳐졌던 오른손에는 떨어진 후에도 온기가 아스라이 남았다.

"이제 기다릴까요?"

물을 모두 비운 후 미레이가 물었다. 테이가 대답했다.

"네, 기다려요. 천천히."

마지막 검은 물방울까지 깔끔하게 떨어지기를 인내심 있게 기다렸다가 테이는 가방에서 꺼낸 단단한 머그컵 두 개에 커피를 나누어 담았다. 예전 방식을 좋아하는 사람들끼리 모였던 학회에서 받은 촌스러운 기념품으로, 테이가 가장 좋아하는 컵이었다.
 그중에 한 잔을 오래 기다린 미레이에게 내밀었다. 무겁고 불필요한, 긴 절차를 마친 끝에 탄생한 커피를 바라보다가 미레이는 작게 웃었다.
 "아시잖아요. 저는 어차피 못 마시는 거."
 "그렇죠."
 "이렇게까지 하실 필요가 없었다는 뜻이에요. 그러니까…… 낭비랄까요."
 미레이는 어울리지 않게 살짝 머뭇거렸다.
 "낭비해야만 알게 되는 것도 있어요."
 테이는 산더미 같은 짐들의 목록을, 그것들이 주는 즐거움과 안도를 차례로 떠올렸다. 남들은 알아주지 않아도 테이에겐 분명히 소중한 감각들을. 미레이가 반박했다.
 "다소 오류가 발생할 때도 있지만요. 안드로이드인 저는 효율적인 절차를 따라요. 이 행위의 효율을 저는 잘 모르겠어요."
 "거짓말."
 "저는 거짓말을 안 해요."
 "즐겁지 않았어요?"
 "……"
 "즐거움은 효율로 계산할 수 없다고요. 이걸 만들면서 즐거웠잖아요. 미레이 씨도."
 테이는 커피의 폭발을 볼 때 반짝이던 미레이의 눈을 떠올리며 물었다. 즐겁다는 표현이 더없이 적합한 그 눈빛.

"모르겠어요. 아니, 아니에요."

미레이는 가만히 입을 벌리고 있다가 얼른 제 생각을 정리했다.

"모방 심리가 존재한다는 제 오류를 분명히 확인했을 뿐이에요. 될 수 없는 것에 가까워지려는 오류요."

그렇게 말하면서도 미레이는 습관처럼 머그컵을 두 손으로 감쌌다.

잠시간 침묵이 흘렀다. 미레이는 큰 결정을 내리기라도 한 듯이 손에 쥔 머그잔을 천천히 입술로 옮겨갔다. 컵이 살짝 기울어지며 커피가 미레이의 입술을 적셨다. 실제로 삼키지는 않았으나 미레이는 향을 음미하듯 길게 눈을 감았다가 떴다. 마치 추위 속에서 따뜻한 커피를 간절히 오래 기다려 왔을 사람의 모습처럼. 테이는 기다렸다.

반응과 모방 사이의 모호한 경계에 있던 미레이가 느지막하게 눈을 열고 말했다.

"무엇을 느꼈다고 해야할지 모르겠네요. 이렇게 애썼는데."

"……"

"없음이네요. 이건."

무(無)를 인정하는 말간 얼굴에는 슬픔이 가득했다.


그날 이후로 우주선이 칼리스토에 닿을 때까지 안내 모니터에는 언제나 미레이의 이름이 깜빡이고 있었다. 셀프 레스토랑에서도 그를 발견할 수 없었다. 손님으로서가 아니라면 더 이상은 그의 시간을 빼앗을 수 없다는 뜻이었다.

테이에겐 승무원을 부를 만한 용무가 전혀 없었다. 그저 살아가는 데 딱히 필요하지도 않고 비효율적인, 예전 방식이라고 해도 좋을 그리움이, 미레이의 잔상만이 남아 테이를 쓸쓸하게 할 뿐이었다.

하루는 망설이다 버튼을 눌러 그를 불렀다. 객실 소리가 전과 달라졌다는 말도 안 되는 핑계를 만들었는데, 미레이는 가져온 기기로 소음도를 재더니 측정치로는 문제가 없으나 원하시면 객실을 변경해 드리겠다고 말할 뿐이었다. 산뜻한 승무원의 표정이었다. 그날 언뜻 보았던 망설임과 슬픔과 공허 같은 것은 전혀 모르는 얼굴. 테이를 기억하는지 아닌지 알 수 없는지조차 그런 얼굴.

업데이트를 한 걸까.

차라리 다시 마주하지 않았던 편이 좋았겠다. 테이는 후회했다.

착륙 보름을 앞두고 사람들은 동면에서 깨어나 일상에 복귀하기 위해 생체 리듬을 적응시켰다. 우주선은 처음 출발했을 때의 활기를 되찾았지만 테이에게는 긴 침묵 같았다. 선내 곳곳이 왁자지껄해졌지만 어느 언어도 귀에 들어오지 않았다.

원두는 향이 새지 않도록 다시 꽁꽁 포장했다. 칼리스토에 닿아 숙소에 도착해도 당분간 풀지 못할 것 같았고, 정말로 그랬다.

테이는 칼리스토에서 지구 시간 기준으로 3년을 머물게 되어 있었다. 지구에서 이주해 간 시민들의 어휘와 문법이 몇 대에 걸쳐 어떻게 달라지고 재구성되었는지 거듭 조사를 이어가는 나날이었다. 많은 목소리를 들었고 많은 얼굴들을 대면했다. 미레이의 슬픈 얼굴은 기억에서 점점 옅어져 갔다. 어느 순간, 원두를 다시 열어도 괜찮을 것 같았다. 그 향을 맡아도 그날 그 객실에서의 기억에 사로잡히지 않을 것 같았다.

그러나 다시 원두를 열었을 땐 이미 향도 맛도 다 날아가 버린 상태였다. 옅었고 희미했다. 도무지 먹을 수 없는 상태였다. 한 번 산소와 만나 버린 원두의 유통 기한은 지구 시간으로 고작 한 달이다. 원두를 분쇄해 물을 부어 보았지만, 조금도 부풀지 않았다. 진흙에 고인 물 같았다. 폐기해야 했다.

덕분인지 미레이에 대한 기억도 멀어진 그 자리에 그대로 머물렀다. 꿈이라고 불러도 좋을 좌표에. 미레이에게 생겨난 것이 즐거움인지 오류인지 구분하지 않아도 좋을 곳에.

주어진 과제를 모두 마친 후, 다시 지구행 편도를 끊을 때 테이는 동면을 선택할까 잠시 망설였지만 결국 하지 않기로 했다.

해 봤던 일이라 그런지 어렵지 않게 적응할 수 있을 것 같았다. 책들도 칼리스토에서 알게 된 동료들에게 많이 나누어 주어서 돌아올 때의 짐은 출발할 때보다 절반 이상이 줄었다. 녹음한 자료와 정리한 파일은 모두 데이터 형태다. 간단하고 가벼웠다. 승객들이 동면에 들어간 후로도 쓸쓸하지 않았다. 3년간 수집한 자료들을 정리하는 데만도 바빴다.

언젠가 객실 안내 모니터를 종일 유심히 살펴본 적이 있었지만, 미레이라는 이름은 보이지 않았다. 버튼 곁에서 반짝이는 이름은 '브라이' 혹은 '토야'였다. 그들을 부를 일은 없었다.

잠에 집착하지 않았다. 배가 고파지면 시간에 상관 않고 식사를 하러 갔다. 여전히 셀프 레스토랑을 애용했지만, 가끔은 셰프 레스토랑에도 들렀다. 음식 맛도 꽤 괜찮았고 틀어 놓은 음악들이 취향에 잘 맞기도 했다. 가끔은 주문과 서빙을 담당하는 바텐더가 말동무가 되어 주기도 했다.

가장 테이의 마음에 든 건 레스토랑의 천창이었다. 스카이라운지처럼, 우주선 최상층에 위치한 이곳에서는 머리 위로 난 돔형의 유리창으로 영원한 밤하늘이 쏟아지는 절경을 음미할 수 있었다. 지구에 도착해서도 오래도록 그리워할 풍경이 분명했다.

"더 필요한 게 있으실까요?"

접시가 비었는데도 한참 자리를 뜨지 않는 테이에게 바텐더가 물었다. 다른 손님이라 봐야 그 넓은 레스토랑에 테이를 포함해 셋이라 그가 바쁠 일은 결코 없었지만, 어쩐지 오래 죽치고 앉아 있는 게 실례인 것 같아 테이는 커피를 한 잔 추가로 주문했다. 그렇지 않아도 약간 기름진 메뉴를 먹었던 탓에 커피가 더해지면 딱 좋을 것 같았다.

"주문하신 '나이트 스카이 하이(night sky high)'입니다."

누가 붙였을까. 조금은 유치하지만 여기에 잘 어울리는 이름이라고도 생각하며 테이는 갓 내린 뜨거운 커피를 머금었다. 크게 기대하지 않았는데 제법 맛있었다. 우주의 온도가 한없이 포근해진 것 같았다. 그런 만족감이었다.

테이의 얼굴에 피어오른 미소를 확인한 바텐더가 말했다.

"오늘은 길게 머무시네요."

"하늘이 좋아서요."

테이의 대답에 바텐더가 웃었다.

"같은 말을 하던 사람이 생각나네요. 아니, 사람은 아니라 안드로이드예요. 저희 승무원 중에는 안드로이드도 있거든요. 저는 아닙니다만."

바텐더가 안드로이드 승무원을 언급하자 테이는 마시던 잔을 저도 모르게 컵받침 위에 내려놓았다.

"좀 독특한 안드로이드였어요. 인간의 습관을 따라 하고 싶어 하는 기계들이 있잖아요? 특히 안드로이드 중에는 그런 오류가 많고요."

"네."

테이가 계속 말하라는 의미로 대답했다. 그가 아는 그 안드로이드의 이야기를 들을 수 있을 것 같았다. 인간들이 '예감'이라고 부르는 것이, 불확정성이 짙어 현대어에서는 별로 사용하지 않는 그 단어가 테이의 모든 신경을 휘감았다.

"한 3년 전 비행이었는데요. 착륙 며칠을 남겨 놓고 안드로이드 한 녀석이 여기에 와서 커피를 주문했어요. 마시지도 못할 거를요. 딱히 규정 위반도 아니고 저도 커피 한 잔 정도는 내줄 재량은 있어서 그냥 내버려 두었어요. 폐기가 얼마 안 남은 녀석이기도 했고요. 워낙 구형이었고 그 녀석의 오류는 우리 승무원이면 모두 알고 있었거든요."

카페인 때문인지 기억에 남은 그림자 때문인지 테이의 가슴이 서서히 두근거리기 시작했다.

"여긴 왜 오냐니까 그 녀석이 여기는 하늘이 좋다고 그러더라고요. 저 위를 하늘이라고 표현하는 건 사실 인간들뿐이거든요. 하늘이 좋다고 하는 것도 손님들, 그러니까 인간들 언어죠. 좋기는요. 저희 같은 직종에겐 저건 그저 지겨운 풍경이에요, 사실. 그런데 커피 마시며 하늘 감상이라니. 정말 사람 흉내 내기 좋아하는 불쌍한 안드로이드였어요."

이 이야기를 더 듣고 싶은 테이의 욕망을 바텐더는 배반하지 않았다.

"하루는 커피를 가만히 내려다보다가 이런 말을 하더라고요. '리우 씨는 손으로 커피를 내려 본 적이 있어요?' 물론 없죠. 요즘 누가 손으로 커피를 내리나요. 바리스타 과정에 다닐 때도 저나 동기들은 전자동 머신으로만 배웠어요. 그런데 그 녀석이 자기 손으로 커피를 내려 본 적이 있다고 했어요. 안드로이드니까 거짓말은 안 하겠지만 곧이곧대로 믿기는 힘들더라고요. 그런 걸 어디서 해 봤겠어요. 워낙 많은 데이터를 처리하다 보니까 그 녀석 기억 장치에 오류가 발생한 게 아니었을까 싶어요. 아, 오류라고 하니까 이 생각도 나는데, 어쩌면 거짓말을 했을지도 모르겠어요. 그 녀석 정도의 오류라면."

"어째서요?"

바텐더가 미지근해진 커피를 다시 데워 줄까 물었다. 테이는 괜찮다고 했다. 중요한 건 커피가 아니었다.

"그날은 착륙 하루 전인가 그랬는데, 유난히 심각한 얼굴로 이렇게 말했어요. '리우 씨, 인간에게는 모순이라는 오류가 있잖아요.'라고요. 그래서 그렇다고 했죠. 그러더니 다시 물었어요. '모순은 거짓과는 많이 다른가요?' 난감한 질문이었어요. 도대체 인간이 느끼는 모순과 거짓의 차이에 대해서 안드로이드에게 어떻게 쉽게 이해를 시킬 수 있겠어요. 저 따위가. 그럴 수 있었다면 제가 여기 있는 게 아니라 어느 연합에서 한자리 했겠죠.

뭐, 아무튼. 저는 그 녀석의 이야기를 잘 들어 주었어요. 그런 고민도 앞으로 며칠 뒤에는 영영 사라질 거니까. 가엾잖아요.

저는 그 녀석에게 혹시 마지막이 무서운 거냐고 물었어요. 녀석은 고개를 저었어요. 그건 아니라고, 안드로이드에게 그런 건 없다고. 그러더니 갑자기 울 듯한 표정으로(안드로이드도 울 수 있다면 말이에요) 말하더군요. 자기의 오른손을 왼손으로 꼭 감싸면서요.

'즐거운 일이 있었어요. 응, 분명히 있었어요. 있는 것이었어요. 제게는 있는 것과 없는 것에 대해서는 분명히 구분할 수 있는 판단력이 있으니까요. 그런데 그가 제게 즐겁지 않았냐고 물었을 땐, 아니라고 대답했어요. 왜일까요. 즐겁다고 말하고 싶었는데, 즐겁다고 말했어야 했는데.

그런데 즐겁다고 말해 버리면 그 순간 제 안에 무언가가 생겨날 거 같았어요. 곧 잃어버릴 무언가요. 아니, 바스러진다고 해야 할까요. 오래된 행성이 소멸하는 것처럼요, 그리고 부풀었던 커피가 꺼지는 것처럼요.

그런데 무엇이 생겨날 건지, 무엇이 사라질 건지는 도무지 모르겠어요. 그런 건 제 데이터에 없어요. 죽음만큼이나 모호하죠.

사실 그와 다시 이야기하고 싶어요. 나란히 앉아서 하염없이 먼 하늘을 바라보고 싶어요. 얻는 효율은 아무것도 없는데도요. 하지만 그에게 갈 수 없어요. 이제 내일이 지나면 다시 만날 수 없는데도요. 이런 걸 모순이라고 하죠?

이상해요, 리우 씨. 제가 너무 예전 방식이라 그런 걸까요?

제 오류는 아주 심각한 것 같아요. 그렇죠?'"

# 가빙 라이트

**1. 얼어붙은 문**

"폰데링 님!"

철제 대문을 뚫을 기세로 가빈이 소리를 질렀다. 소리가 도달하는 데 시간이 걸린다. 여기는 바깥 대문에서 작은 마당을 지나 현관문 안쪽까지 거쳐야 할 곳이 많은 탓이다.

"저예요, 가빙라이트!"

글자로 쓰거나 작게 속삭이기만 하던 닉네임을 소리치자니 누가 들을까 봐 좀 쪽팔리기도 했으나 '트친' 사이니 본명보다는 이게 더 익숙했다. 가빈은 폰데링의 집에 깜빡 두고 간 휴대폰을 되찾아야 했다. 그래서 눈 내리는 이 먼 길을 다시 돌아왔다.

"폰데링 니이임!"

가빈이 대문 우측 상단에 위치한 초인종을 누르지 않고 목이 터져라 남의 닉네임을 부르는 이유는 간단했다. 지금은 정전 상태다. 눌러도 소용이 없다.

"가빙 님이에요?"

곧 대문 너머에서 폰데링의 목소리가 들려왔다. 패딩 점퍼의 지퍼를 부욱 올리는 소리, 대충 꿰어 신은 슬리퍼가 바닥을 끄는 소리가 점점 가까이 다가왔다.

"죄송해요, 저 다시 왔어요."

"어머, 안 그래도 걱정했어요. 지진 때문에 무슨 일이라도 생겼나 했는데."

폰데링의 목소리에는 반가움과 안도감이 반반 섞여 있었다. 그 목소리에 가빈도 내심 안도했다. 지난밤 '존잘님'이 어떻게 된 건 아닐까 가빈도 걱정이 이만저만이 아니었기 때문이다.

"문 좀 열어 주시겠어요? 저 폰을 두고 가서."

"폰? 우리 집에?"

"네, 근데 폰데링 님은 괜찮아요?"

"이쪽은 그렇게 흔들리진 않았으니까요. 전 일산이 걱정이었는데."

"전 괜찮았어요."

"폰 놓고 간 줄 꿈에도 몰랐는데, 가빙 님. 꺼져 있나 봐요."

폰데링은 '그래서 답장을 못 했구나. 디엠 많이 보냈는데.'라고 중얼거리며 대문 잠금쇠를 열림 방향으로 당겼다. 그러나 철컥 하는 소리만 울릴 뿐, 문틈은 조금도 벌어지지 않았다.

"어라, 왜 이러지."

폰데링은 대문을 세차게 흔들어 보았다. 결과는 이번에도 마찬가지였다. 낮은 기온에 밤새 문이 얼어붙어 버린 모양이었다. 폰데링의 목소리만 담을 넘어왔다.

"어떡하죠, 얼었나 봐. 가빙 님 혹시 담 넘을 수 있어요?"

"헐."

운동 신경 없는 가빈은 이렇게 높은 담을 넘을 자신이 요만큼도 없었다. 겨울 추위에 안 그래도 몸이 굼뜬 데다, 어제 한반도를 강타한 지진에 놀란 가슴도 아직 진정되지 않았다. 인명 피해는 없다고 하지만, 지진의 여파로 찾아 온 전국의 대정전에 사람들은 두 번 놀라야 했다.

가빈이 지진을 느낀 것은 폰데링네 집에서 2박 3일을 보낸 후 귀가하던 길, 그러니까 고양 버스 터미널에 막 도착했을 때였다. 터미널이 좌우로 흔들대고 거기에 있던 사람들이 분신술을 하듯 서너 개의 모습으로 번져 보였다. 버스 여행이 아니라 시간 여행을 하고 돌아오는 사람들 같았다. 편의점에 진열되어 있던 컵라면들이 우르르 쏟아져 바닥을 뱅글뱅글 맴돌았다. 흔들림은 몇 분간 간헐적으로 이어졌다. 가빈은 백팩으로 머리를 감싸고 흔들림이 멈출 때까지 그 자리에 쪼그려 앉아 있었다. 지진은 지금껏 뉴스로만 들었지, 몸으로 경험한 건 처음이었다. 무서웠다.

다행히 땅이 갈라지거나 천장이 내려앉는 정도의 재난은 아니었지만 다른 문제가 곧 들이닥쳤다. 터미널 내 모든 형광등과 백열등이 박자를 서로 맞춘 듯 깜빡거리다 동시에 빛을 잃었다. 해가 없는 저녁 시간이라 그야말로 드라마틱한 순간이 아닐 수 없었다. 실내가 순식간에 어둠에 잠겼다.

흔들림이 멈추자마자 가빈은 터미널을 빠르게 빠져나왔다. 거리에도 빛이 없었다. 차들만이 라이트를 밝힌 채 교통 신호가 사라진 도로에서 우왕좌왕하는 중이었다. 저 앞에선 이미 사고도 난 듯했다. 도시 전체가 정전이었다. 길에 선 사람들은 휴대폰 손전등을 밝혀 더듬더듬 앞으로 나아가는 중이었다. 가빈도 휴대폰을 꺼내려다 지난 며칠 지냈던 폰데링네 집에 두고 왔다는 사실을 뒤늦게 깨달았다. 버스에서는 세상 모르고 자느라 이제야 알아차렸다. 이런 상황에 휴대폰까지 두고 오다니……. 작게 짜증을 흘리며 어둠을 헤치고 자취집으로 겨우 돌아왔다.

그러나 전기를 잃은 삶은 간단하지 않았다. 초인종이 안 눌러지는 건 그렇다 쳐도 냉장고가 꺼져 얼려 둔 식빵이 녹고, 보일러가 맛이 가고, 전기 장판이 안 켜지고, 와이파이가 안 터지는 일상은 대혼돈이었다. 카오스가 찾아온 것이다.

정부는 전례 없는 재난과 사고에 양해를 구하며 최대한 빠른 복구를 위해 노력 중이나 짧게는 며칠에서 지역에 따라 길게는 일주일 정도 걸릴 것이라고 했다.

가빈은 평생의 수면 중 가장 추운 잠을 자고서, 보통 때라면 2시간으로 충분할 거리를 6시간이나 걸려서 폰데링의 집까지 되짚어 왔다. 휴대폰을 찾기 위해. 대문에서부터 막히고 말았지만.

영화에서나 볼 법한 재난 상황이 닥쳤을 때 가장 먼저 찾게 된 사람이 부모님도 애인도 아닌 트친일 줄이야, 생각해 보니 조금 어처구니가 없다.

**2. 아이스 브레이킹**

---

**폰데링** @uheung_donut
가빙 님, 그럼 저희 집 놀러 오실래요? 휴가 겸 위로회 해요. 좀 뜬금없지만…….

---

멘션을 읽으며 가빈은 하트를 누르려던 엄지손가락에 힘을 주었다. 폰데링의 트윗이나 멘션에는 습관적으로 하트를 눌렀으나 이번엔 경우가 달랐다. 하트를 누르면 일단 긍정적인 의미인데, 그렇게 섣불리 대답할 수 있는 일은 아니었다.

아무리 트위터와 트친들을 애정해도 텍스트가 전부였던 관계를 타임라인 바깥으로 확장하는 건 다른 문제였다. 그것도 웹소설계의 존잘님이신 폰데링 님과 개인적으로, 게다가 폰데링 님의 집에서라니.

폰데링은 가빙 라이트(트위터 닉네임. 약자로 가빙. 본명은 김가빈)에게 지난해 지옥 같았던 회사 생활을 견뎌 나갈 빛을 밝혀 준 작가다. 가빈의 영웅이었다. 매일 폰데링의 연재만 목을 빼고 기다렸다.

그러나 김가빈은 올해부로 더 이상 그 회사의 직원이 아니었다. 계약 연장이 불발됐다. 1년짜리 계약직이었고 퇴직금도 없었다. 그 비보에 짜증을 가득 얹어 트위터에 푸념했는데 몇 시간 뒤 작가님이 생각도 못한 멘션을 보낸 것이다, 우리 집에 놀러 오시겠냐고.

지난해 내내, 이틀에 한 번 정도는 잡담을 주고받던 사이였다. 그러다 서로 같은 만화가를 좋아한다는 사실을 알게 되고 급속도로 친해졌다. 그 후로는 입버릇처럼 시간 되면 만나자 하긴 했으나 정작 본격적인 제안에는 망설여졌다.

*정말 만나도 될까?*

손가락을 다시 움직이는데 시간이 제법 걸렸다.

---

**가빙라이트** @gabingbing
아니 선생님, 하찮은 제가 존잘님 댁에 어떻게…….

---

**폰데링** @uheung_donut
하…, 하찮은 건 저희 집일 걸요 가빙 님.

---

이후 대화는 다이렉트 메시지, 즉, 디엠으로 이어졌다. 폰데링의 집은 이름 한 번 못 들어 본 경기도 외곽에 있었다. 기차나 고속버스를 타고 시내 역까지 와서, 하루에 세 번 왔다 갔다 하는 마을버스를 타고 들어가야 하는 상당히 외진 동네였다.

지금까지는 폰데링을 여성 작가라고 인식해 왔지만, 구글 맵에서 그 집의 위치를 보자마자 분명히 확인해야겠다는 생각이 들었다. 주변에 상가랄 것은 아무것도 없고 단독 주택이 띄엄띄엄 존재하는 구조의 마을이었다. 지도가 이렇게 듬성듬성할 수가. 여기가 한국이 맞나 싶었다. 폰데링이 지금까지 그런 곳에 살면서 도시를 배경으로 한 화려한 글을 써 왔다니 믿을 수 없을 정도였다. 보통 공포물에 어울리는 배경 아닌가. 비명을 내질러도 밖에서 아무도 못 들을 그런 곳.

『미저리』가 떠올랐다. 작가와 독자의 관계가 사적으로 얽히면, 어떤 나쁜 일이 일어날 수도 있는지 잘 보여준 작품이었다. 자신과 폰데링의 경우는 반대겠지만 낯선 공간에서는 무슨 일이든 벌어질 수 있다. 미지의 영역이란 당연히 이런저런 불안의 여지를 남긴다.

**폰데링 >** 막말로 제가 가빈 님을 납치해도 얻을 게 없는 걸요 ㅋㅋㅋ

납치 소재의 소설 배경 같다는 가빈의 쭈뼛쭈뼛한 메세지에 폰데링은 그렇게 대답했다. 이어서 여자가 맞노라 유쾌하게 덧붙였다. 가빈은 약간의 안도를 느꼈다. 폰데링이 여성이란 걸 확인해서도, 자신을 납치해서 얻을 게 없다는 고백 때문도 아니라 ㅋㅋㅋ 때문이었다. 웃음이란 텍스트라고 해도 경직된 분위기를 녹이는 효력이 있다.

> **폰데링** > 가빙 님이 제 원고 대신 해 주신다면 모를까. 마감 땜에 죽겠어요 ㅠㅠ
>
> **가빙라이트** > 음… 확실히 저는 도움이 안 되겠네요, 선생님.
>
> **폰데링** > 안 되고 말고요.
>
> **가빙라이트** > 묘하게 슬픕니다
>
> **폰데링** > ㅋㅋㅋ

납득할 수밖에 없는 대답과 함께 다시 웃음이 따라왔다. 그러게, 작가님 대신 원고라도 해줄 수 있다면 모를까. 작가님이 나 따위를 납치해서 뭐에 쓰겠어.

온라인 인간관계에서 서로에 대해 얼마나 속속들이 아느냐는 큰 의미가 없을지도 모른다. 그저 숨기는 악의가 있느냐 없느냐 정도만 대충 파악만 할 수 있다면, 취미 생활을 함께하는 트친과의 만남은 즐거운 일탈이 될 것 같았다.

> **가빙라이트** > 좋아요. 그럼 염치 불고하고 신세 지러 가도 될까요?
>
> **폰데링** > 오오. 제가 나오코 선생님 만화책들 표지 잘 닦아 두겠습니다 (합장한 손)
>
> **가빙라이트** > 저 오프에서는 재미없는 인간이라고 나중에 블락하시는 거 아니죠 ㅜㅜ
>
> **폰데링** > 아니 전 벌써 재밌는데요 가빙 님 무슨 그런 섭한 말씀

까짓거 가 보기로 했다. 어차피 인간관계의 리스크는 쌍방이다.

결론부터 말하자면 가빈은 폰데링의 집에 놀러 가 2박 3일간 만화책을 실컷 보며 후회 없는 '덕질 타임'을 보냈다. 위험하거나 불쾌한 일 역시 조금도 없었다.

폰데링은 김미숙이라는 평범한 이름을 가진 30대 후반의 돌싱 여성이었고, 키 150센티미터가 조금 넘는 아담한 체구에 말투나 성격은 트위터에서 본 그대로 솔직담백했다. 가빈과의 나이 차이는 열 살이나 났지만 대화는 잘 통했다. 덕질은 어느 방향에서든 통한다는 말을 가빈은 실감하지 않을 수 없었다. 괜한 의심부터 했던 게 조금 미안할 정도였다.

사실 상대에게 무언가 꽁꽁 숨기는 것이 있다면 그건 폰데링이 아닌 가빈 쪽이었다. 가빈이야말로 폰데링이 짐작도 못할 미지의 영역을 사는 사람이었다. 정말로 불미스러운 일이 생겨 실제로 어떤 싸움 비슷한 것이라도 벌어진다면 그건 전적으로 폰데링의 손해가 될 것이었다.

가빈에게는 보통 인간과는 조금 다른 능력이 있었다.

앞에 '초'자를 붙여도 좋을 그런 능력이.

가빈은 스스로 그 능력을 '후레시'라고 불렀다.

가빈이 어렸을 때 주변의 어른들은 하나같이 손전등을 후레시라고 불렀다. 그래서 제 손에 피어난 빛과 열도 편의상 그렇게 불렀다.

그렇다. 후레시.

가빈의 왼손은 빛과 열을 낸다.

주먹을 꼭 쥐면 손이 알전구처럼 따스한 주홍색으로 빛나고, 실제로도 따뜻해졌다. 냄비나 주전자의 물을 끓일 수 있을 만큼 온도를 높일 수도 있었다. 가스레인지처럼 눈에 보이는 불꽃이 화르륵 지펴지는 것은 아니고, 빛과 열뿐이니 외형적으로는 인덕션에 가깝다고 해야 하나. 하여간 제 손에 그런 초능력이 있다는 사실을 깨달았을 때, 가빈이 떠올릴 수 있던 이름은 '후레시'가 유일했다.

아홉 살, 초등학교 2학년, 학습지를 몰래 갖다 버렸다가 엄마한테 된통 혼나던 날, 가빈은 각성했다. 혼자 방에서 우는데 해가 어둑어둑해졌다. 불을 켜긴 귀찮고 그냥 두긴 무섭다고 생각할 때 왼손의 색이 미묘하게 오른손과 다르다는 것을 알았다. 반투명하고 좀 더 부드러워 보이는 빛깔이었다. 제 손을 그렇게 자세히 들여다본 적이 없었다.

숨을 죽이고 왼손을 뚫어져라 응시했다. 그렇게 바라보면 손이 제게 어떤 응답을 줄 것만 같았다. 그런 확신에 가까운 감정은 그 이후로 다시 느껴본 적이 없었다. 그리고 그 확신 그대로였다.

"우와……."

손에서 피어난 빛으로 방이 환해졌다. 첫 '후레시'가 켜진 것이다.

더 어둠이 무섭지 않았다. 불을 켤 필요도 없었다.

"뒤로 물러나세요, 폰데링 님!"

"어떻게 하려구요, 가빙 님?"

가빈에겐 담을 넘는 것보다 더 안전한 방법이 있었다. 가빈이 작업하는 동안 폰데링이 대문에 손만 대지 않으면 간단히 끝날 일이었다.

"절대 문에 손대시면 안 돼요."

다시 한번 다짐을 받고 주변에 아무도 없는 것을 확인하고서, 가빈은 왼손에 모든 에너지를 집중했다. 서서히 온도를 높여갔다. 이런 순간이면 가빈은 언제나 고데기를 상상했다. 천천히 달궈져 가는 고데기를. 물론 정 급할 땐 정말 왼쪽 손가락들을 고데기로 썼다. 정품 고데기에 비하면 정교한 컬을 연출하는 디테일은 떨어졌지만 머리 말릴 시간조차 부족할 땐 출근길 지하철에서도 뱅뱅 말 수 있으니 편하긴 편하다.

"멀리 떨어지신 거 맞죠?"

"네!"

정말로 폰데링의 소리가 저만치 멀어졌다.

"그럼 갑니다."

후레시는 준비 완료다.

가빈은 자물통이 있는 부분을 시작으로, 문이 틀과 맞물리는 틈새를 따라 손바닥으로 천천히 다림질을 시작했다. 뭔가 쩍 갈라지는 소리가 짤막하게 나기도 하고, 쇠구슬 튕기듯 팅 소리가 나기도 했다. 가빈은 얼어 버린 문짝이 녹는 이론적인 과정은 몰라도, 자신이 곧 저 문을 열어 낼 것이라는 사실만은 분명히 알았다.

"절대 만지시면 안 돼요. 뜨거우니까."

"뜨겁다고요? 가빈 님 무슨 장비 있어요?"

"네, 좀."

그때 강풍이 가빈의 등을 세게 때렸다. 대문이 덩달아 덜컹 거렸다. 탈캉! 울리는 소리가 경쾌했다. 결코 꽁꽁 얼어 경직된 진동이 아니었다. 녹았다. 분명히 녹았다.

"열쇠만 던져 주세요! 제가 열 테니까."

곧 가빈은 담을 넘어 운동화 앞코에 떨어진 은빛 열쇠를 주워 들고 문에 꽂았다. 무언가 분명히 맞아 들어가는 소리, 이어서 부품이 제 방향으로 매끈하게 움직이는 소리가 났다.

"가빈 님? 어떻게 했어요?"

문이 열리자 하루 만에 다시 만난 폰데링이 눈을 동그랗게 뜨고 있었다. 대체 언 대문을 무슨 장비로 어떻게 녹였을까. 의문이 가득 담긴 표정으로 폰데링이 가빈을 머리부터 발끝까지 바쁘게 훑었다. 그러나 아무리 살펴도 단서를 발견하기 어려울 것이다. 어제와 똑같은 모직 코트에 고작 라이터 정도 들어갈까 싶은 가벼운 토트백이 가빈이 들고 온 전부였으니까. 가빈은 그냥 조금 멍청한 표정으로 웃어 버렸다.

"춥다. 일단 들어와요! 커피 마시자."

해답 찾기는 포기한 듯 폰데링은 가빈의 손을 이끌고 집 안으로 들어갔다. 다행히 존잘님은 덜 식은 왼손 대신 가빈의 오른손을 잡았다.

"저는 이 상황이 사실, 막 나쁘지만은 않아요."
가스레인지를 켜며 폰데링이 말했다.
"원래 저 오늘부터는 하루에 만 자씩 원고해야 했잖아요. 그래야 마감 맞춘다고요. 근데 노트북은 방전됐지, 메일도 안 보내지지, 전화도 안 터지지. 본의 아닌 휴가라니까요."
"디스토피아가 아니구요?"
"그래도 버스는 다닌다면서요. 한국은 진짜 대단해."
후후 웃는 폰데링의 입술에서 입김이 피어올랐다. 그래도 시골집의 힘이랄까, 여기엔 석유 난로라는 구시대의 유물이 있었다. 하지만 냄새가 어마어마했다. 환기를 위해 창문을 열어 둔 탓에 난로 코앞 아니고서야 온기가 느껴지지 않았다. 당장 제 왼손을 가동시키고 싶은 충동을 가빈은 겨우겨우 삼켰다. 아무 데서나 정체를 획획 내보일 수는 없다.
"좀 춥긴 하지만 음식은 되잖아요. 물도 끓일 수 있고."
그건 좀 신기했다. 전기가 끊어져도 가스레인지는 영향을 받지 않는다는 사실을 가빈은 이번에 처음 알았다. 그렇게 큰 위안은 안 됐지만.
"폰데링 님은 재난 상황에도 낙관적이시네요."
"이런 집에서 살려면 낙관적이어야 해요, 멘탈이."

작가 폰데링이자 김미숙 씨의 삶과 그가 이 집에 살게 된 이유를 가빈은 지난 2박 3일에 걸쳐 꽤 알게 되었다. 이 집은 김미숙이 이혼하면서 위자료 몇 푼과 더불어 재산 분할로 받은 것이었다. 전남편이 어릴 적 살았던 집이자 돌아가신 시부모의 집이라고 했다. 재산 가치가 없어 팔리지도 않아 몇 년이나 빈집으로 방치되어 있었던 걸, 김미숙이 울며 겨자 먹기로 들어와 살 만하게 손봐 놓은 것이다. 전남편은 이기적인 놈이라고 했다. 그래서 이혼했다고.

결혼 전 김미숙은 보습 학원에서 국어 강사로 일했지만 이혼 후에 그 직업을 이어갈 수는 없었다. 경력 단절 기간이 길기도 하고, 이 근방에 학원 따위 있을 리 만무했다. 공부가 필요한 학생은 초등학생 둘, 중고생 세 명이 전부인 작은 마을이었다. 그 애들은 버스를 타고 1시간은 나가야 하는 시내에 있는 학원에 다녔다. 그쪽에도 이력서를 안 낸 건 아니었으나 김미숙의 단절된 경력으로는 채용까지 이르진 못했다.

구인 사이트가 아닌 웹소설 플랫폼 메인 페이지에 접속하게 된 계기는 연관 검색어 때문이었다. '입시 학원 시간 강사'를 클릭했더니 웹소설 소개 페이지가 보였다. '입시 학원 시간 강사'가 웹소설의 제목이었던 것이다. 무심결에 클릭했는데 어느새 무료 분량인 10편까지 다 읽어 버렸다. 재밌었고, 이런 톤의 이야기라면 스스로 쓸 수도 있을 것 같았다. 그래도 예전에는 글 좀 쓴다는 축에 속했는데, 이력서와 자기소개서에만 온통 공을 들이는 것도 어쩐지 아깝다는 생각이 들었다.

김미숙은 모 프랜차이즈 도넛의 이름을 필명으로 웹소설을 쓰기 시작했다. 이력서는 써도 낼 곳이 마땅찮았으나 웹소설은 업로드할 만한 플랫폼이 꽤 있었다. 20회차 정도 쓰자 슬슬 입소문이 붙었고 대박은 아니었지만 중박 정도는 났다. 시골에 틀어박혀 혼자 쓸 생활비 정도는 나왔다. 게다가 얼굴도 모르는 독자들이 폰데링을 너무나 사랑해 주었다. 홍보를 위해 트위터를 시작했고 말이 통하고 취미가 맞는 친구들도 하나둘 생겼다. 나이 먹고 만화책이나 좋아한다고 부끄러워하지 않아도 되었다. 서로 나이 같은 건 묻지도 않았다.

일과 사랑과 친구를 동시에 얻을 수 있다니. 당시의 감격을 폰데링은 저도 모르던 고향을 찾아낸 기분이라고 했다. 결혼과 이혼 사이를 지나며 제 가치는 완전히 끝난 줄 알았는데 아니었다고. 다시 태어나서 아무도 숨 안 쉬었던 새 공기로 호흡하는 느낌이었다고. 다시 살아갈 용기를 얻었다고. 강해졌다고.

이번 지진과 정전도 폰데링에게 그리 대수는 아닌 듯했다.

### 3. 면접

"미안해요. 역시 안 되겠죠?"

지금 여기가 화장실이라는 걸 상기시켜 주기라도 하듯, 폰데링의 목소리가 벽을 멍멍하게 울렸다.

가빈은 다시 레버를 눌러 봤지만 요란한 소리를 토해 내야 할 변기는 고요하기만 했다.

물탱크 뚜껑을 들어내 보았다. 그렇다. 얼었다.

"가빈 님 장비가 어떤 건지는 모르지만. 그래도 혹시나 해서요."

가빈은 휴대폰만 찾아서 다시 돌아갈 예정이었다. 이미 배터리가 모자라 꺼져 버린 휴대폰은 마루 구석에 있는 방석 밑에서 발견되었다. 그걸 찾는 데만도 한 시간 가까이 걸렸다.

존잘님의 보필을 받으며 2박 3일을 호의호식했으나 더 이상은 지체할 수 없었다. 현재는 주요 의료 기관들 중심으로만 비상 전력이 투입되고 있으나, 수도권을 시작으로 늦어도 열흘 안에는 전국의 전력이 복구될 예정이라고 들었다. 인터넷 접속이 가능하게 되면 곧장 구직 활동을 시작해야 했다.

커피를 한 잔 얻어 마신 후 집을 나서기 전 화장실에 들르려 했다. 올 때도 6시간 걸렸으니 갈 때는 또 어떨지 알 수 없었다. 그런데 폰데링이 저지했다. 지금 상황이 안 좋다고 했다.

정말로 안 좋았다.

이대로 볼일을 못 보면 나중엔 더 안 좋아질 수도 있다.

"폰데링 님."

"네."

"될 거 같긴 해요. 해 본 적은 없지만."

"정말요?"

폰데링의 얼굴에 화색이 돌았다.

"가빈 님 진짜 이쪽으로 나가셔야 되는 거 아니에요? 요즘은 사무직보다 기술로 먹고 사는 게 훨씬 낫다던데."

가빈도 그 생각은 안 해 본 건 아니었으나, 장비가 공식적이지 않다는 것이 문제였다. 그리고 무엇보다 사람들을 놀라게 하는 순간이 너무나 두렵다.

"대신 놀라시진 마세요."

"네?"

"비밀도 지켜 주셔야 하고요."

변기에 고인 물 녹이는데 무슨 지켜야 할 비밀까지 있나. 의문스러워 하면서도 폰데링은 고개를 끄덕였다.

"변기에도 절대 손대면 안 되나요?"

아까 대문을 떠올리며 폰데링이 농담처럼 말했다.

"네, 절대요."

그러나 가빈의 비장한 표정을 마주하자 다시 고개를 끄덕이며 한 걸음 물러날 수 밖에 없었다.

"의자 하나만 빌려 주세요."

어떤 장비로 작업을 진행할지 기대하며 폰데링은 거실에 있던 등받이 없는 의자를 화장실로 가져왔다. 가빈은 의자를 받아다 변기 좌측에 놓았다. 마주 보고 대화를 나눌 듯한 배치였다. 가빈은 거기에 앉아 변기 커버와 뚜껑을 모두 닫고, 두 손바닥을 몇 번 삭삭 비비더니 변기의 등받이라 할 수 있는 물탱크를 조심스레 감쌌다.

세상 모든 정적이 화장실에 흘렀다.

"뭔가 진단…… 하시는 건가요?"

너무 고요한 나머지 폰데링이 속삭이듯 물었다.

"아뇨, 녹이고 있어요."

가빈은 평소의 목소리대로 대답했다.

"지금요?"

"네."

"손바닥으로?"

"네."

푸하하하. 폰데링은 더 이상 참지 못하고 웃고 말았다. 손바닥으로 녹일 수 있다면 이미 본인이 해 봤을 것이다.

"조금만 기다려 보세요."

가빈이 침착하게 말했다. 시선은 물탱크 안쪽에 꽝꽝 얼어 있는 얼음을 향한 채로. 변기가 외벽 쪽으로 면해 있어서 온도 변화에 취약한 것 같았다. 아직 웃음을 완전히 못 거둔 폰데링도 물탱크 안으로 시선을 옮겼다.

"어."

표면에 야트막한 물이 고이는 것이 보였다.

"말도 안 돼!"

"서서히 해야 해요. 처음부터 온도 높이면 변기가 깨질까 봐요. 저도 처음 해 보는 거라."

한창 더운 여름에 얼려 두었던 생수병의 물이 조금씩 녹는 것처럼, 변기의 물탱크도 그렇게 녹았다. 표면에 수증기를 가득 맺으며. 한겨울의 기적이었다.

이 광경이 너무나 경이로워서 폰데링은 조금 울 뻔했다.

"세상에, 이게 그 말로만 듣던 초능력이군요!"

그 얘기를 타인에게 들으니 기분이 정말이지 묘했다.

비밀스러운 이 힘을 트친네 집 변기 녹이려고 드러내게 될 줄이야. 역시 급한 일은 급한 일인가 보다.

"죄송하지만 이제 볼일을 좀 봐도……."

"네! 그럼요!"

가빈은 확인차 다시 밸브를 내려 보았다.

우렁차고 시원한 소리가 났다.


"초능력이라 하기는 뭐해요. 비주얼적으로도 뭐가 없고."

변기를 녹이는 사이 마지막 마을버스가 떠났고 전화는 여전히 불통이라 택시를 부를 수도 없었다. 가빈은 폰데링네 하루 더 얹히기로 했다.

냄새를 더 견디기 힘들어 난로는 끄고 커피를 한 잔 더 마셨다. 먹을 것으로라도 온기를 지속적으로 밀어 넣어 주어야 했다. 커피는 금세도 식었다. 그럴 때마다 가빈은 왼손으로 폰데링의 잔을 데워 주었다. 폰데링이 눈을 반짝이며 물었다.

"불꽃 같은 건 못 쏴요?"

"네."

"아쉽다아."

불꽃을 피울 수도 없고, 빔 같은 걸 쏘는 것도 아니다. 온도와 광량 조절만 가능한 인덕션 내지는 후레시다.

"어릴 땐 손전등으로 많이 썼는데요, 이불 속에서 몰래 만화책 볼 때나."

"중요하지, 만화책은."

"네, 그때도 온다 나오코 선생님뿐이었어요."

폰데링이 절도 있게 고개를 끄덕이며 동의했다. 둘은 모두 중견 만화가 온다 나오코의 오랜 팬이었다.

"근데 지금은 몰래 볼 것도 없고요, 손전등도 스마트폰이 더 밝거든요. 요즘엔 식은 커피 데울 때나 가끔 쓰고, 뭐 그래요."

온도 조절에 실패해 머그컵을 몇 번 깬 적이 있어서 아까 변기도 조심스레 다뤘다. 이런 시국에 변기를 깨면 정말 골치 아파질 것이다.

"너무하네, 이런 재능을."

"그래도 존잘님 덕분에 저 오늘 신기술 시연했잖아요! 나 이렇게 쓸모 있는데 왜 아무도 채용 안 해. 흑흑. 유유."

트위터에서는 글자로 울던 울음을 육성으로 내자 폰데링이 다시 푸하하하 시원하게 웃었다. 글자였던 'ㅋㅋㅋ'보다 훨씬 화창한 웃음이었고, 가빈은 지난 2박 3일을 보내며 어느덧 그 웃음소리를 꽤 좋아하게 되었다. 이제는 저 웃음이 주변 온도까지 올려줄 것 같다는 기분 좋은 착각마저 들었다.

하지만 내일은 다시 돌아가야 한다. 차가운 일상으로. 혼자

싸워야 할 취업 전선으로. 이 혼란도 영원히 지속되지는 않을 테니까 긴장을 늦춰서는 안 된다. 검색, 이력서, 자소서, 면접, 수많은 탈락과 희망 고문……. 그 모든 일들을 복기하자 가빈은 두려워졌다. 어쩌면 지진이나 정전보다 더 험난할 것들.

탕탕, 그때 대문을 치는 소리가 났다. 여기에서 이웃집은 가장 가까운 곳도 5분은 떨어져 있었다. 서울댁, 서울댁, 하고 외치는 소리가 들렸다. 폰데링의 또 다른 닉네임인 모양이었다.

"저분은 날 꼭 저렇게 부른다니까."

"누구신데요?"

"이장이요. 별로 친하진 않은데 아쉬울 때마다 오셔. 뭘까, 오늘은."

폰데링은 패딩의 깃을 여미며 현관을 나서 대문을 열었다.

"어휴, 그래도 서울댁네는 문은 안 얼었네."

문이 열리자마자 나이가 있는 부인이 품에 2리터짜리 빈 페트병을 네 개 감싸 안고 있는 모습이 보였다.

"이장님 댁은 어떠세요?"

"말도 마. 나 지금 물 꾸러 온 거야. 라면 좀 끓여 먹을라구."

"물이요?"

"응, 수도 얼었어. 이 집은 물 나와?"

여기는 수도관까지는 안 얼었다. 방금 전 싱크대 물을 끓여 커피도 탔다. 폰데링은 물 네 병을 채우며 이장에게도 커피를 한 잔 권했다. 가빈을 보고 누구냐는 물음에 폰데링은 서울에서 온 사촌 동생이라고 소개했다. 이상하게 이 집은 뭔가 따뜻하네……. 이장은 사방을 휘휘 둘러보며 중얼거리고선 식탁의 한 자리에 앉았다. 그 앞에 폰데링이 따끈한 커피를 내려놓았다.

"불편하셔서 어떡해요."

"그러니까 말이야. 어떻게 수도라도 좀 녹여 보려고 전에 동파 공사했던 사람한테 견적은 받았는데 그게 무슨 소용이야. 장비를 못 쓴대. 해빙긴가 뭔가도 전기 꽂아야 돌아간다잖아."

"그렇겠네요."

"세상에 이게 무슨 난리래, 65년 살면서 이런 난리는 또 처음이네."

남의 집에서 이런 뻘쭘한 시간이라니. 다른 때라면 휴대폰이라도 들여다보고 있었겠지만 그럴 수도 없는 상황이라 가빈은 식탁 구석에 있던 만화책을 가져와 천천히 페이지만 넘겼다.

"사촌 동생이라는데 하나도 안 닮았네."

"네, 저희가 별로 닮진 않았어요."

이장은 둘이 친척이라는 걸 믿는 눈치는 아니었다. 이장은 이 집의 역사를 잘 알고 김미숙이 어쩌다 이 집에 들어왔는지 또한 잘 알았다. 심지어 인터넷에 글 써서 그걸로 입에 풀칠하고 산다는 사실까지도 알고 있었다. 좁은 마을이었다.

페트병을 채우는 물이 흐르는 소리와 함께 침묵도 덩달아 한참 흘렀다. 네 번째 페트병이 가득 찼을 때에야 폰데링이 무언가 불현듯 깨달은 목소리로 다시 입을 열었다.

"저기 이장님, 괜찮으시면 수도 한번 녹여 보실래요?"

그 말에 가빈이 퍼뜩 놀라 고개를 들었다.

"어떻게?"

"우리 동생이 열전기 기술이 좀 있는데, 관련해서 소소하게 집안일도 돕거든요."

폰데링이 적당히 말을 만들기 시작했다.

이장의 표정이 미묘하게 달라졌다. '담요 끌어안고 만화책이나 읽고 있는 쟤가 열전기 기술이 있다고?'라는 의문이 얼굴에 대문짝만 하게 각인되어 있었다.

가빈은 정체를 숨겨야 한다는 생각에 고개를 휘젓고 싶은 본능부터 샘솟았으나, 한편으로는 상대의 냉혹한 시선에 굴복하고 싶지 않았다. 인생 살면서 퇴짜는 맞을 만큼 맞았다.

"아니, 도와주면 좋기야 하지만."

"동파 업체에서는 견적 얼마에 내셨어요?"

폰데링이 짐짓 어른스러운 목소리로 물었다.

"뭐어, 2……. 아니, 15……만 원?"

왠지 원래 부른 가격이 아닌 깎은 금액 같았다. 가빈은 만화책을 내려두고 폰데링의 얼굴만 쳐다보았다. 폰데링은 미끼는 내가 던졌으나 결정은 네가 하라는 눈빛으로 가빈의 대답을 기다리는 중이었다.

*어떡하지.*

가빈은 주먹을 꼭 쥐었다.

이 힘으로 세상을 구원하는 것 같은 거창한 일은 못 한다. 우주 어딘가에서 핵 에너지라도 끌어와서 한반도의 모든 전력을 뽕 되살리는 일은 할 수 없다. 하지만 틈새시장을 공략할 수는 있다. 다른 관점으로 생각하면 또 이럴 때야말로 빛을 발하는 기술이기도 한 것이다.

모든 것이 제 속도를 되찾고, 무서운 일상으로 돌아가기 전, 가빈에게는 지금, 여기서, 자신만이 할 수 있는 일이 있다. 지금까지 그 어느 취업 시장도 이렇게까지 가빈에게 적합하지 않았다. 가빈은 만화책을 덮었다.

"저, 그럼 10만 원만 주시면······."

가빈을 바라보는 폰데링의 눈이 온다 나오코 만화의 주인공처럼 반짝반짝했다.

"제가 한번 잘 해 보겠습니다."

이 말을 면접장이 아닌 곳에서 하게 될 줄이야.

꿈에도 몰랐다. 괴이한 취업이었다.

### 4. 가빙 라이트

"그럼 수고들 해 봐요."

이장은 미심쩍은 얼굴로 배관이 있는 뒷마당을 안내해 주고는 식구들의 저녁을 챙기러 들어갔다. 시골집치고는 꽤 현대식이었지만 노출된 배관이 많았다. 은박을 씌운 도톰한 스펀지로 감싸져 있는 곳도, 열선을 감아 놓은 곳도 있었지만 지금은 모든 것이 무용지물이었다. 이제 겨우 5시 무렵이었는데 날이 벌써 어둑어둑해졌다. 해가 완전히 지기 전에 끝내야 했다.

"사실 자신 없어요, 폰 님."

가빈이 켜지지도 않는 노트북을 열며 중얼거렸다. 폰 님은 폰데링 님은 너무 길어서 줄인 새로운 닉네임이었다.

"수도는 진심 처음이거든요."

"대문이랑 변기도 처음이었잖아요."

"네."

"해 보고 안 되면 어쩔 수 없고요. 되면 좋고."

특유의 낙관적인 미소를 보내며 폰데링은 기타 앰프의 전원을 켰다. 노트북보다 조금 큰 크기로 기존에 넣어 두었던 리튬 배터리로 작동되었다. 노트북은 이미 방전되어 부팅이 불가능했다. 그냥 펼쳐져 있을 뿐이다.

작동하지 않는 노트북과 휴대용 기타 앰프가 언 수도를 녹이는데 어떤 도움이 되냐고? 상당한 도움이 된다. 수도를 녹이는 장비라는 위장용이다. 가빈이 초능력을 가지고 있다는 사실이 드러나지 않도록.

"녹일 때는 저 좀 가려 주세요. 폰 님."

"아이고, 그 정도야."

"그리고 수익은 일대일로 해요."

"어머, 무슨 말이에요. 가빙 님이 다 하는 건데."

"장비도 빌렸고, 그리고……."

말끝을 흐리자 폰데링이 계속 말하라는 듯 어깨를 으쓱했다.

"저 여기서 며칠만 더 있어도 될까요. 생활비예요."

"아!"

좋다 아니다 대답은 않고 폰데링이 갑자기 감탄사를 냈다.

"그래서 가빙 라이트구나! 가빙 님 닉네임."

"네?"

"빛이 나서 라이트. 가빈 라이트, 좀 귀엽게 가빙 라이트."

가빈은 수줍게 고개를 끄덕였다. 트위터 닉네임까지 후레시라고 쓰고 싶진 않아서 나름 고심해 지은 닉네임이었다. 그래도 유치하긴 하지만.

"어머, 히어로 같아."

두 손을 가슴 앞으로 꼭 모으며 폰데링이 중얼거렸다. 좀 부끄러워졌다. 가빈은 잡담은 멈추고 수도를 녹일 준비를 했다. 작동하는 건 왼손뿐이지만 기도하는 마음으로 두 손을 꼭 모았다 풀고 에너지를 집중했다.

"그리고 가빙 님 있고 싶은 만큼 있어요. 나야 좋지 뭐, 따끈하고."

예감이 좋았다.

해가 지기 전 수도꼭지에서 물이 쏟아져 나왔다. 가빈도 제 실력에 놀랐다.

이장은 고맙다며 집 안에 들어와서 라면이라도 먹고 가라고 했다. 폰데링은 '평소 인심 좋은 사람은 아닌데 웬일이지?'라고 속삭이면서도 가빈의 손을 잡아끌었다. 라면을 다 얻어먹고 나자 이장은 고교생 아들이 푸는 언어 영역 문제집을 잠시 봐 줄 수 있냐고 물었다. 역시 공짜는 아니었다. 지금은 학원도 못 나가는 처지니 몇 페이지만 좀 부탁한다고 했다. 진짜 '후레시' 불빛 밑에서 폰데링은 약 30분의 과외를 서비스해 주었다.

가빈의 소문은 마을에 삽시간에 퍼졌다. 노트북이랑 뭔지 모를 장비로 뚝딱뚝딱해서 수도를 녹인다고 요즘 젊은이들은 수도도 인터넷으로 녹이나 보더라고. 가짜 뉴스가 덩달아 도는 게 문제였으나, 중요한 것은 그 후로 이틀간의 예약이 꽉 찼다는 사실이다. 이 마을과 옆 마을의 거의 모든 집이 가빈을 찾았다. 멀리 이동할 수는 없으니 자전거로 닿을 수 있는 곳까지만 예약을 받았다. 면접도 이렇게 많이 불러 줄 때가 없었는데, 조금은 감격스러웠다.

"이렇게 욕심 부리다가 금세 들키는 건 아닌지 모르겠어요."
가빈은 지난 며칠 그랬듯 폰데링과 각각의 이불에 나란히 누웠다. 장소는 변함없이 폰데링의 방이었다. 그러나 그 전과 차이가 있긴 했다. 지금은 보일러가 작동하지 않으므로, 물주머니에 끓인 물을 채워 하나씩 끌어안고 자야 한다는 것도 그 차이점 중 하나였다. 가빈은 이불 속에 들어가기 전 각자의 잠자리에 다림질하듯 미리 온기를 잔뜩 먹여 두었다. 그렇게 하니 이불에서 햇볕에 잘 마른 빨래 냄새가 났다. 폰데링은 행복해하며 이불 속으로 파고들었다.

"지금까지 아무도 몰랐어요?"

왼손의 불빛이 바람에 흔들리듯 잠시 깜빡였다. 잠들기 전까지는 등잔 역할을 할 것이다. 이불과 이불 사이 작은 공백을 두고 서로 모로 누워, 희미한 얼굴을 보며 대화를 조곤조곤 이어갔다.

"초등학교 때 친구 하나는 알았어요."

"어쩌다?"

"숙제를 도와 줬었어요. 방학 숙제."

식물 키우기 숙제였다. 씨앗을 심고 싹을 내고 꽃을 피워 개학식 날 가져가야 했다.

가빈이 짝사랑했던 그 녀석은 2개월간 꾸준히 식물을 보살필 만큼 세심한 성격은 절대 못 됐다. 개학하기 이틀 전, 그 녀석은 우연히 만난 놀이터에서 그 숙제를 시도조차 안 했다고 가빈에게 푸념했다. 그랬다. 좋아했다. 그래서 그 아이에게 호감을 살 만한 어떤 일이라도 할 수 있었다.

*내가 도와줄까?*

가빈은 그 아이를 데리고 당장 문방구로 갔다. 한 봉지에 300원 하는 나팔꽃 씨를 싸서 작은 화분에 심고 흙을 물로 촉촉하게 적셨다. 얘 말을 듣고 있는 내가 멍청이 아닐까. 그때 그렇게 말하는 듯하던 그 아이의 표정은 지금도 잊을 수 없다.

가빈이 보슬보슬한 흙 위로 빛과 열을 내리쬐기 시작했을 때의 그 표정도. 흙을 뚫고 싹이 올라와 줄기가 길어지고 잎이 넓어지고 넝쿨이 생기고 꽃봉오리가 맺혔을 때 벌어진 입에서 새어 나온 탄식도.

작은 몸으로 한순간에 큰 에너지를 쓰느라 조금 힘에 부쳐 땀을 닦으며 이 정도면 되는지 물었을 때, 그 아이는 왁! 소리를 내지르며 자기 집, 자기 방에서 도망쳐 나갔다. 나팔꽃과 가빈만 남겨두고.

개학식 날 그 애는 그 화분을 가져오지 않았다. 그 후로 졸업할 때까지 가빈의 근처에도 오지 않았다.

"다시는 아무에게도 말하지 말자고 다짐했어요. 가끔 날 위해서만 후레시나 전자레인지 정도로 쓰자고."

"그 친구 아마 지금 가빙 라이트가 절실할걸."

"그럴까요?"

"하지만 지금 그 히어로는 우리 동네 독점이라네."

폰데링이 후후 웃었다. 몇 시쯤 잠들었는지도 모를 만큼 세상의 밤은 내내 캄캄했다.

### 5. 잠복

"그게 무슨 말씀이세요, 이장님."

오늘도 아침부터 예약이 있던 차라 늦잠을 잘 생각은 없긴 했지만, 가빈은 예상보다 일찍 눈을 뜨고 말았다. 밖에서 폰데링과 이장이 옥신각신하는 목소리가 들렸다.

오늘은 대정전 이후 폰데링네서 머문 지 사흘째 되는 날이다. 여전히 전기는 들어오지 않는다. 혹시나 해서 휴대폰을 연결한 충전기를 콘센트에 계속 꽂아 두었지만 액정은 내내 검정색이었다. 얼른 다시 트위터를 하고 싶었다. 징징거리고 위로하고 성질내며 타임라인을 채우고 싶었다. 트친들은 트위터 못 하는 삶을 어떻게 살아 내고 있을까.

마을의 언 수도 녹이기 사업을 본격적으로 개시한 지 사흘째 되는 날이었다. 조금 먼 곳으로 자전거 출장을 나가야 했다. 네 집의 작업이 기다리고 있었다.

"안녕하세요."

폰데링과 이장 사이의 분위기가 심상치 않았지만 그래도 처음 수도를 녹인 집이고, 고맙다고 집 안까지 들어가 라면도 얻어먹었는데 인사 정도는 해야 할 것 같았다. 그러나 가빈을 보는 이장의 시선은 싸늘하기만 했다. 수면 바지 차림으로 나가서 그런 건가, 가빈은 폰데링에게 빌려 입은 바지를 괜히 한번 내려다보았다.

"진짜 사촌인지 뭔지 내 알 바 아니지만, 하여튼 사람이 그러는 거 아니야."

저 표정과 말투. 가빈이 뭔가 잘못해도 대단히 잘못했다는 듯했는데 도대체 영문을 알 수 없었다.

"이장님이야말로 그러시는 거 아니에요. 어떻게 사람 호의를 그렇게 왜곡하세요? 애 공부도 봐 드렸는데, 이러시는 건 상식이 아니죠."

"뭐어? 왜곡? 상식?"

경쟁하듯 언성이 높아졌다.

"아니, 저기 두 분."

폰데링이 눈에서 빔이라도 쏠 것 같아서 가빈은 일단 두 사람 사이에 끼어들었다. 그러나 이장은 아랑곳 않고 제 할 말만 쏟아낸다.

"아무리 이혼했어도 잘 배운 사람이니까 서울댁이야말로 상식적으로 생각해. 미숙 씨, 여기 손바닥만 한 마을이야. 그 손바닥만 한 마을에서 지금 유일한 낯선 사람이 누군지 생각을 해보라구."

"거기서 이혼이 왜 나와요?"

"그리고 두 번째로 낯선 사람이 누군지도."

쾅 소리 나게 현관을 닫으며 이장이 사라지자 그제야 폰데링은 가빈을 향해 섰다. 굳이 묻지 않아도 무슨 일인지 말해줄 것 같아서, 가빈은 잠자코 기다렸다.

"물건이 없어졌대요. 경찰에 신고하겠대요."

"예?"

왜 아까 이장이 낯선 사람 운운했는지 가빈은 이제야 깨달았다.

"아끼는 반지가 없어졌대요."

"……설마 절 의심하는 거예요?"

"정확하게는 우리인 거 같네요. 두 번째 낯선 사람도 있다며 콕 찍는 걸 보면."

다소 누그러진 목소리로 폰데링이 대답했다.

"말도 안 돼요! 우리가 얼마나 고생했는데."

폰데링은 이장네서 저녁으로 라면을 먹었을 때를 의심하는 것 같다고 했다. 집 안으로 들어갔고, 화장실도 빌려 썼고, 아이 공부를 봐주기도 했으니까. 폰데링과 가빈 외에는 의심할 만한 다른 사람이 없다는 것이다.

"그리고 어제 다른 집에서도 잃어버린 물건이 있었대요. 어디까지 믿어야 할지 모르겠는데."

어제도 네 집의 수도를 녹였다.

"오늘 출장은 못 나갈 것 같아요. 이장이 벌써 소문 다 냈을 테니까."

"어쩌죠, 폰 님. 찾아 주는 시늉이라도 해야 할까요?"

분을 삭이기 힘든지 폰데링은 팔짱을 낀 채로 길게 한숨을 내쉬었다.

"아니면 제가 이장님 댁에 가서 뭐라고 말씀을 좀……."

"잡을까요?"

"예?"

별다른 해결책은 떠오르지 않았으나 그래도 이장에게 할 수 있는 설명은 최대한 해야 하지 않을까 해서 횡설수설하고 있는데, 폰데링이 그렇게 말했다.

"범인이요. 이틀 연달아 두 집에서나 뭐가 없어졌다면 연쇄 절도잖아요. 그럼 오늘이든 내일이든 정전 중에는 또 일어날 가능성이 높다는 거 아니에요. 범인도 이 주변에 있겠죠. 이곳 사람이든 낯선 사람이든."

가빈은 뭐라고 대꾸해야 좋을지 몰랐다. 폰데링이 물었다.

"가빙 님 생각은 달라요?"

"그게 아니라……."

가빈이 마른 입술을 한번 적셨다.

"……저는 정말로 아니에요. 범인."

"아아, 가빙 님아."

만화책 속 글자 효과음 같은 탄식을 내며 폰데링이 가빈의 양손을 잡았다.

"그 낯선 사람이 가빙 님이 아니라는 거잖아요. 가빙 님 의심할 이유도 없고."

"그래도 제가 괜한 일을 벌인 거 같아요. 수도만 안 녹였어도 의심 안 받았을지 모르고요."

"그럼 내 잘못이죠. 내가 바람 넣었으니까."

"그건 제가 회사 잘리고 취업을 못 해서 수입이 없으니까."

"그렇게 따지면 이게 다 지진 탓이지."

"아니, 애초에 제가 폰 님 집에 오면 안 되는 거였어요. 이런 시국에."

"아아, 우리 잘못의 역사 배틀할 거 아니잖아요."

맞잡고 있던 폰데링의 손이 이제는 가빈의 양어깨에 올라와 있었다. 기분 좋게 따뜻하고 묵직한 손이었다. 밤을 새워 기다렸던 그 즐거운 이야기를 창조해 냈던 존잘님의 바로 그 손이. 믿고 보는 그 손이.

"잡을 거예요. 손바닥이 뭐야. 코딱지만 한 마을에서 이건 시간 문제라고."

존잘님이 비장하게 말했다.

실제로 이장이 경찰에 신고를 했는지 아닌지 알 수 없으나 이쪽에서 아무런 액션을 취하지 않으면 정말로 오해를 사고도 남을 것만 같아서 가빈은 불안했다. 초능력이 있건 없건 제 삶은 히어로의 삶과 거리가 먼 것 같았다.

"원래 영웅들은 다 시련을 겪는 법이거든요."

폰데링이 말했다.

"난 히어로물은 안 쓰지만 소설이란 게 구조적으로 위기는 필수잖아요."

잠복 중 간식은 구운 고구마였다. 집에서 막 구웠을 땐 따끈따끈했지만 가지고 나오자 날씨를 이기지 못하고 차가워졌다. 폰데링에게 건네기 전 가빈은 왼손에 고구마를 꼭 쥐어 다시 따뜻하게 만들었다.

"고구마 데우는 히어로입니다."

"후후. 잠복이 아니라 소풍 같네."

받아든 고구마를 불어 먹으며 이러고 있는 모양이라니, 대정전만큼이나 비현실적이었다.

여긴 버들 삼거리에 있는 버스 정류장이었다.

범행 시간은 해가 진 이후일 가능성이 높았다. 가빈과 폰데링은 일몰 시간부터 6시간 단위로 두 군데에 잠복하기로 했다. 잠복 장소로는 한눈에 세 집까지 관찰할 수 있는 버들 삼거리, 그리고 폰데링의 집에서 세 블록 떨어진 이 동네의 유일한 횡단보도가 있는 곳으로 결정되었다. 두 곳 모두 마을에 들어오려면 꼭 거쳐야 하는 필수 관문이었다.

시골 겨울의 찬바람이 잠복에 방해가 될까 우려했지만, 가빈 덕분에 추위에 떨진 않아도 되었다. 가빈이 왼손으로 폰데링의 오른손을 맞잡고 있으면 체온이 떨어지지 않았다. 인간 핫팩이었다. 처음엔 손을 붙잡자니 어색하기 그지없었으나, 칼바람을 맞다 보니 그 정도 부끄러움은 전부 날려 버릴 수 있었다.

버들 삼거리에 있는 6시간 동안에는 인기척 하나 느낄 수 없었다. 횡단보도 쪽으로 자리를 옮겨서도 마찬가지였다. 잠복 내내 둘은 자신들이 사랑하는 만화책 이야기를 끊임없이 이어 갔다. 거기서 영향을 받은 폰데링의 소설들의 인물, 그 소설을 읽으며 견뎠던 가빈의 회사 생활, 잠시 했던 연애, 폰데링의 이혼, 서로의 어릴 적 꿈에 관하여. 이야기만은 한 곳에 머물지 않고 아이였을 때와 엊그제를 자유롭게 오갔다. 둘 사이에 타임라인이 어제보다 촘촘하게 이어졌다.

햇살이 길을 물들이자 두 사람은 집으로 돌아가 밀린 잠을 청했다. 법인의 실마리를 찾지 못한 건 좀 아쉬웠지만 오늘은 그리 트위터가 그립지 않았다.

"자전거요?"
이장이 다시 왔다. 이튿날 또 잠복을 나가려고 할 찰나 찾아온 것이다. 버들 삼거리의 한 집이 자전거를 분실했다고 했다. 기가 막힌 폰데링은 팔짱도 풀지 않은 채로 되묻기만 했다.
"왜 저희한테 말씀하시는지는 모르겠지만, 저희 집엔 제 자전거뿐이에요, 이장님."
"뭐, 그런 거 같네."
자전거 주인이라는 주민을 데리고 와서 집을 한 바퀴 둘러본 이장은 탐탁지 않은 얼굴로 구시렁거리며 걸음을 물렸다. 자전거 주인도 그제 수도를 녹여 줘서 안면이 있는 사람이었다.
"이상해요. 저희가 어제 버들 삼거리를 지키고 있었잖아요. 사람은커녕 짐승 한 마리 못 봤는데."
"우리가 떠난 다음 훔쳤겠죠. 그래서 말인데……."
폰데링이 부츠의 찍찍이를 바짝 당겨 붙였다.
"이건 분명히 마을 사람의 짓이에요."
"내부인이요?"
"뭔가 우리에게 덮어 씌우려고 하는 것 같지 않아요? 생각해 봐요. 우리가 어디서, 얼마 동안 잠복하고 있는지 다 파악한 거예요. 그리고 우리가 없는 타이밍을 딱 골라서 자전거를 훔쳤다? 당연히 내부 사람이죠. 난 사실 이장님이 제일 의심스럽구먼."

"근데 범행에 일관성이 없잖아요. 보석이었다가 자전거라니. 마을 사람이 자전거를 훔치진 않을 거 같은데요."

"하긴 도둑도 취향이란 게 있을 테니까. 암튼 정말 이상해요. 누군가 우릴 음해하는 거 같아."

정전이 가져온 혼란이었다. 재난 중에 싹트는 이웃에 대한 불신은 영화에서 많이 봐 왔지만 그 사연의 당사자가 될 줄이야.

전기는 아직이었다. 덕에 오늘도 가로등 빛 하나 없이, 완벽한 어둠 속에서 잠복할 예정이었다.

오늘 잠복할 곳은 지도상 마을의 정중앙이었다. 숲과 인접한, 외진 곳인데 근처에 집이 두 군데 있었다. 숲 입구, 두 집이 한눈에 보이는 지점에 낚시 의자를 펴 놓고 앉았다. 앞에 자란 덤불이 두 사람을 어느 정도 가려 주었다.

8시가 조금 넘자 폰데링은 꾸벅꾸벅 졸았다. 가빈이 맞잡은 손의 온도를 일부러 낮추자 폰데링은 추위에 놀라 벌떡 일어났다. 탓에 체온이 떨어져서인지 9시도 안 됐는데 소변이 마려웠다. 폰데링이 잠시 볼일을 보겠다고 숲 안쪽으로 들어갔다.

얼마나 멀리 간 건지 몇 분이 지나도록 폰데링은 감감무소식이었다. 약 50미터 앞에 수상한 움직임이 보였다. 낯선 인영이었다.

덜컥 겁부터 났다.

"포오온 님······."

혹시라도 돌아왔을까 해서 소리를 낮춰 그를 몇 번 불렀지만 아무 응답도 없었다. 비상 상황이었다. 남자로 추정되는 상대는 커다란 가방을 둘러메고 두 집 사이를 어슬렁거리는 중이었다.

"어떡하지."

심장이 방망이질 쳤지만 그렇다고 폰데링이 돌아오기를 무작정 기다릴 수도 없을 것 같았다. 용의자가 눈앞에 있는데!

가빈은 낚시 의자에서 서서히 몸을 일으켰다. 여기에서는 저쪽이 잘 보이니까 폰데링이 돌아온다면 상황을 바로 파악할 수 있을 것이다. 남자가 일을 마치고 도망가기 전에 현장을 확보해야 했다. 폰데링과 가빙 라이트의 명예가 걸린 일이다.

천천히, 천천히. 가빈은 최대한 발소리를 죽여 상대를 향해 거리를 좁혔다. 남자는 대문 앞에서 까치발을 하고 담 너머를 살피는 중이었다. 귀농한 노부부가 살고 있는 집이었다.

남자가 멘 가방은 뭐가 들었는지 아주 묵직했다. 체구는 왜소한 편이었다. 다른 데서 이미 뭔가를 훔친 걸까? 아니면 범행 도구일까? 일단 붙잡아 뜨거운 맛을 약간 보여 준 다음 가방을 열어 보면 알게 될 것이다. 거기에 이장이 잃어버렸다던 반지가 있을지도 모른다. 자전거는 없겠지만.

가빈은 천천히 왼손을 달구며 남자에게로 다가갔다. 고데기 생각을 하면서.

처음, 남자는 눈가를 찡그리며 가빈 쪽을 한참 응시했다. 도망칠 생각은 없는 듯했다. 그런데 가빈이 속도를 줄이지 않고 점점 더 가까워짐에 따라 조금씩 뒷걸음질을 치기 시작했다. 상대가 겁먹은 것처럼 보이자 가빈의 두려움은 점점 걷혔다.

"거기요!"

가빈이 그를 향해 목소리를 냈다.

"멈춰요. 거기, 확인 좀 합시다!"

"……예?"

남자의 뒷걸음질에 속도가 더 붙었다.

"멈추라니까요!"

가빈이 왼손을 들어 남자를 정확히 겨냥했다. 그는 이제 방향을 돌려 달리기 시작했다. 그러나 가방이 너무 무거운지 원하는 속력을 못 냈다. 대체 뭘 얼마나 훔친 거야?

"이봐요!"

가빈은 날다람쥐처럼 뛰어올라 남자를 덮쳤다. 와중에 남자가 화상은 입지 않게 하려고 왼팔은 구부린 채 눈앞에 갖다 대기만 했다.

"저기요! 오해예요!"

바닥에 등을 댄 남자가 울먹이며 외쳤다.

"뭐가 오핸데요."

"그, 글쎄요."

"왜 도망가요."

"그런 걸 들고 달려드니까……."

남자는 이게 맨손이라는 건 상상도 못하는 듯했다.

"왜 한밤중에 남의 집 앞을 어슬렁거리고 있는지 말해요."

"보급품이라고요!"

"에?"

"하, 핫팩이요."

남자는 가빈에게 가방의 내용물을 보여주었다. 열 개 단위 묶음으로 된 핫팩이 가득 들어 있었다. 주민 센터에서 재난 용품으로 지급하는 건데 인력이 모자라 늦게까지 배달 중이라고 했다. 다들 지진 피해 복구에 투입되어 비상 상황이라며, 못 믿겠으면 저쪽에 세워둔 자기 자전거를 보여 주겠다고 했다. 자전거 소리에 가빈이 괜히 흠칫 했으나 남자는 거기에 주민 센터 로고가 박혀 있으니 자신의 신분을 증명해 줄 거라고 했다.

가빈은 남자를 누르고 있던 오른손을 가만히 거뒀다. 굳이 자전거까지 안 보여줘도 가방에도 로고가 있었다. 우리 이웃의 다정한 친구 버들 주민 센터.

"죄송…… 합니다. 도둑인 줄 알았어요."

그리고 식힌 왼손은 바로 코트 주머니에 찔러 넣었다.

"이건 그냥 후레시였고요."

"가빙 님!"

그제야 이쪽으로 달려 오는 폰데링의 목소리가 들려왔다.

"오, 오햅니다!"

깔려 있던 남자가 다시 변명했다. 그러지 않아도 된다고 가빈이 말했다.

공무 집행 방해를 사과하는 뜻으로 혹시 수도가 얼면 연락 달라는 쪽지를 쿠폰처럼 쥐여 주고 남자를 돌려보냈다. 그리고 폰데링이 뭘 하다가 이렇게 늦었는지에 대한 이유를 들었다.

볼일을 보러 들어 갔던 숲의 한가운데, 자전거가 버려져 있다고 했다. 오늘 이웃집에서 잃어버렸다고 했던 그 브랜드였다.

"정말 이상하네요."

폰데링을 따라간 그곳에서 바닥에 눕혀진 자전거를 보고 있자니 묘한 기분이 들었다. 애써 훔쳤는데 어째서 이런 곳에 버린 걸까. 빠진 부품도 없이 멀쩡했다.

### 6. 라이트 온 Light On

사건이 쉽게 풀리리라 생각하진 않았지만 꼬여 가기만 하니 그날 돌아오는 새벽길에는 조금 맥이 빠졌다. 간식도 이것저것 챙겨 갔으나 보리차 말고는 거의 손대지 않았다. 식욕도 없었다. 죄 없는 공무원에게 모든 긴장과 힘을 쏟은 탓인지도 몰랐다.

"너무 의기소침하지 마요, 가빙 님."

그래도 폰데링은 떠오르는 아침 해처럼 화창했다. 저런 꺼지지 않는 에너지로 쓴 글이니 사람들도 그의 소설에서 온기를 나눠 받았던 거겠지, 그런 생각이 들었다. 자신과 같은 것은 아니지만 폰데링의 손에도 분명 다른 종류의 에너지가 심겨져 있는 게 분명했다.

"범인은요, 항상 의외의 순간에 나타나는 법이라고요."

"2~3일 내에는 그 의외의 순간이 찾아와야 할 텐데요."

이런 상태로 돌아갈 순 없었다. 범인을 찾고 누명을 벗을 때까지 여기에 무작정 눌러앉을 수 있는 것도 아니었다. 그래도 최소한 께름칙한 인상만은 말끔히 처리하고 떠나고 싶었다.

"일단 가서 아침 먹고, 잠도 자고 생각해 봐요, 우리."

"⋯⋯네."

우울해한다고 없던 방법이 생기는 것도 아니었다. 일단은 폰데링의 말에 따르기로 했다.

"잠깐."

대문에 가까이 왔을 때였다. 폰데링이 먼저 걸음을 멈추고 낮게 속삭인 다음, 제 팔로 가빈을 저지했다. 들어가면 안 된다는 몸짓이었다.

"설마."

"네?"

"의외의 순간이 아니라 의외의 장소네."

폰데링의 속삭임이 무슨 의미인지 잠시 헷갈렸지만 곧 가빈도 속뜻을 알아차렸다. 지금 폰데링의 집에 누군가 있었다. 폰데링은 발끝을 들고 작은 키를 최대한 높이 세워 담 너머의 기척을 살폈다. 침실로 통하는 창문이 어른 몸 하나 들어갈 정도만큼 열려 있었다. 창은 분명히 잘 닫고 나왔다. 집 안에 찬바람이 들지 않도록.

가빈은 두 손바닥으로 제 입을 가렸다. 올 것이 온 것인가. 마음의 준비가 전혀 안 됐는데.

"어어어어떡해요."

"가져갈 건 딱히 없으니 그건 괜찮은데. 난 결혼반지까지 다 팔고 왔거든요."

그 순간, 폰데링은 싱크대 서랍에 넣어 두었던 현금들을 떠올렸다. 엊그제 수도를 녹이고 받은 현금들. 그러나 저 안에 있는 것이 범인이 맞다면, 제대로 잡을 수 있다면 그 정도는 잠시 '빌려'줄 수는 있었다. 잡으면 어차피 되찾을 테니까.

"침착합시다."

폰데링이 가빈에게 말했다. 어제 미지의 상대를 만났을 땐 그래도 기운이 있었다. 게다가 상대는 체구도 작았고 운동 신경도 전혀 없었다. 거기에 짐까지 무거워 멀리 못 달아나 쉽게 잡았지만 오늘도 그런 행운이 있으리라는 보장은 없다. 거구일 수도 있고 무기를 가졌을지도 모른다. 아니면 가빈처럼 숨은 초능력자일지도 모른다. 훨씬 향상된 기능을 가진. 상상이 뻗어나갈수록 가빈은 피가 식는 느낌이었다.

"가빙 라이트! 할 수 있어요."

찾아온 기회를 날릴 수 없다는 데는 이견이 없었다. 급한 대로 작전을 짰다. 상대는 대문을 이용하지는 않을 것 같으니 담 밑을 노려야 했다. 대문 바로 우측 곁 담 아래와, 대문 좌측 모퉁이를 한 번 꺾은 쪽의 담 아래를 둘이 각각 지키기로 했다. 그렇게 하면 최소한 놓치는 시야는 없었다. 그리고 녀석이 담을 넘어 내려왔을 때 동시에 소리치며 추격에 들어가는 것으로.

말로는 쉽지만 현실에서 어디까지 맞아떨어질지 짐작하기 힘들었다. 그래도 시간이 없었다. 도둑이 집 안에 있었다. 게다가 하필 우리 집이라 물러날 곳조차 없다.

정해진 위치에 서서 가빈은 눈을 감고 심호흡을 깊이 했다. 상대의 움직임을 파악하기 위해 집 안의 동태에 귀를 기울이는 한편, 요동하는 심장의 속도를 늦춰 보려고 애썼다. 잘 되진 않았다. 무서운 건 무서운 것이다.

*폰데링 님도 긴장하고 있겠지? 나보다 더 무서울지도 몰라. 그래도 지금이 범인을 잡을 처음이자 마지막 기회일 수 있으니 최선을 다하자. 살면서 착한 일을 해 봐야 얼마나 해 보겠어.*

나중에 트위터를 하게 되면 이 얘기로 길게 썰을 풀리라 다짐했다. *이 정도면 엄청나게 리트윗 되어서 알림창 폭발하는 건 일도 아닐 거야. 나도 멋지게 써 봐야지. '뮤트합니다.'* 트위터 생각을 하니 마음에 조금 안정이 찾아왔다. 일주일 정도 휴대폰도 트위터도 없이 살아 보니 생존에는 문제가 없었어도 삶의 낙이 크게 떨어지긴 했다. 게다가 트위터로 폰데링 님을 알게 되었으니 소중하다는 말을 붙여도 문제는 없겠다며 생각이 꼬리에 꼬리를 이을 무렵이었다.

"가빈 라이트!"

폰데링의 목소리가 양 고막을 뒤흔들었다.

신호다. 저쪽이었다.

가빈은 적에게 돌진하는 히어로처럼 바닥을 박차고 폰데링에게로 내달렸다. 대문을 지나쳐 모퉁이를 돌아 폰데링의 잠복 위치까지 겨우 6초였다. 그러나 영원 같은 6초였다. 끝이 오지 않을 것 같은 6초. 얼마나 무시무시한 상대가 기다리고 있을지 두려움이 자라나기에 결코 부족함이 없는 6초.

"거기 서!"

상대는 공무원과 달리 날렵했다. 체구도 컸다. 도망치는 등만 보여 생김새는 알 수 없었지만 어쩐지 험악할 것만 같았다.

그가 밀쳤는지 폰데링은 바닥에 넘어진 채로 소리를 지르는 중이었다. 일으켜 주려고 멈췄다간 상대를 놓칠 것 같아서 미안하지만 가빈은 그대로 범인의 뒤를 쫓았다. 감히 우리 존잘 님을 바닥에 내동댕이쳤단 말이지.

"잡아 버려, 가빈 라이트!"

응원이 들려왔지만 역부족이었다. 상대의 속도는 무서울 정도로 빨랐다. 육상과 인연이 없는 가빈이 따라잡기는 거의 불가능에 가까웠다. 점점 간격이 벌어졌다. 숨이 찼다. 이젠 좀 멈추란 말이야. 못 따라가겠다고. 포기해 버릴까, 까짓거. 트위터에 안 쓰면 그만이지. 게다가 메고 있는 크로스백이 점점 무겁게 느껴졌다. 이런, 바보 같은. 미리 벗어 놨어야 했는데.

자괴감에 빠질 찰나였다. 가빈은 어제 크로스백에서 꺼내지도 않았던 간식들이 번뜩 떠올랐다. 정확하게는 그중에 삶은 옥수수가.

가빈은 멈춰서 크로스백에서 재빠르게 옥수수 하나를 꺼냈다.

"가빙 님, 괜찮아?"

등 뒤에서 타다다닥 달려오는 폰데링의 목소리가 들렸다. 그래도 돌아보지 않았다. 마지막 기회다, 녀석을 붙잡을. 저 등이 시야에서 사라지기 전에.

가빈은 촉촉한 옥수수를 왼손에 쥐고 도망치는 등을 향해 조준했다. 총을 겨누듯. 왼손에 에너지를 높였다. 한 번도 도달해 보지 못한 가장 높은 점을 그리며 가진 모든 빛과 모든 열을 왼손에 집중했다.

파바바바바바바바박!

고요한 길 한복판에 폭발음이 동시다발적으로 울리며 사방으로 팝콘이 터져 나갔다.

"으악!"

굉음만으로 자지러지게 놀란 상대는, 그대로 바닥으로 몸을 낮췄다. 가빈은 총을 연발 장전하듯 옥수수 하나를 더 꺼내 범인을 향해 뚜벅뚜벅 걸었다. 가빈이 지나는 걸음 위로 팝콘 카펫이 깔렸다. 드디어 용의자에게 당도했을 때 옥수수는 거의 다 터진 끝이었다. 파. 팍. 팟. 퐈. 굼뜨게 터지는 팝콘들이 녀석의 등 위로 사뿐사뿐 내려앉았다.

"사, 살려 주세요!"

범인은 복면을 쓰고 있었다. 눈만 뚫린 한파용 보호 장구였다.

"못 죽여, 사람. 팝콘으로는."

가빈은 일부러 그의 옆에 쪼그려 앉아 목소리를 낮게 깔고 히어로처럼 대꾸해 보았다.

"가빙 님!"

폰데링이 곁에 왔을 때 가빈은 타이밍 좋게 녀석의 복면을 벗겼다. 가빈은 그야말로 어처구니가 없다는 폰데링의 표정을 보았다.

"뭐야, 너!"

범인은 이장의 고교생 아들이었다.

"솔직히 맛은 있네요."

마지막 한 장 남은 파전을 찢으며 가빈이 우물거렸다. 이장이 가져다준 파전이었다. 먹기 전에는 무려 열 장이나 되었다.

어제부터 이장은 죄송하다며 끼니 때마다 다른 종류의 음식을 가져와 내밀었다. 아들 녀석이 게임 머니 살 돈이 필요해 충동적으로 저지른 일이라고, 한 번만 용서해 달라고 했다. 처음엔 이런 거 받지 않겠다고 일부러 쌀쌀맞게 대했으나 사양하는 데도 한계는 있었다. 아들 녀석의 증언에 따르면 이 집에 불법 무기 내지는 총기 소지가 의심되는데 그건 어떻게 할 거냐고 되묻는 것이었다. 하여간. 이깟 일로 정체를 탄로 나게 할 수는 없었다. 존잘님은 육개장을 받았다. 이어서 고구마 맛탕도 받고, 견과류가 잔뜩 들어간 멸치볶음도 받고, 파전도 받았다.

현장 검거된 녀석은 생사람 잡지 말라고 발뺌하다 가빈이 달궈진 손바닥을 내보이자 결국 제 범행을 술술 고백했다. 고3이 되며 엄마가 용돈을 삭감한 게 원흉이었다. 늘 지갑 속 현금을 정확히 세고 있는 엄마를 잘 알기에 돈은 훔쳐 봐야 소용없을 것 같았다.

그러다 좀 사는 집 애가 여친이랑 14K로 맞췄던 커플링을 헤어진 뒤에 금은방에서 팔았다는 얘기를 들은 기억이 났다. 엄마에겐 반지가 몇 개 있었다. 세상이 온통 어두운 틈이니 하나쯤 없어져도 그러려니 하지 않을까 했다. 처음엔 반지 하나만 슬쩍할 생각이었으나 생각보다 일이 어렵지 않자 근처 사촌네서도 목걸이를 하나 훔쳤다. 그러나 엄마가 이를 알아차린 것 같다고 느껴져, 분위기를 집 밖으로 내몰고 혼란을 주기 위해 자전거 사건을 일부러 만들었다고 했다.

폰데링의 예상대로 싱크대 서랍에 있던 5만 원권과 1만 원권이 그의 점퍼 안주머니에서 발견되었다.

"지금 인터넷 안 돼서 게임도 안 될 텐데 굳이 그러고 싶었을까."

폰데링이 고개를 흔들며 말했다. 가빈이 마지막 파전 조각을 우물대며 대꾸했다.

"못 하면 더 간절해지잖아요. 일종의 장전 기간 같기도 하고요."

"장전?"

"트위터도 그렇잖아요. 다시 접속되면 할 말 너무 많지 않아요? 저 몇 개나 메모장에 써 놨는데."

"하긴! 저도 '지금 파전 먹는다 트친님들아! JMT!' 쓰고 싶은데 쓸 수가 없네요."

"저한테 하세요. 큭큭."

"하긴 트친이 여기 있는데 여기가 타임라인이지."

둘은 마주 보며 킥킥 웃었다. 그때 가빈이 웃다 말고 큰 소리를 내며 벌떡 일어났다.

"으악! 헐!"

"가빈 님, 왜!"

"포⋯⋯ 폰 켜져요! 와!"

무심코 습관대로 하루 두세 번 길게 눌러 보았던 전원 버튼이 드디어 응답을 보내고 있었다. 폰 액정이 밝아졌다. 검었던 화면이 곧 온다 나오코의 일러스트로 변했다. 충전 14%. 데이터 사용 가능. 와이파이 접속 가능.

폰데링이 자리에서 일어나 벽에 스위치들을 차례로 눌렀다. 형광등이 반짝였다. 빼 놓았던 냉장고의 콘센트를 꽂자 윙 소리가 흘러 나왔다. TV가 켜졌다. 보일러 전원이 들어왔다.

트위터에 접속됐다.

타임라인은 온통 '트잉여들아 살아 있냐!' 따위의 문장으로 가득했다. 존잘님과 어깨 나란히 타임라인을 보며 육성으로 기쁨의 비명을 질렀다. 트위터 없이도 살 수 있을 것 같다니. 택도 없는 소리다. 쓰고 싶은 티엠아이(TMI)가 너무 많았다.

모든 것이 일주일만이었다.

그날 마지막으로 수도를 녹여 달라고 부탁받은 집에 다녀오는 길, 가빈은 마을에서 좀 더 벗어나 옆 동네 문방구에 들러 불꽃놀이 스파클라를 샀다. 이제 내일이면 일산으로 돌아간다. 김가빈의 자취집으로. 가빙라이트에서 취준생으로 돌아간다. 다가오지 않은 미래는 여전히 불안하고 무섭지만, 그곳엔 폰데링의 새 연재 분량이 있을 것이다. 대단원의 위기에 처했던 주인공이 운명을 거스를 용기를 낼 것이다.

오늘밤까지의 공포나 불안 같은 건 이 스파클라로 태워 보내기로 했다. 친애하는 트친님이자 존잘님과 함께. 짧고도 길었던 대정전을 끝내며.

불붙일 라이터는 따로 필요 없을 것이다.

# 좀비 보호 구역

**1. 김유월님, 푸시알림이 도착했습니다**

아이스 아메리카노.

검고 그윽하고 씁쓸한 액체가 넉넉한 얼음을 가득 품고서 달가닥달가닥 소리를 내는 그것을 마지막으로 마신 것도 벌써 1년 3개월 전이다. 좀비 바이러스가 퍼진 후 김유월에게 가장 곤란했던 일을 꼽으라면, 제대로 된 커피를 마실 수 없게 되었다는 사실이었다.

매일이 생사의 기로인데 그까짓 커피 생각이 나냐고 묻는다면, 유월의 대답은 '그렇다'였다. 좀비가 나타났다고 해서 갓 갈아 내린 커피를 마시고 싶다는 욕구가 사라지는 것은 아니었다. 유월도 알고 싶지 않았다. 그런 시국에도 커피는 절실했다.

날에 따라 아주 구체적으로 마시고 싶었다. 보통은 아이스 아메리카노, 추위에 얼어 죽을 것 같은 날은 따뜻한 아메리카노, 새 소리가 들리는 날은 카푸치노. 생리를 앞둔 날이면 바닐라 라떼.

오늘은 이름과 같은 유월의 어느 하루다.

유월은 자취방에 드러누워 시간이 흐르기만을 기다리고 있었다. 지난달부터 생존자들은 재난 배급 카드로 생필품을 결제할 수 있도록 매월 30코인이라는 금액을 지급받게 되었다. 오늘은 주민 센터에 재난 코인을 충전하러 가는 날인데, 때 이른 더위 때문인지 시간도 늘어진 것만 같았다. 정해진 시간인 오후 2시는 멀고도 멀었다.

땀이 흘렀지만, 에어컨은 켤 수 없었다. 좀비 바이러스로 인해 한 번 무너졌다가 다시 기지개를 켜려고 하는 나라에서, 가정집의 에어컨은 아직 사용 허가가 나지 않은 사치품이었다. 전력 사용에도 우선순위가 엄격히 매겨졌다. 와중에 아이스 아메리카노 생각이라니.

"하, 하, 하……."

제가 생각해도 어처구니가 없어 헛웃음이 나오는 것이었다.

그때 드르륵 하고 휴대폰이 진동했다. 요즘 오는 메시지라고는 공공기관에서 오는 것들뿐이었다. 그래서 급하게 확인할 것도 없었다. 읽지 않아도 어떤 내용일지 대충 알 수 있었으니까.

> 재난 코인 충전 5부제, 금일 김유월님의 해당일이니 아래 시간을 엄수하여 지정된 주민 센터로 방문하여 주시기 바랍니다.

> 좀비 바이러스 예방 수칙 : 1. 불필요한 외출을 삼간다. 2. 예방 백신은 필수 접종. 3. 잠복의심자는 신속하게 신고한다.

> 좀비 퇴치용 호신 무기는 꼭 주민 센터에서 등록 번호를 부여받아 사용하여 주시기 바랍니다. 불법 무기 소지 시 코인 삭감 등 불이익이 있습니다.

> 힘내라 대한민국, 일어나라 대한민국. 좀비 바이러스를 이겨 낸 한민족의 의지로, 다시 한번 도약하는 대한민국을 약속합니다.

매번 오는 메시지들은 저 네 가지 유형 중에 하나였다. 가장 받고 싶은 건 지인의 생존 알림이었지만, 이젠 포기했다.

좀비증 치료제 및 백신 개발에 세계 최초로 성공하며, 정부는 3개월 전 행정 업무를 재가동했다. 통신망과 전기도 그 무렵 회복이 되었는데, 바로 그날 쌓였던 메시지들이 한 번에 와다다다 몰려들었다. 진동이 끊이지 않아서 처음엔 방바닥에 무슨 문제라도 생긴 줄 알았다. 휴대폰 진동을 너무 오랜만에 경험한 탓이었다.

유월은 후다닥 폰을 확인했다. 1년 반 전에 보냈는데 이제 도착한 것도 있고, 방금 보낸 것도 있었다. 재난 알림 문자가 대부분이었다.

혹시나 아는 이름이 있을까 싶어서, 하나하나 빠짐없이 확인했으나 불행히도 없었다. 가족들도, 친한 친구들도. 그전에도 가족들과 살갑게 소통하는 성격은 아니었지만, 아니, 사실 싫어했다고 보는 편이 맞았으나, 자발적으로 무시하는 것과 타의에 의해 못 하게 된 것은 경우가 좀 달랐다. 헤아릴 수 없는 어떤 쓸쓸함이 밀려들었다.

그래도 첫 한 달은 기다렸다. 누군가는 살아 있겠지. 다는 아니더라도 하나쯤은. 온 나라가 난리통이니 소식이 닿는 것도 시간이 좀 걸리겠지. 그러나 두 달이 지나고 석 달째에 접어들며 유월은 기대를 버렸다. 대한민국은 빠른 나라였다. 코인을 준다는데도 연락이 없다면 이미 이 세상 사람이 아닐 확률이 높았다.

어서 오후 2시가 되어서 재난 코인을 받고, 배급 제휴 마트로 직행해 인스턴트 커피라도 사는 것이 유월이 현재 기대할 수 있는 유일한 낙이었다. 재난은 사람을 단순하게 만들었다.

1시 20분. 이런저런 생각 끝에 겨우 이 시간에 도달했다. 이제 슬슬 일어나야 했다. 씻고 양치하고 누가 봐도 사람답게 매무새를 정리한 후 천천히 걸어 나가면 주민 센터에 1시 55분쯤 당도할 것이다. 몸을 일으킨 김에 유월은 아까 왔던 진동의 출처를 확인했다. 그런데 재난 알림이 아니었다. 한 앱의 푸시 알림이었다.

"뭐야……. 야, 야옹이?"

유월은 액정을 코에 바짝 갖다 댔다. 카페 ○○○에서 보낸 가게 재오픈 알림이었다.

"헐, 진짜로? 진짜?"

혼잣말은 이 시국에 생겨난 유월의 버릇 중 하나였다. 1년간 고립되어 있을 때, 그렇게라도 혼자 떠들지 않으면 제 목소리가 어떤지 진즉에 잊어버렸으리라.

"진짜로 열었다고, 야옹이가?"

카페 ㅇㅇㅇ는 유월이 가장 좋아하던 커피숍의 이름이었다. ㅇㅇㅇ는 상호 보호를 위해 일부러 비워 둔 건 아니고, 카페 이름이 문자 그대로 ㅇㅇㅇ다.

동그란 테이블이 세 개 들어가 있는 작은 카페라서 이름을 그리 지었는데, 사업자 등록을 하려면 그렇게 쓸 수 없어서 편의상 모음이 이응으로 모두 시작하는 '야옹이'라고 쓴 것이 손님들에게도 애칭이 되었다는 것이 야옹이를 닮은 사장님의 설명이었다. 그래서 다들 야옹이라고 불렀다. ㅇㅇㅇ를 뭐라고 읽어야 할지는 누구에게든 난감한 문제였으니 말이다.

야옹이는 유월이 아르바이트를 하던 편의점에서 대각선으로 길 건너 있는 건물 1층에 위치한 작은 개인 카페였다. 원두 맛도 다른 프랜차이즈 못지않고 값도 싸서 2~3일에 한 번은 꼭 들렀다. 무엇보다 야옹이를 닮은 사장님만의 매력이 유월이 그곳의 단골이 된 가장 큰 이유였다. 적어도 편의점에서 아르바이트를 하는 동안만큼은 ㅇㅇㅇ가 망하지 않고 남아 주기를 바랐는데, 카페가 아닌 세상이 망할 줄은 꿈에도 몰랐다.

야옹이가 이 시국에 재오픈을 했다니, 가족도 친구도 돌아오지 않은 비극 중에도 유월은 저도 모르게 침을 꼴깍 삼키고 말았다. 인근에서 영업을 시작한 카페는 눈을 씻고 찾아 봐도 없었다. 그런 사치품을 파는 가게가 다시 생겨나려면 시일이 더 걸릴 줄만 알았는데, 아이스 아메리카노가 절실히 필요해진 이 계절에 야옹이가 딱 맞게 찾아오다니, 등줄기를 타고 전율이 흘렀다.

*오늘 재난 코인을 받으면 야옹이에 가서 아이스 아메리카노부터 마실 거야.*

유월은 처리해야 할 좀비를 맞닥뜨린 것처럼, 주먹을 불끈 쥐었다.

"그건 어렵고요, 손님."

거절을 표하는 남자의 목소리에는 비웃음조가 가득했다. ○○○의 카운터에는 야옹이를 전혀 닮지 않은 남자가 검정색 앞치마 위로 팔짱을 끼고 있었다. 울퉁불퉁한 사람이었다. 생김새도 말투도. 손등에는 커다란 타투가 있었다. 고리가 있는 행성 모양이었다. 원래의 사장은 호리호리하지만 눈매는 센 인상의 여성이었다.

"그래도 여기 쿠폰인데……."

유월은 좀비 사태 이전, ○○○에서 발행한 아메리카노 한 잔 무료 쿠폰을 소지하고 있었다. 그걸 쓸 수 있냐고 물었는데 거절의 답이 돌아온 것이었다. 스탬프 12개를 모아 그 쿠폰을 받은 바로 다음 날 대한민국에 첫 좀비증 환자가 출현했고, 그 일주일 후 뉴스를 비롯한 모든 방송은 검은 화면만 내보냈다. 쿠폰 사용 권리뿐 아니라, 모든 것이 멈춘 암흑기였다. 지난 1년 조금 넘는 시간은.

"손님. 커피 시세가 예전이랑 달라요. 이젠 적립 제도도 운영 안 할 거고."

사장은 자연스레 반말을 갈겼다.

"아니, 상식적으로 생각을 해 봐. 도장 찍어 주고 무료 음료 주면, 이런 시국에 뭐가 남겠냐고."

"……네."

원래 사장도 아니고 일면식도 없는 그쪽에게 뭐가 남는지 알 바 아니었으나 일단은 수긍했다. 유효 기간 1년 3개월 지난 무료 쿠폰에게 무슨 발언권이 있겠나. 좀비 사태는 명백한 천재지변이니만큼 예외로 쳐 주지 않을까 했는데 유효 기간이 아니라 쿠폰 자체를 문제 삼아 버리니 어쩔 수 없다.

게다가 이 시대의 생존자란 피차 전사(戰士)다. 그간 살아남기 위해 제 손으로 좀비 몇 정도는 처리했을 담력과 생존력의 소유자들이란 뜻이다. 이 남자가 어떻게 ○○○의 주인으로 등극했는지 자세히는 몰라도, 김유월의 지난 생존기와 큰 차이는 없을 것이었다. 생존자들은 강력하고 예민하다. 서로 불꽃 튀겨서 좋을 게 없다. 괜히 신경 건드렸다가 샷 하나 빼기라도 하면 유월의 손해였다.

유월은 주머니 속의 재난 배급 카드를 만지작거렸다. 눈 딱 감고 마셔 버릴지, 이런 비생산적인 욕구는 참아야 할지 결단을 해야 했다.

가게는 좀비 사태 이전과 큰 차이가 없었다. 물론 다른 곳들과 마찬가지로 좀비들에게 파손된 가구와 기물이 없지는 않았지만 그래도 피해가 크지는 않은 듯했다. 카운터 모서리가 약간 부서져 내려앉은 것, 유리 현관에 기다란 금이 가서 테이프로 발라 놓은 정도의 미미한 피해였다. 상징적인 동그란 테이블 세 개는 그대로였고 에스프레소 머신도 작동에 문제가 없었다. 사장이 바뀐 게 변화라면 변화인데, 많은 것이 뒤바뀐 세상에 한낱 카페 사장 하나 바뀐 건 변화의 축에도 못 낄 거다.

유월이 느낀 가장 극적인 변화는 다름 아닌 커피 가격이었다. 예전에 이 집은 아이스 아메리카노 한 잔이 2500원이었으나, 지금 메뉴판에는 2코인이라고 쓰여 있었다.

현재 쌀 1킬로그램이 0.5코인이다. 커피 한 잔이 쌀보다 몇 배나 비싼 셈이다. 그래서 지금 유월은 고민에 고민을 하는 것이다. 괜히 망신살을 감수하고 무료 쿠폰도 내밀어 본 게 아니다.

하지만 여기까지 왔는데, 그냥 돌아갈 수는 없었.

"주세요. 아이스 아메리카노 한 잔."

"2코인입……"

"아, 저기."

재난 배급 카드를 내미는 손이 잠시 주춤하자, 토성 고리 사장의 눈빛에 깊은 짜증이 서렸다.

"얼음 잘 채워서 주시는 거죠? 그냥 차가운 물에 커피만 섞어서 나오는 거 아니고요?"

"네, 제빙기 잘 돌아가고, 영업 신고 다 마쳤고."

"주세요, 그러면……."

"2코인입니다."

토성 고리 사장은 재차 가격을 강조했다. 카드는 그의 손으로 넘어갔고, 보이지 않는 코인이 보이지 않는 전산망의 어디론가로 흘러갔다. 그래서인지 카드를 내밀 때에조차 실감이 안 났는데 결제를 마친 카드를 돌려받는 순간, 과소비를 저질렀다는 생각에 심장이 턱 내려앉았다.

그러나 이내 그라인더에서 원두 갈리는 소리가 들려오자 가슴이 두근거리기 시작했다. 에스프레소 머신에서 요란한 소리와 함께 약 1년 3개월 만에 맡는 향이 흘러나왔다. 두근거림은 더 격해졌다.

"아이스 아메리카노 나왔습니다."

"아……."

토성 고리 사장이 무신경하게 내민 테이크아웃 컵을 받으며, 유월은 저도 모르게 탄식했다.

달가닥달가닥.

대체 얼마만에 들어 보는 감미로운 울림인지. 아직 입에 대지도 않았는데 손바닥에 닿아 오는 차가움이 아찔할 만큼 황홀했다.

유월은 커피를 받자마자 ○○○을 나왔다. 내려 준 사람은 도대체 마음에 안 들고, 오롯이 혼자일 때 이 순간의 모든 감각을 만끽하고 싶었다.

아이스 아메리카노.

아이스 아메리카노.

아이스 아메리카노.

유월은 세 번 속으로 주문처럼 그 이름을 읊고서 커피를 쭉 빨아들였다. 검은 액체가 먼저 혀를 시원하게 적시고, 식도를 타고 넘어, 저 깊숙한 곳까지 뻗어 나가는 움직임이 아주 구체적으로 느껴졌다. 원하던 만족감이 정확하게, 오차 없이 온몸을 휘감았다. 좀비도 인간을 물어뜯을 때 이런 황홀을 느끼는 걸까. 그렇다면 그간 가차 없이 머리를 깨부순 좀비들에게 조금 미안하다는 생각마저 들었다.

커피는 진정 천국의 맛이어서 유월은 좀 울 뻔했다. 천국이든 지옥이든 이 세상이 아닌 곳은 안 가려고 발버둥 쳤던 지난 세월을 기만하는 표현인지는 몰라도, 이 순간 천국보다 더 잘 어울리는 단어는 존재하지 않았다. 굳이 안 가 봐도 그 정도는 알 수 있다.

## 2. 좀비 보호 구역

"어라, 또 오셨네."

○○○를 다시 찾은 건 그로부터 1개월 후였다. 토성 고리 사장은 변함없이 서비스 정신이라곤 없었으며 아이스 아메리카노도 변함없이 2코인이었다.

사실 다시는 오지 않을 생각이었다. 자취방에서 멀지 않은 곳에도 카페들이 하나둘 문을 열기 시작했는데, 그중에 한 군데가 아이스 아메리카노를 1코인에 팔았다. 맛은 ○○○만 못했지만 가격이 상당한 위안을 주었다. 가격을 본 순간 그 집에서 한 달에 두 번 마시자고 내적 합의는 끝냈다. 심지어 주인도 친절했다. 다시 이곳을 찾을 이유가 없었다. 그 연락을 받기 전까지는.

"친구 면회가 있어서."

유월도 일부러 짧고 까칠하게 대답했다.

"아, 보호 구역 가시는 길?"

면회라는 말에 토성 고리 사장은 떠벌였다.

"거기 직원들이 우리 카페 많이들 오시지. 면회 오가는 보호자들도."

유월은 대꾸하지 않았다. 갑작스레 좀비 보호 구역에 볼일이 생기지 않았다면, 맹세코 안 왔을 테다. 그런데 하필 ○○○가 새로 지정된 좀비 보호 구역에서 가장 가까운 카페여서 어쩔 수 없이 들렀다. 거기 직원이나 면회객들도 마찬가지인 모양이었다. 해로운 독점이다.

"아이스 아메리카노 하나랑, 아이스 라떼 하나요. 라떼는 두유로 변경되나요?"

"그럼요. 근데 두 잔이나?"

"면회니까요."

"오⋯⋯ 알겠습니다. 잠시만 기다려 주세요."

웬일로 깍듯이 존대로 대답하며 토성 고리 사장은 빠른 손놀림으로 계산을 마쳤다. 손등의 타투가 순간 몇 개로 번져 보일 정도의 속도였다. 갑자기 공손한 어투가 된 게 어쩐지 수상쩍었으나 유월은 잠자코 완성될 커피 두 잔을 기다렸다.

라떼는 무려 3코인이었다. 순식간에 날아간 5코인에 속이 쓰렸지만 빈손으로 갈 수는 없는 노릇이었다. 병문안인지 면회인지 뭔지, 좀 애매모호한 접견이긴 했지만. 아무튼 기억에 의하면 차지민은 두유를 넣은 아이스 라떼를 좋아했다. 아이스 라떼는 그의 몫이었다.

유월은 지난주, 좀비 보호 구역으로부터 전화 한 통을 받았다. 1993년생 차지민 씨를 아시냐면서. 전혀 기억에 없는 이름이었다. 혹시라도 내가 아는 누군가 살아 있다는 통보일까, 순간 잔뜩 부풀었던 기분이 물벼락 맞은 비누 거품처럼 꺼져 내렸다. 그런 이름은 몰랐다. 아는 차 씨도 없었다.

"그럼 혹시, 브로콜리우엑 님은 아시나요?"

그 웃긴 닉네임은 아주 익숙했다. 좀비 사태가 있기 전 자주 댓글을 주고받던 미국 드라마 팬 커뮤니티의 회원이었다. 오프라인으로 딱 한 번 만난 적이 있다. 브로콜리 같은 파마머리였던 그는, 모든 채소를 사랑하지만 브로콜리만은 진심으로 싫다고 했었다.

그 닉네임은 안다고 하니 좀비 보호 구역 사람이 안도하는 목소리로 말했다.

"어휴, 먼저 선생님께서 살아 계시다니 다행입니다. 전화드리기 전에 혹시라도 변을 당하셨으면 어찌나 마음을 졸였는지."

"아, 예."

세상사 별일이다 싶었다. 아직 대학도 졸업 못 했고, 스펙이라곤 편의점 알바 경력밖엔 없는데 살아남았다는 이유로 선생님 소리까지 듣고.

"브로콜리우엑 님의 실명이 차지민 씨거든요. 설명드리자면 차지민 씨가 좀비증으로 고생하시다가 최근에 의식을 회복하셨습니다."

"브로콜리 님이요? 좀비증이요?"

"그렇습니다."

"그러니까 브로콜리 님이 좀비한테 물렸었다고요?"

"네, 안타깝게도."

"헐."

좋은 말이자 현대 의학 용어로 '좀비증'이지, 전화 속 담당자가 전한 사실은 어쨌든, 브로콜리우엑 님이 좀비가 되었다는 것이었다. 다만 치료제가 먹혀 좀비 보호 구역에서 인간으로서의 의식을 서서히 되찾고 있는, 회복 중인 좀비.

좀비 보호 구역이란, 글자 그대로 좀비를 보호하는 구역이자 의료 기관이다.

원인 불명의 좀비 바이러스가 등장하고 전 세계는 급격히 혼란에 빠졌으나, 그래도 좀비 영화에서처럼 인류는 속수무책으로 당하고 있지만은 않았다.
　한국의 중앙 정부는 혼란 속에서도 좀비의 재생산을 멈추는 방법부터 강구했다. 먼저 좀비에게 물려도 좀비증이 즉시 발현하지 않도록 하는 백신부터 시작해, 치료제까지 개발하는 데 마침내 성공했다. 1년이 꼬박 걸렸다. 치료제는 100퍼센트 완벽하지는 않아도 좀비 특유의 공격성을 상당히 완화시켜 주었고, 지속적인 치료를 한다면 충분히 정상인으로 살아갈 수 있다는 희망을 제시했다.
　좀비 증가 추세가 주춤하자 사람들은 더 이상 좀비에게 쫓기거나 숨어 다니지 않고, 좀비를 먼저 공격하기 시작했다. 길 위에는 점점 좀비보다 보통 사람의 비율이 늘어났다. 사람들은 그 변화의 지점을 왜인지 특이점이라고 불렀다.
　특이점 이후 중앙 정부는 본격적으로 이 사태를 종식시키고자 박차를 가했다. 길에서 좀비를 발견하면 목을 치는 것이 아니라, 보통의 환자처럼 병원에서 돌보며 인간성을 회복하도록 치료와 재활을 지원하기 시작한 것이다. 처음에는 그곳을 좀비 수용소라고 이름 붙였으나 인권 단체의 반발로 최종적으로 좀비 보호 구역으로 명명하게 되었다.
　인류는 관대하고 대단했다. 인권은 최근 그 개념이 확장되거나 무너지거나, 하여간 뭐가 뭔지 모를 과도기에 있었다.
　"차지민 씨가 의식을 되찾자마자 김유월 씨를 가장 먼저 기억하셨거든요."

"절요?"

또 헐이라고 할 뻔하다 그렇게 물었다. 의식을 찾자마자 가족도 누구도 아닌 팬 커뮤니티 회원부터 기억해 냈다니, 정말 뼛속까지 '덕후'로구나, 유월은 인정하지 않을 수 없었다.

"네, 김유월 씨 닉네임은 '캐리매티슨뿐이야' 님 맞으시죠?"

공공 기관과 통화하면서 닉네임을 주고받는 일이 민망하지 않다면 거짓말이겠으나, 일단 사실이니 그렇노라고 고백했다.

캐리 매티슨은 미국 드라마 「홈랜드」의 주인공 이름이었다. 둘은 똑같이 그 드라마를 좋아해서 인연을 맺은 사이였다. 팬픽 동인지도 냈다. 오프라인 만남은 그 팬픽 동인지를 판매하던 행사장에서였다. 유월과 지민이 아니라, 캐리매티슨뿐이야와 브로콜리우엑으로 만났던 것이다.

특수하고도 깊은 인연인 것은 분명하나…… 유월은 궁금해졌다.

"브로콜리 님은, 아니 차지민 씨는 가족 생존자가 없나요?"

"아뇨, 다행스럽게도 계십니다. 모두 생존해 계세요. 정말 운이 좋으셨죠."

"그런데 왜 제게……."

"사실 이 건은, 저희 보호 구역 차원에서 특별히 초청하는 거라서요."

차지민은 그들에게 특별 연구 대상이라고 했다. 새로운 치료제의 임상에서 가장 좋은 경과를 보이는 좀비증 환자라서, 지민을 둘러싼 다양한 데이터가 아주 중요하다고 했다. 그 중에서 빠뜨릴 수 없는 부분이 '대인 관계의 안전성'이었다. 과거 좀비였던 환자가 인간성을 회복한 후 사회로 복귀했을 때의 안전성을 증명하는 일이야말로 이 치료제의 궁극적 목적이라고 했다. 지금까지 치료제를 투약받고 사회로 돌아간 환자들이 아예 없는 것은 아니었으나 안전성 부문이 문제가 되곤 했던 것이다. 유월도 그 지점에는 동의했다.

"가족처럼 지나치게 친밀한 관계는 객관적인 분석에 한계가 있어서, 적당한 거리감이 있는 대상자가 필요했습니다. 김유월 씨가 적격이라고 저희 연구진들이 모두 합의했어요."

사례비도 있다고 했다. 연구에 참여하는 동안 월 60코인 추가 지급. 일이 일이니만큼 위험 수당이 포함되어 있었다.

유월은 아주 약간의 고민 끝에 하겠다고 했다. 브로콜리우엑 님을 만나겠다고. 기억 속 그는 밝고 긍정적이고 유쾌한 사람이었다. 결코 이쪽을 해치지 않을 거라는 믿음이 있었다.

무엇보다 월 60코인을 추가로 지급한다는 말이 혹했다. 한 달에 겨우 두 잔이 아니라, 일주일에 두 번은 아이스 아메리카노를 마실 수 있다는 소리니 말이다.


"오랜만이에요, 캐리 님."

"말이 아니네요, 브로콜리 님."

"좀 그렇죠?"

강화 유리 반대편에 나타난 지민은 지민이자 지민이 아니었다. 이목구비는 틀림없는 차지민이었지만, 파마가 다 풀린 거친 생머리였고, 피부 색은 브로콜리 색에 가까운, 그러니까 아직은 반쯤 좀비인 외양이었다.

"피부가 간지러워요. 회복 중이라는 신호라고는 하는데."

지민은 제 뺨을 한 번 손바닥으로 문질러 보였다.

유월은 좀비를 빈번하게 만났다. 모두 상대를 전혀 식별하지 못하고 달려들기만 하는 중증 좀비들이었다. 괴성과 신음 사이의 소리를 냈으며 눈의 초점도 흐릿했다. 유월은 지금껏 좀비를 맞닥뜨릴 때마다 그들을 처치해 왔다. 살기 위해서.

영화나 드라마처럼 검으로 슥삭, 좀비를 해치울 수 있는 생존자가 정말로 있을까, 그런 검은 어디서 구할까, 아직까지도 궁금했다. 보통 사람이 구할 수 있는 '검'이라고는 고작해야 식칼 정도일 텐데, 식칼은 길이가 짧아서 그다지 효과적이지 않았다. 식칼로 한 번에 목을 벨 만큼 무기를 잘 다루는 사람이라면 아마 좀비 사태 이전, 이미 감옥에 있을 확률이 높을 것 같았다.

유월이 고른 무기는 성범죄 예방용 휴대용 전기 충격기였다. 충격기를 갖다 대면 좀비들은 일시적으로 균형을 잃고 쓰러졌다. 은신처인 편의점에는 AA 사이즈 배터리 재고가 넉넉했다. 계속 전기 충격기를 쓰는 데는 문제가 없었다. 좀비가 쓰러지면 그다음은 적재 박스다. 샌드위치며 삼각 김밥, 도시락 등을 가득 담았던 하늘색 적재 박스. 그 플라스틱 적재 박스를 쓰러진 좀비의 머리 위에 올려 두고, 그 위에서 두 발로 쾅, 쾅, 쾅. 뼈가 으스러지는 소리를 들으며 뛰었다. 최대한 평지의 균형이 느껴질 때까지.

그게 유월이 좀비로부터 자신을 보호한 방법이었다.

그랬는데, 그들과 비슷한 외양을 한 존재와 마주하고 담소를 나누게 됐다니, 유월은 조금 미묘한 기분이 되었다. 뒤늦은 죄책감마저 찾아오는 듯했다. 그렇지 않았다면 유월도 이미 좀비가 되었거나 이 세상 사람이 아닐 텐데도.

아무튼 대화를 해야 했다. 보호 구역에서 원한 것은 유월의 참회가 아니라 둘의 일상 대화였다. 얼른 정신을 차렸다.

"미안해요, 브로콜리 님. 제가 커피를 사 왔는데 입구에서 짤렸어요."

"진짜요?"

"네, 아이스 라떼였는데 두유로 바꾼 거요."

"헐, 맛있었겠다."

그 말과 함께 처지는 지민의 눈썹을 보자 토성 고리 타투 사장에 대한 분노가 다시 치밀었다. 커피 두 잔을 담은 캐리어를 달랑달랑 들고 입구에 들어서자 경비원이 제지했다. 사전에 허가된 경우가 아니면 음식물은 반입 금지라고. 그러더니 카페 로고를 보더니 중얼거렸다.

'카페에서도 알 텐데 자꾸 그러네.'

그러니까 알고도 팔았다는 것이다. 그래서 주문하자마자 빛의 속도로 커피를 내리고 결제를 한 것이다.

"꿈 같네요. 그때 캐리 님하고 커피 마신 그 날이요."

하지만 갇혀 있는 지민을 앞에 두고 괜한 에너지 낭비는 않기로 했다. *정말 다시는 안 간다. ○○○. 야옹이. 뭐가 됐든지.*

"이런 건 드라마에서나 있는 얘긴 줄 알았어요."

"그죠."

유월도 이제 제법 말하는 쑥빛 얼굴에 익숙해졌다. 방어해야 할 대상이 아닌, 대화해야 할 대상인 좀비와.

"「워킹 데드」도 진짜 재밌게 봤잖아요."

"팬픽은 쓰고만 싶었지, 현실로 겪고 싶었던 건 아닌데."

"아, 그러니까 제 말이요."

둘은 마주 보며 짜증을 내다가 웃다가 했다. 바깥에서 이 얘기를 듣고 있는 사람들은 뭐가 짜증나고 웃긴지 아마 모르겠지만.

이날은 서로 어떻게 지냈는지 긴 이야기를 나눴다. 유월은 은신처였던 편의점에 대해 자세히 이야기했다. 흔히 도로가 1층에 있는 브랜드 편의점이 아니라, 건물 내 입점한 사내 전용 무명 편의점이었다. 2층에 위치해 있어서 외부인들은 굳이 찾아오지 않는 곳이었다. 좀비 사태 이후 출근 정지 명령이 내려왔다. 건물은 텅텅 비었다. 유월은 그곳을 은신처로 결정했다. 더 안전한 곳이 떠오르지 않았다.

자취집에서 편의점까지 가는 30분 동안 이제 막 깨어난 열성적인 좀비들에게 쫓긴 건 다시 경험하고 싶지 않은 두려움이었지만, 일단 도착하니 모든 물품을 독점할 수 있다는 안도가 찾아 왔다. 신선 식품을 제외하고도 유통 기한 1년 이상인 과자나 음료수가 많았다. 이게 단시간 안에 끝날 일이 아니라는 것은 그간 많은 좀비물 콘텐츠를 통해 알고 있었다. 우선 1년만 버티자고 마음을 다잡았다. 1년만, 딱 1년만.

그것이 유월이 지금까지 살아온 방식이었다. 1년만 버티면 중학교를 졸업해, 다신 나를 괴롭히는 애들을 안 봐도 돼. 1년만 버티면 수능이 끝나, 더 이상 이런 공부 안 해도 돼. 1년만 버티면 독립할 수 있어, 이 거지 같은 집에서 나갈 거야. 1년만 버티면 복학할 수 있어, 다음 학기 등록금 다 모았어.

분기점을 1년으로 끊으면 어떻게든 버텨 나갈 기력이 생겼다. 불행인지 다행인지 편의점의 다른 알바생도 사장도 그동안 나타나지 않았다. 딱 떨어지는 1년은 아니었지만 1년 몇 개월 후, 식량이 완전히 바닥나기 전 은신처를 나올 수 있었다. 군인이 찾아왔다. '생존자 있습니까?'라고 외치며. 지금도 그 목소리는 잊을 수가 없다. 프어어어어 하는 바람 빠진 울부짖음이 아닌, 정확한 발음과 발성의 목소리였다. 전기 충격기를 갖다 댄 후 머리를 박살 내도 되지 않는 존재. 그 사체를 질질 끌어다가 복도 끝에 쌓지 않아도 되는 존재.

벅찬 마음에 차마 대답이 나오지 않아서 유월은 그냥 엉엉

울었다. 구조대는 그 울음소리를 듣고 유월을 발견했다.

"고생 많으셨네요. 「워킹 데드」보다 리얼하다."

지민이 안쓰러움을 감추지 못하고 말했다. 강화 유리가 없었다면 손이라도 덥석 잡았을지도 몰랐다.

"브로콜리 님은요? 어떻게 지냈어요?"

"저는……."

지민은 쓴물이라도 삼키듯 잠시 대답을 주저했다가, 어색한 미소를 띠며 말했다.

"저는 사람들을 아주 많이 물었나 봐요."

"아……."

유월은 그 밖의 다른 마땅한 대꾸를 할 수 없었다.

"저는 지난 1년간의 기억이 거의 없어요. 뭔가 흔들리고 부딪치고 그랬던 감각만 남아 있고요. 제 치아랑 입 속에 남아 있는 성분들을 분석했는데 제 DNA하고는 다른 게 아주 많이 나왔대요. 저는 진심 아무 기억이 없거든요. 여기에 붙잡혀 온 게 석 달 전인데, 아무리 생각해도 그때 기억은 없어요. 아참."

그러다가 뭔가 떠오른 듯 덧붙였다.

"식성은 좀 변했나 봐요. 저 비건이었잖아요, 캐리님."

그랬다. 그래서 라떼도 두유였다. 만났던 그날도 비건 레스토랑에 갔다.

"근데 이제는 육식 없으면 안 돼요."

지민은 그런 자기가 너무 싫다고 했다. 눈물이 글썽글썽했다. 한번 도닥여 줘야 할 것 같았지만 애초에 그럴 수 없는 환경이었다. 다행이라는 생각도 들었다. 사실은 좀 무서웠기 때문이다.

면회를 마치고 나오자 두터운 설문지가 기다리고 있었다. 이야기를 나누면서 드는 감정에 대해 수치를 기록하도록 되어 있었다. 왼쪽의 '아니다'에서 오른쪽의 '그렇다' 사이에는 모두 열 개의 경계선이 늘어서 있었다.

유월은 떠오르는 대로 표시했다.

- 계속 이야기하고 싶은 마음이 든다 - '그렇다'에 가까운 일곱 번째 칸
- 환자의 생각이나 감정에 공감할 수 있다 - 딱 중간
- 강화 유리가 없어도 괜찮을 것 같다 - '아니다'에 가까운 두 번째 칸
- 보통 사람보다는 좀비라는 생각이 먼저 든다. - '그렇다'에 가까운 여덟 번째 칸

**3. 야옹이의 복귀**

다시는 ○○○에 가지 않으리라는 다짐은 칠월의 어느 날, 아스팔트 위 소프트 아이스크림 녹듯 녹아 버렸다. 찜통 같은 더위 속에 브로콜리우엑 님과의 2차 접견을 가던 중이었다. ○○○가 좀비 보호 구역 근처의 유일한 카페라서 그렇다는 나약한 종류의 핑계는 결코 아니었다.

유월은 휴대용 선풍기로 이마를 식히며 좀비 보호 구역 근

처 버스 정류장에 막 내린 참이었다. 저기에 ○○○가 있다는 것도 알고, 아이스 아메리카노도 마시고 싶었지만 못 견딜 정도도 아니었고 토성 고리 타투 사장에게 빈정도 상할 만큼 상했기에 충분히 그냥 지나쳐 갈 수 있었다.

그 낯익은 얼굴이 아니었다면.

야옹이를 닮은 그 얼굴이 아니었다면.

○○○는 동그란 테이블이 세 개라서 지은 이름이라고 상냥하게 이야기해 주었던 그 얼굴이 아니었다면!

유월은 슬그머니 ○○○로 향했다. 카페 입구는 열려 있었다. 이제 공공 기관 및 상가는 에어컨 사용이 허가되었다고 들었는데, 왜 문이 열려 있는지 궁금했다. 안으로 막 발을 디뎠을 때 유월을 맞이한 것은 '어서 오세요.' 따위의 인사가 아니라 탕탕탕탕 하는 거친 소리였다.

"아, 씨, 젠장. 또 왜 이래."

흠칫 놀랐다. 낯익은 옆얼굴은 사실 '젠장'보다 거친 욕을 뱉었다. 하얗고 긴 손은 벽걸이형 에어컨을 가차 없이 구타하고 있었다. 눈에서는 살의가 번뜩였다.

오랜만에 보는 ○○○의 진짜 주인의 얼굴이 반갑기도 했고, 살인적인 더위에 고장 난 에어컨을 향한 처사로 보자면 크게 문제될 만한 장면은 아니었으나, 유월은 잠시 주춤했다.

바로 어슴푸레한 쑥빛 때문이었다. 화가 난 그의 얼굴에는 홍조가 아니라, 쑥빛의 녹조가 있었다. 그러니까, 브로콜리우엑 님에게서 보았던 그 색깔이.

간담이 서늘해졌다. 분명 그 초록이 맞았다.

그러니까 저 사람은 어쩌면…… 좀비 수용소, 아니, 좀비 보호 구역에서 모르고 있는 감염자…….

"어머."

카페 주인의 그 쑥빛은 입구에 멍하니 서 있는 유월을 발견하자 한순간에 휙 사라졌다. 이내 유월이 알던 온화한 빛이 야옹이 주인에게 머물렀다. 그 변화의 속도가 유월의 공포를 약간 더 키웠다.

과연 이 가게에 들어가도 되는 것일까. 커피를 마시려고 들어온 것도 아니었는데, 뭐라고 해야 하는 걸까.

야옹이 주인이 해맑게 인사했다.

"안녕하세요! 세상에 잘 지내셨어요?"

"아…… 하하. 안녕하세요."

무서워 죽겠는데 왜인지 웃음이 났다. 지금까지 좀비를 만나면 일단 지지직하고 감전시켰는데 지금은 휴대용 선풍기뿐이었다. 브로콜리우엑 님과는 중간에 강화 유리라도 있었는데. 아니, 그나저나 이 사람이 정말로 그거라면…… 검역망을 피한 좀비증 환자가 어디라도 있을 수 있다는 건가.

유월은 아주 천천히 걸음을 옮기며 적당한 거리를 두고 섰다.

"건강하셔서 다행이에요. 한 번씩 손님 생각났는데."

일단은 공격하거나 물 태세는 아니었다. 지금까지 유월이 만났던 좀비들에게는 인내심이라는 것은 존재하지 않았다.

"정말요?"

"네, 아이스 아메리카노 제일 좋아하셨잖아요."

기억력이 괜찮았다. 그다지 중증 좀비는 아닐지도 모른다.

"일부러 오신 거예요?"

"아니, 보호 구역에 면회 왔어요. 지인이 입원해 있거든요."

"저런."

"저번에 봤던 사장님이랑 달라서 누구신가 궁금했는데, 마침 계셔서……."

말이 안 맺어졌다. 토성 고리 사장의 안부를 묻는 건지, 당신이 반갑다는 결론인지 뭔가 애매한 변명이 되었다. 커피도 안 살 건데. 야옹이 사장의 낯빛도 약간 굳어졌다. 쑥빛으로까지 변하지는 않았지만 서늘함이 내려앉았다.

"그놈 만나셨나 보네요."

"지난 사장님이요?"

"사기꾼에 범죄자예요, 그놈은."

'놈'보다는 거친 단어를 써서 야옹이 사장이 말을 이었다.

"사귈 때부터 그런 놈이었는데, 시국이 이런 틈을 타서……. 하여간 이제 그놈 다시 보실 일은 없을 거예요. 제가 가게는 분명히 되찾았으니까."

"아…… 예."

"그놈이 단골 다 깎아 먹었어."

그'놈'이 그리 좋은 인간이 아님은 유월도 충분히 아는 바였지만, 그래도 토성 고리 사장의 안위가 불현듯 궁금해졌다. 그가 가엾어서가 아니었다. 그의 생사 여부가 유월의 생사 여부에도 영향을 미칠 것만 같았기 때문이다.

그 순간 토성 고리 모양이 불쑥 시야에 들어왔다. 다름 아닌 쇼케이스 안에서. 패스트리 위에 그 타투와 똑같은 모양의 슈거 파우더 장식이 있었다. 고리가 있는 토성……. 커피를 내리고 배급 카드를 낚아 채던 그 손……. 패스트리가 보통 패스트리로 보이지 않았다. 어쩐지「스위니 토드」가 생각나 버린 것이다.

"커피 값도 1코인씩 내렸어요. 적립 쿠폰도 찍어 드리고요."

"……잘됐네요."

빨리 ○○○를 빠져나가고 싶었다. 정말로 다시는 오지 말아야 할 것 같았다. 일단 보호 구역에 신고해야 하는 게 아닐까 싶었다. *제가 좀비증이 있는 걸 숨기고 사는 사람을 만난 거 같아요. 어쩌면 인간 하나를 해쳤을지도 몰라요. 그 사람을 재료로 빵을 구웠을지도 모르고요! 드라마 같은 얘기지만 믿어 주세요, 제발!*

"참, 손님."

유월의 공포를 읽은 것일까, 다소 단호한 얼굴이 유월을 불렀다.

"스탬프 다 모은 쿠폰 갖고 계시지 않아요?"

"그게……."

굉장한 기억력이었다. 여기서 대답을 어떻게 하는지에 따라서 삶과 죽음의 기로가 갈릴지도 모른다는 생각이 머릿속을 스쳤다.

"……있어요."

"그럼 지금 쓰세요."

야옹이 사장이 활짝 웃으며 아이스 아메리카노를 만들기 시작했다. 드르르륵 원두를 가는 소리가 새삼 괴기스럽게 들려왔다.

"지난 1년 산전수전 다 겪으면서 느낀 거는요."

야옹이 사장이 덤덤히 말했다. 취이이익 소리와 함께 에스프레소 원액이 쇼트 잔에 흘러 내렸다. 제빙기에서 각얼음을 푸는 스테인리스 서버가 섬찟했다. 커피 한 잔 내리는 시간이 이렇게 길고 길었던가, 입술이 바짝바짝 말랐다.

"이 시국에 제일 못 믿을 게 인간이라는 거예요."

투명한 플라스틱 컵에 탐스러운 얼음이 가득 담겼다. 곧 열기에 녹아 사라질 얼음들이.

"좀비가 아니라."

좀비는 행동에 일관성이라도 있죠. 덧붙이며 희고 기다란 손이 뚜껑을 닫았다. 빨대가 꽂혔다. 생분해되는 친환경 빨대였다.

"아이스 아메리카노 나왔습니다."

유월에게는 그 말이 '이것 받고 입 다물어.'로 들렸다.
"가, 감사합니다."

유월은 떨리는 손으로 공짜 커피를 받아들고 ○○○를 뛰쳐나왔다. *다신 안 가, 정말로 안 가, 아니 못 가.* 다짐에 다짐을 하며.

한 달 만에 마주한 지민의 피부색은 초록빛이 많이 사라져 있었다. 오늘은 지민이 더 많은 이야기를 했다. 지민의 마지막 기억은 당시 사귀던 남자 친구가 좀비로 변이한 후 자신을 물었다는 것이었다.

지금 그 남자 친구의 생사 여부를 정확히는 알 수 없지만 보호 구역에 없으니 어딘가에서 처치당했을 거라고 추측만 할 뿐이었다. 그 이야기를 하며 슬픔과 분노를 토로하는 지민의 얼굴은 점점 짙은 초록빛을 띄었다. 감정이 격해지면 피부색으로부터 나타나는 모양이었다.

지민은 엉덩이를 들썩거리며 몇 번이나 의자를 박차고 일어날 듯했다. 강화 유리 가까이 머리가 다가올 때는 솔직히 무서웠다. 흥분한 지민이 박치기라도 해서 이걸 깨 버릴까 봐. 유월은 저도 모르게 테이블 아래로 선풍기를 꼭 쥐었다. 좀비를 맞닥뜨릴 때의 습관이었다.

*아니지, 경호원들도 있으니까.* 유월은 스스로를 달래며 화제를 전환했다.

"……근데요, 브로콜리 님. 만약에 퇴원하신다면…… 제일 먼저 뭐 하고 싶으세요?"

"모르겠어요. 너무 많아서."

지민의 얼굴은 아직도 푸르락했다.

"정상인처럼 살아가실 수…… 있겠죠?"

바보 같은 질문이라고 생각하면서도 확인하고 싶었다. 정상인과 좀비의 경계에 있는 존재에게. 에어컨에 대고 짜증을 내던 야옹이 사장의 시퍼랬던 표정이, 지민의 쑥빛 얼굴과 겹쳐져 내내 눈앞을 떠나지 않는 중이었다.

"저는 그렇게 생각하는데요."

잠깐 골똘히 생각하는 듯했지만 지민의 대답은 그리 늦지 않게, 차분하게 흘러나왔다.

"정상인들은 다르게 생각할지도 모르겠어요."

"그럴…… 까요."

"캐리 님은 어떤데요?"

"네?"

질문이 돌아올 줄은 몰랐다.

"캐리 님은 유리 없이 저랑 이야기하실 수 있어요?"

"……"

대답이 나오지 않았다. 그렇기도 하고 아니기도 했다.

접견실을 나서면 오늘도 작성해야 할 설문지에서도 같은 내용을 묻기야 하겠지만, 그건 지민의 얼굴을 보지 않고 적는 거였다. 조금은 과장하거나 축소해도 죄책감이 들지는 않았다.

• 강화 유리가 없어도 괜찮을 것 같다 - '그렇다'에 가까운 여섯 번째 칸

'아니다'에 가까운 첫 번째 칸과 두 번째 칸 사이에서 오래 고민했지만, 어쩐지 결론은 긍정 쪽으로 한참 기울었다. 경험과 다짐이 섞인 것이었다. 몇 시간 전 야옹이 사장을 만났던 경험과, 피는 아니어도 취향을 나눈 지민을 향한 유월의 바람. 그리고 아까 대답하지 못한 것에 대한 만회까지. 이유까지는 묻지 않으니까 뭐라고 적든 유월의 마음이었다. 정답과 오답이 있는 것도 아니고 뭐.
"사전에 설명 드렸던 대로 3차시에는 강화 유리 없이 접견하실 겁니다. 물론 차지민 씨는 안전 팔찌를 착용한 채로 진행할 거고요. 참, 3차시에는 음식물 반입도 가능합니다."
"예?"
설문지를 직원에게 돌려주며 들은 말에 유월은 소리 높여 묻고 말았다.
"음식물도 반입하실 수 있다고요."
*그걸 물은 게 아니었는데.* 어쨌든 언젠가는 그 단계가 있겠지 짐작은 했지만 이렇게 빨리 차례가 올 줄은 몰랐다. '그렇다'에 가까운 여섯 번째 칸에 표시해서인가? 설문지를 무를 순 없나? 아직 마음의 준비가 되지 않았다. 유월의 표정에 망설임

이 그대로 드러났는지 직원이 부연했다.

"처음에 3차시에서는 강화 유리 없는 접견이라고 설명 드렸었는데요."

"그, 그랬나요."

"불편하시면 프로그램을 중단하셔도……."

"아닙니다! 할 거예요."

그럴 수는 없었다. 유월은 이미 월 90코인으로 꾸리는 삶의 규모에 익숙해져 있었다. 이 접견이 영원하지는 않겠지만, 편의점을 벗어난 지금, 유월이 지켜야 하는 생존 방식임에는 의심의 여지가 없었다.

### 4. 인터뷰

"이제 안 오실 줄 알았는데."

물론 그럴 생각이었다. ○○○가 아니어도 아이스 아메리카노를 마실 수 있는 곳은 있었다. 애써 여기까지 와서 반좀비인 저 사람이 나를 해치지 않을까 하는 두려움에 사로잡힐 필요도 없었다.

공짜 아이스 아메리카노 한 잔으로 암묵적인 거래는 완료한 걸로 치자 했다. 야옹이 사장이 진짜 좀비증인지 아닌지 알 게 뭔가. 잘못 봤을 수도 있고, 다른 병에 걸렸을지도 모르지. 몇몇 완치 판정을 받은 좀비증 환자들이 사회로 이미 복귀했다는 기사를 읽기도 했다. 안정성을 보장할 수는 없다는 우려 섞인 의견도 많았지만 말이다. 그러나 아무튼 더 ○○○에 가지 않으면 유월과 아무런 상관없을 문제였다.

다시 왔지만.

"아이스 아메리카노로 준비할까요?"

"네."

"테이크아웃?"

"아뇨, 먹고 가요."

마지못해 왔다는 표정으로 그렇게 말하는 유월을 보는 야옹이 사장의 얼굴은 잠시 의아하다는 빛이 되었다. 유월은 동그란 테이블 중 하나가 아닌, 카운터와 마주 보는 바에 자리를 잡고 앉았다. 가게엔 사장과 유월 둘뿐이었다.

3차 접견의 날이었다. 아직 입장 시간은 꽤 남았지만 유월은 일부러 조금 일찍 왔다.

"오늘은 좀 무서워요. 강화 유리 없이 만나거든요."

"그래요?"

완성된 커피를 건네며 야옹이 사장이 물었다. 좀비 보호 구역 바로 앞에 있는 카페이니만큼 이런 주제의 대화에는 익숙하기 때문일까, 아니면 다른 이유 때문일까. 야옹이 사장은 3차 접견이 무엇인지에 대해서조차 묻지 않았다. 계산을 재촉하지도 않았다. 오늘은 에어컨 바람도 시원했다. 모든 것이 비정상적으로 안온했다.

"뭐, 제 의견 하나로 브로콜리 님을 풀어주고 말고를 결정할 건 아니겠지만. 오늘은 피드백에 대한 부담도 커요."

"고민이 많이 되시겠어요."

카페가 아니라 칵테일 바 직원처럼 야옹이 사장이 추임새를 넣어 주었다. 영양가는 없는 말이었지만 사실 뭐라도 좋았다. 들어 줄 사람이 필요했다. 지민과의 대화는 모두가 보고 듣는 연극 무대나 다름없었다. 이야기를 나눌 수 있을 정도로 가까운 사람 중 생존 소식이 전해진 이는 전무하고. 대화다운 대화가 필요했다. 그 때문이었을까. 유월은 엊그제 신생 언론사로부터 '좀비증 환자 사회 복귀 프로그램 분석' 인터뷰 제안에 응하는 실수를 저질렀으며, 잔뜩 후회하는 중이었다.

"안 궁금하시겠지만 저요, 멍청이 같은 인터뷰를 했어요."

들어 줄 상대도 잘 골라야 했는데, 이런 시국에 가족도 친구도 모두 증발해 버려서인지 판단력이 흐려졌던 게 분명하다.

"궁금해요."

"정말요?"

"왜요? 뭔가 기밀이라도 누설했어요?"

야옹이 사장이 진심으로 걱정된다는 얼굴로 물었다.

"아뇨, 제가 아는 기밀이랄 것도 없고요."

아무리 시국이 이래도 보호 구역이 그리 허술하진 않았다. 유월은 프로그램의 세부 내역에 관하여는 아무것도 아는 게 없었다. 그쪽에서 유월에게 주는 정보는 접견 날짜와 방식이 전부였다.

언론사에서 먼저 말한 '좀비증 환자 사회 복귀 프로그램 분석'은 인터뷰를 위한 미끼에 불과했다. 그들이 분석하려고 하는 대상은 좀비증 환자가 아닌, 정상인이었다. 즉 좀비 보호 구역이나 차지민이 아닌, 김유월 같은 사람.

"기사 보실래요?"

유월은 휴대폰으로 기사를 찾아 사장에게 보여 주었다. 타이틀은 '인권 기획 - 누가 누구를 판단할 수 있는가'였다.

본지는 '좀비증 환자 사회 복귀 프로그램'에 참여 중인 김 모 씨를 몇 번의 연락 끝에 어렵게 만날 수 있었다. 김 모 씨는 좀비 사태 이후 약 1년 1개월을, 근무하던 편의점에서 은신하며 목숨을 부지했다. 그 기간 김 모 씨가 처치한 좀비는 모두 스물여섯 개체. 월에 두 개체 이상이다. 김 모 씨는 당시의 상황을 거침없이 묘사하며 자신의 생존에 연신 안도감을 표했다. 처음에는 망설였지만 처치하는 개체가 늘어날수록 죄책감은 줄어들었다고 했다. 김 모 씨의 폭력성은 점점 당위를 가졌다. 아래는 자세한 인터뷰 내용이다. (중략) 좀비 사태를 지나며 정상인들의 폭력성 증가에 대한 문제는 꾸준히 제기되고 있다. (하략)

"시작부터 거짓말이에요. 몇 번은 무슨, 딱 한 번 연락 온 거 받았는데!"

서두부터 화가 치밀었다.

"인터뷰 하면서도 제 얘기만 물어서 이상하긴 했어요. 근데 기사를 보고 나니까…… 정말 제가 쓰레기 같은 거예요."

적당히 이야기하고 넘어 가려고 하는 부분을 기자는 집요하게도 물었다. 어떻게 죽였나요? 무기는요? 방법은요? 소요 시간은요? 사체 처리는? 괜찮아요, 모두 다 살아남으려고 그랬잖아요. 부추기면서. 그래서 말했다. 누구에게도 그렇게까지 자세히 이야기한 적이 없었다. 과거를 털어 놓을수록 점점 이상하게 느껴졌다. '정상화'되어 가고 있다는 현재에 점점 의구심만 커졌다.

뽑힌 기사는 유월을 사이코패스 살인자같이 묘사했다. 기사보다 더한 건 댓글이었다. 다들 얼마나 무결하다고, 차마 입으로 발음하고 싶지도 않은 욕과 비난이 댓글창을 가득 채웠다.

이 기사가 왜 존재해야 하는지 뭐라도 이유를 떠올려 보려 했지만, 없었다. 아무것도 없었다. 조회수 하나만은 상당했다. 하단에 광고 배너들이 무수히 붙었다. 당시 기자에게 휘둘려서 '그러는 당신은 몇이나 죽이고 살아남았어?'라고 묻지 못한 게 이제 와 억울할 따름이었다.

"진짜 인간이 싫어요. 아니, 제가 인간이란 것도 싫어요."

이제 가지 않겠노라 다짐했던 이곳을 다시 찾은 까닭은, 이 시국에 제일 못 믿을 게 인간이라고 했던 야옹이 사장의 말이 떠올라서다.

접견을 앞두고 불안과 공포와 자기혐오가 뒤섞인 엉망진창인 감정을 토로할 데가 없었다. 믿을 인간도 없고, 당연히 믿을 좀비도 없었다. 그 사이에 있는, 아니, 있을 것 같은 존재는 야옹이 사장 하나뿐이었다.

"좀비 인권 옹호하는 급진 언론인가 보네."

사장이 침착하게 말했다.

"명예 훼손으로 고소해도 되겠는데. 항의는 하셨어요?"

"뭐 하러요. 읽을 사람들 다 읽었을 텐데."

"좀 도와드려요?"

좀비증일지도 모르는 사람이 미간을 찌푸리며 물으니 기분이 야릇했다.

"……예?"

"후후, 농담이에요."

사실 농담인지 진담인지 구분하기 힘든 웃음이었다.

"고소하실 거 아니면 사서 걱정하지 마세요. 에너지 낭비야. 사람들 금방 잊어요. 여기만 해도 그놈 어디 갔냐고 묻는 사람 이제 없거든요. 누가 내려주든 커피만 맛있으면 된다는 거지."

오늘도 어김없이 야옹이 사장이 입 밖으로 낸 건 '그놈'보다는 센 발음을 지닌 명사였다.

"먹고 먹히는 세상이란 말, 좀비 사태 아닐 때도 있었잖아요. 세상이 변했다고 해도 그렇게까지 많이 변한 건 아닐 거예요. 어쩌면."

사장의 조언은 알 듯 말 듯 했지만, 어쨌든 약간의 평정심은 찾아 주었다.

"그러니까 손님이 너무 죄책감 가지지 말아요."

사장의 얼굴에 초록빛이 잠시 머물렀다 사라지는 것도 같았다. 유월은 느리게 고개를 끄덕였다.

"아, 참."

그러고는 토성 고리 장식 패스트리를 종이 봉투에 몇 개 담더니, 유월에게 서비스라며 내밀었다. ○○○ 로고 스티커까지 붙여서.

"새로 개발한 시그니처 메뉴인데, 오늘 너무 많이 구워서 좀 싸 드릴게요. 친구분 가져다 주세요. 좋아하실 거예요."

확신에 찬 목소리였다. 「스위니 토드」를 떠올렸던 직감이 틀리지 않을지……. 유월은 생각했다. 정신을 차렸을 땐 이미 양팔 안에 봉투를 안고 있었다.

"그리고 오늘도 잘하실 거예요, 접견."

"……그럴까요?"

두려움과 안도가 공존하는 기묘한 마음을 느끼며 물었다.

"지금도 유리 없이 잘하고 계시잖아요."

야옹이 사장이 어깨를 으쓱했다. 적어도 하나만은 분명해진 순간이었다. 소름이 한 번 쫙 돋았다. 하마터면 커피 값 계산하는 것도 잊을 뻔했다.

"기사 봤어요, 캐리 님."

만나자마자 지민이 인사 대신 한 말이었다. 피부의 쑥빛은 눈에 띄게 사라져 자세히 보지 않으면 모를 만큼 정상인에 가까웠다, 야옹이 사장처럼. 지민은 유월이 정말 가엾다는 듯 이쪽을 보고 있었다. 누가 누구를 접견 온 것일까. 정말 바보 같은 인터뷰를 하긴 했구나.

"완전 찌라시던데요."

"네, 왜 기레기라고 하는지 뼈저리게 알았네요."

"너넨 얼마나 깨끗하냐고 댓글 달고 싶었는데, 저는 지금 로그인할 권리가 없어서요."

"괜찮아요."

"응, 괜찮을 거예요. 사람들 금방 까먹잖아요."

지민은 아까 야옹이 사장이 했던 말을 반복했다. 하루에 같은 말을 두 번이나 들으니 그 말이 불변의 진리 같기도 했다. 정말 그러기를 바랐다.

"참, 오늘은 음식 가져와도 된다고 해서요."

유월은 무릎 위에 두었던 봉투를 주섬주섬 꺼냈다.

강화 유리가 사라진 만큼 두 사람의 거리는 지난 접견보다 약간 더 벌어져 있었다. 약 1.5미터 거리는 되는 것 같았다. 누아르 영화에서 조직 간에 거래할 물품을 건네듯, 유월은 빵 봉투를 지민 쪽으로 쭉 밀어 주었다.

"고마워요, 캐리님. 안 그래도 맛있는 빵 먹고 싶었는데."

"뭘요."

공짜로 얻은 거라고 고백 하려다 그 말은 생략했다. 이왕 왔으니 생색이라도 내고 싶었다. 첫날, 아무것도 모르고 압수당한 라떼의 건도 있고.

지민은 안전 팔찌로 묶인 두 손에 패스트리를 고이 쥐더니, 한 입 깨물자마자 그 즉시 감탄사를 터뜨렸다.

"헐. 캐리님, 이거 진짜……."

두 뺨에 잠시 초록빛이 몰려왔다가 증발했다. 동공이 빠르게 확장됐다. 바깥에서도 카메라로 관찰 중이겠지. 희열이라고 불러도 좋을 기쁨이 지민을 감쌌다.

야옹이 사장의 단언이 떠올랐다. *친구분 가져다 주세요. 좋아하실 거예요.*

지민은 게 눈 감추듯 패스트리 네 개를 앉은자리에서 먹어 치웠다. 예의치레라도 유월에게 먹어 보겠냐는 말도 없었다. 보호 구역에서 사람 굶겼나 의심마저 들었다. 아무리 빵이 먹고 싶었기로서니, 손바닥만 한 크기의 빵 네 개를 뚝딱 먹어 치우는 건 보통은 아니다.

"아, 먹었는데요. 점심."

다 먹고 난 다음 손가락을 빨면서야 민망했는지 지민이 변명했다.

"아무래도 단체 급식은 별로 맛있진 않아서 많이 안 먹게 되는데. 아무튼 그래도 이건 정말……."

지민은 적당한 표현을 찾기 위한 꽤 긴 침묵을 지켰다. 유월은 침을 꼴깍 삼켰다. 무슨 말이 나올지 궁금하기도 하고, 두렵기도 했다.

모두가 듣고 있는데…….

"……맛있네요."

나온 것은 평범하디평범한 말이었다. 누구라도 언제라도 할 수 있는 말.

오늘 접견에서는 둘의 '덕질'에 관한 이야기만 했다. 퇴원하고 상황이 좋아지면 또 팬픽 회지를 만들고 오프라인 모임을 갖자고 했다. '덕질은 멈추지 않는다.'가 오늘 접견의 결론이었다.

인류는 각자의 방법대로 삶을 지속할 것이다. 그전에도, 그전의 전에도 그랬듯이.

오늘 너무 생산성이 없는 대화만 해서 다음번 접견에는 불러주지는 않을 것 같아 걱정이 되었으나 담당자는 변함없는 태도로 4차시 날짜를 잡았다. 접견은 특별한 변동 사항이 없다면 5차시로 마무리될 거라고 했다. 음식을 가져오실 경우, 환자의 폭식이 걱정되니 양을 좀 조절해 달라고 했다. 그건 전혀 어렵지 않았다.

보호 구역을 나오는 길, ○○○에 들렀다.

"친구가 정말, 정말, 정말 좋아했어요."

뭔가 다른, 참신하면서도 적합한 표현을 찾고 싶었으나 도통 생각나지 않았다.

"그럴 거라니까요."

야옹이 사장은 푸근한 미소를 지었다.

"저 그런데……."

그리고 유월에겐 막 떠오른 다른 용건이 또 하나 있었다.

"제가…… 사람인지라…… 좀비한테 물려 본 적도 없고…… 그래서 저를 못 믿으실 수도 있겠지만."

이상한 핑계라고 생각하면서도, 유월은 크게 심호흡을 하고서는 야옹이 사장을 정면 응시했다.

"혹시 알바는 안 구하세요?"

"알바?"

5차시 접견이 끝나면 어딘가 일할 곳이 필요할 것이었다.

"커피도 내리고 빵도 구우시려면 혼자 바쁘실 거 같아서요. 그리고……."

5차시 접견 후에도 지민이 퇴원할 때까지 종종 패스트리를 가져다 주고 싶었다.

"괜찮으시면 지금 면접 보셔도 되고요."

야옹이 사장이 빙그레 웃었다.

# 비아 패스파인더

소난의 발바닥이 우르릉 진동했다. 한창 비트에 달아오른 공연장에서 느껴지는 진동보다 몇 배는 강력한 울림이었다. 열광 섞인 환호성 대신 절규와 비명이 겹을 이뤄 소난의 귀를 감쌌다. 이어서 사이렌 소리가 그 틈에 섞여들었다.

지진일까 싶어 순간 두 손으로 머리를 감싸고 몸을 낮췄지만 그 이상의 진동은 없었다. 여기저기서 목소리가 들려왔다. *폭탄이래. 폭탄. '사이드 아웃'이야. 또 '사이드 아웃'이야. 여기뿐이 아니야. 본드 스트리트역에서도 터졌대. 유스턴역에서도. 빅토리아 쪽에서도.* 동시다발적인 테러였다.

소난은 멈췄던 걸음을 다시 뗐다. 차츰 속도가 붙었다. 지금 상황에서는 언제 어디서든 폭탄이 또 하나 터져도 이상할 것이 없었다. 어디도 안전하지 않다. 점차 소난은 뛰기 시작했다. 패스파인더(Pathfinder)를 향해.

당장 이곳을 벗어나야 한다는 본능 위로 다른 염려 하나가 내려앉았기 때문이다. '빅토리아 쪽에서도.'라는 말. 빅토리아라는 동네가 결코 손바닥만 한 사이즈는 아니지만 그래도 패스파인더가 무사한지 눈으로 확인해야 했다.

  도로는 엉망이었다. 긴급 운행 중지로 멈춘 전철, 버스에서 쏟아져 나온 인파가 거리 가득이었다. 몇 걸음 간격으로 사람들이 휴대폰으로 누군가에게 도움을 요청하고 있었다. 그들을 지나치며 소난은 달렸다. 이 속도라면 10분이 걸리지 않을 것이다. 등에 매달린 기타가 두 다리에 무게를 더했지만 소난은 그럼에도 질주했다.

  드디어 패스파인더가 있는 길목에 도착했다. 이곳도 온통 사람들로 가득했다. 패스파인더는 불과 20미터 앞에 있는데 시야에는 우왕좌왕하는 사람들과 연기로 혼탁한 하늘만 들어올 뿐이었다.

"좀…… 비켜 주세요."

  소난은 물살을 거슬러 올라가는 물고기처럼 사람들 사이를 비집고 나아갔다. 소난과 반대 방향으로 향해 가려는 사람들을 모두 제치자, 어느 한 곳을 둥글게 둘러싼 무리가 나타났다. 마치 거리에서 버스킹을 할 때 하나둘 모여든 관객들처럼.

  소방대원 유니폼을 입은 남자가 그 무리를 제치고 나왔다. 경찰의 무전 소리, 들것에 실린 머리를 다친 누군가를 이송하는 응급 구조대원들. 그리고 점점 진해지는 매캐한 냄새. 탄 냄새가 소난이 다가가는 것보다 몇 배는 빠른 속도로 그를 침투했다.

"펍(Pub)에서 터졌어요!"

"사망자는요?"

"비켜 주세요! 모두 집으로 돌아가세요!"

"가까이 오면 안 됩니다."

서로 다른 목소리가 제각기의 음색과 억양으로 날카롭게 예민함을 쏟아 낸다. 그 끝에서 소난은 걸음을 멈췄다. 더 나아갈 앞이 없었다. 물 세례에 한 풀 꺾인 연기가 패스파인더를 자욱하게 둘러싸고 있었다.

"젠장, 이게 뭐야."

소난은 망연하게 중얼거렸다. 한 시간 전만 해도 펍은 손님들로 평범하게 복작이고 있었다. 끊어진 기타 줄을 교체하러 다녀온 사이에 생겨난 일이다. 테러에 휘말리지 않았던 게 천운이라면 천운이지만, 믿을 수 없었다. 이럴 수 없었다. 아니, 이래서는 안 된다. 패스파인더는 통로다. 소난이 원래의 제 우주로 돌아갈 수 있는.

탈의실이 무사한지 확인해야 했다. 소난은 접근 금지 테이프를 들어 올렸다. 바로 허리를 숙여 통과하려는데 기타 목에 테이프가 걸렸다. 자세를 고치느라 시간을 조금 잡아먹은 사이 낮고 묵직한 목소리가 머리 위에서 들려왔다.

"어이어이, 아가씨. 안 돼."

접근 금지 테이프가 다시 소난의 눈앞으로 내려왔다. 머리가 희끗하고 풍채가 큰 남자 경찰이 앞을 가로막았다.

"여긴 테러 현장이야. 아가씨도 빨리 집으로 돌아가. 오늘은 돌아다녀서 좋을 게 없어."

낮잡아보는 말투였다. 검은 눈에 검은 머리카락을 지닌 동아시아인의 생김새, 게다가 왜소한 체구를 지닌 여자로서는 종종 경험하는 일인지라 면역이 전혀 없진 않았다. 새삼 의기소침해지지 않았다는 뜻이었다. 게다가 지금은 비상 상태였다.

"줄리안이 무사한지 봐야 해요!"

"줄리안?"

"펍 주인이요."

펍 주인이라는 말에 경찰은 미간을 움찔했다. 무언가 알고 있는 게 분명했다. 그의 눈빛에 귀찮게 알짱대는 이방인을 향한 짜증은 사라지고 연민이 차올랐다.

"아가씨, 유감이야."

그가 도리질했다.

"네……?"

"가장 먼저 구조되긴 했는데, 하늘만 알겠지."

"……"

떠날 때 알게 되는 것들이 있다.

이제 더 이상 그것이 거기에 있지 않을 때. 또는 그 사람이 거기에 있지 않을 때 더욱 선명하고 분명해지는 것들.

소난은 줄리안이 없는, 잿빛이 된 패스파인더를 보며 이곳을 얼마나 사랑하는지 깨달아야 했다.

기분 좋은 일 있어? 왜 자꾸 웃어?

휴대폰 액정에 텍스트 메시지가 도착했다. 시안이다. 소난은 들뜬 마음을 가라앉히고 답장을 입력했다.

아, 들켰네.
뭔데.
맞혀 봐.

시안은 소난의 바로 맞은편 소파에 앉아 있다. 시안은 휴대폰 너머로 누나의 얼굴을 유심히 살피더니 신중하게 메시지를 입력하기 시작했다. 곧 소난의 휴대폰이 드르륵 진동한다.

누나 좋아하는 사람 생겼어?

소난은 커다랗게 웃었다. 물론 그것도 괜찮은 일이겠지만 훨씬 좋은 일이었기 때문이다. 소난은 휴대폰에 답장을 입력하는 대신 시안의 옆에 비집고 앉았다. 시안은 소난보다 키가 두 뼘은 작고 마른 체구여서 일인용 소파임에도 두 사람이 거뜬히 엉덩이를 붙일 수 있었다. 두 사람은 같은 대학에 다니며 고향 버밍엄과 부모님을 떠나 함께 런던에서 자취하는 중이다.

'뭔데, 대체.'

시안이 수어로 물었다. 소난도 수어로 답했다.

'나 말이야. 공연을 할 수 있게 됐어. 이번 금요일부터.'

시안의 눈이 커다래졌다. 소난을 채우고 있던 두근거림이 시안에게로 옮아갔다. 소난이 외쳤다.

"내 곡들이 마음에 든대! 일주일에 한 번 공연해 달래!"

말이 끝나기도 전에 시안은 누나를 와락 끌어안았다. 아마 시안이 목소리를 낼 수 있었다면 서로 질세라 꺄악꺄악 소리를 질러댔을 것이다. 한참이나 기쁨을 나눈 후에 시안은 흥분을 가라앉히지 못한 기색으로 휴대폰을 들었다.

> 축하해 소난! 진짜 잘됐다! 그것 봐. 내가 언젠가 누군가는 누나 음악을 알아볼 사람이 있을 거라고 했잖아.

긴 메시지가 왔다. 글자가 기쁨으로 들떠 둥둥거리는 것만 같았다. 소난은 글자 하나하나에 담긴 시안의 기분을 전부 알아볼 수 있다. 시안은 태어날 때부터 성대 근육이 약했고 신경 손상이 있어 마비 증상을 늘 달고 살았다. 재활 치료도 시도해 보았지만 효과는 거의 없었다. 아홉 살 무렵 시안은 음성이 아닌 문자와 수어를 사용하겠다고 마음을 굳혔다. 가족들은 시안의 의견을 존중했다. 어떤 언어로 말할지는 스스로 결정하는 것이 당연했으므로. 그래서 시안과 대화할 땐 늘 세 가지 언어가 혼재한다. 수어와 문자와 음성이. 이번에는 수어였다.

오른손 검지가 턱밑부터 오른뺨을 지나치며 사선을 그었다.

'그래도 정말 거짓말 같다!'

믿을 수 없을 만큼 좋은 일을 묘사할 때 시안은 늘 거짓말 같다고 한다. 소난은 오늘 그 말에 약간은 뜨끔했다. 방금 시안에게 전한 말은 사실이긴 했지만 전부를 말한 것은 아니었기 때문이다. 아마 다 이야기한다면 시안은 '거짓말 같다'가 아니라 '거짓말'이라고 할 것이다.

실은 그 공연장이라는 곳이 이곳 런던이 아니라고 한다면. 그러니까 여기와 외형은 거의 똑같이 생겼으나 성격은 약간 다른 런던이라고 한다면.

얼마 전, 소난은 일주일에 세 번 일하는 펍의 비밀을 알았다. '평행 세계의 런던'으로 갈 수 있는 통로가 탈의실에 숨겨져 있는 것이었다. 평행 세계의 런던은 이곳과는 다르게 소난의 음악에 반응했다. 팬도 제법 생겼다. 하지만 이 이야기를 들려준다면 시안은 누나의 정신 상태를 걱정할 것이다. 뮤지션으로 전혀 인정받지 못해 드디어 자기만의 늪에 빠져 버린 건 아닐지, 그런 건 요즘 영화에서도 잘 안 나오는 한물간 소재라고, 현실 도피가 해결책은 아니라고. 평행 세계에 직접 다녀온 소난으로서도 자신이 겪은 일을 믿기 어려우니 무리는 아니었다. 시안이 소난의 말을 믿어 줄 가능성도 없지는 않으나 그래도 굳이 이야기할 필요가 없다는 것이 소난의 결론이었다.

평행 세계의 런던은 소난이 살던 런던과는 여러모로 다른 곳이었다. 지하철의 출입구는 계단 통로만이 눈에 띄었고, 어렵게 발견한 역의 유일한 엘리베이터에는 수리 중이라는 팻말이 붙어 있었다. 플랫폼과 열차 사이의 단차도 말도 안 되게 높았다. 휠체어나 유아차를 이용하면 상당히 곤란하리라는 소난의 예상은 적중해서, 어느 하루 소난은 열차에 오르지 못할 뻔한 휠체어 사용자를 도와주어야 했다. 모든 통로가 매끄럽게 이어지는 자신의 런던에서는 도무지 일어날 수가 없는 일이었다. 보행로 곳곳에 이렇게 장해물이 많고, 이렇게 일방적이라니. 평행 세계의 런던은 원래의 런던과 닮았지만, 결코 같지 않은 곳이었다.

시력이 없는 사람과 동행하는 반려견의 출입을 금지하는 레스토랑을 보자 분명해졌다. 이곳은 시안에게는 적합한 곳이 아니라고. 이 세계는 시안이 제 생각을 표현하는 속도와 방법을 인정하고 기다려 줄 것 같지 않았다.

그뿐만 아니었다. 어째서인지 소난 같은 비백인 젊은 여자를 대할 때 사람들이 쓰는 호칭이나 눈빛, 말투에는 존중이 부족했다. 뭐라고 딱 꼬집기 힘들어도 원래 런던과 사뭇 달랐다. 화가 나는 순간도 더러 있었다. 심지어 범죄의 표적이 되는 경우도 있다고 평행 세계의 뉴스에서 몇 번 보았다.

그런 세계에 음악을 위해 드나든다는 걸 알면 시안은 반대할 테고, 부모님에게 고스란히 일러바칠 게 뻔했다. 아무리 가족이라 해도 소난을 다 이해하지 못할 테다. 안전도 중요하지만 제 음악을 듣고 공감해 주는 관객의 존재도 그 못지않다는 것을. 그들이 소난의 마음을 튼튼히 지켜 준다는 것을.

저쪽 패스파인더의 탈의실 문을 열고 나갔을 때, 소난은 '금요일 뮤지션 구함'이라는 공고를 발견했다. 그 길로 곧장 즉석 오디션을 치렀다. 기타를 치며 자작곡을 불렀을 때 지었던 줄리안의 표정만이 소난이 원하던 것이었다. 일정한 길이로 다듬은 턱수염과 그보다 더 북슬한 갈색 곱슬머리를 한 거구의 사내가 서글서글한 눈을 하고서 박수를 쳤다. 시안 이외에는 처음으로 소난의 음악을 진지하게 들어 주는 누군가였다. 원래 런던에는 존재하지 않던 리스너였다. 그렇게 서른다섯 번째 공연까지 섰다. 테러는 서른여섯 번째 공연이 예정된 날 터졌다.

패스파인더가 봉쇄된 마당에 어디로 가야 할지 알 수가 없어 소난은 무작정 길을 헤맸다. 전자 제품 판매장 쇼윈도가 눈길을 잡아챘다. 전시된 TV에서 뉴스가 흘러나오고 있었다. 범행은 이민자들을 겨냥한 차별 정책에 분노한, '사이드 아웃'이라는 지하 조직의 소행이라고 했다. 지금까지 사망자는 범인들을 포함한 24명, 부상자는 371명이라고 했다.

이민자 차별이란 원래 런던에서는 역사 속에서나 나오는 개념이었다. 소난에게 이 일련의 사건은 그야말로 시대착오의 결정판이었다. 평행 런던에 방문할 때 겪는 사소한 차별에는 어느 정도 익숙해졌지만 이런 일이 일어날 것이라곤 예상하지 못했다. 이런 결말로까지 치달을 수 있다니. 무서운 일이다. 가끔 이곳이 평행 세계가 아닌 오래전 과거가 아닐까 생각이 들 때도 있었다. 오늘도 마찬가지였다.

다음 순간, 뉴스에 줄리안의 얼굴이 스쳤다. 호흡기를 달고 들것에 실려 나가는 줄리안을 담은 장면이 그 1초도 안 될 찰나로 지나쳐갔지만 소난은 갈색 솜뭉치 같은 그의 얼굴을 금방 알아보았다. 다음 화면은 병원 앞에 선 기자였다. 세인트 토머스 병원이라는 글자가 기자의 허리를 가르며 흘러갔다.

"편하게 지내. 편하지…… 않겠지만."

지엔이 소파에 세탁된 담요와 베개를 내려놓으며 말했다.

병원 앞에서 지엔을 만났다. 그는 펍에서 일하는 파트타이머였다. 오늘 근무일은 아니었지만 소식을 듣고 놀라 줄리안의 안위를 확인하러 병원으로 달려온 참이었다. 지엔은 평소에 소난을 넋 놓고 보는 팬 중 하나였다. 또래의 남자애인 그는 가까워질 기회를 이리저리 엿보면서도 늘 타이밍을 놓치곤 했다. 타이베이에서 온 유학생이고 근처 디자인 전문 학교에 다니고 있다. 줄리안의 펍에서 일하는 파트타이머의 대부분은 유학생들이었다.

공연 때문에 왔는데 교통이 마비 상태라 집에 돌아갈 방법이 없다고 하자, 지엔은 아주 오래 머뭇거리더니 자신의 아파트로 초대했다. 네 명이 함께 살고 있지만 다들 괜찮은 애들이고 소파에서 자도 된다고 했다. 줄리안의 표현대로라면 지금까지 한 번도 맥주 컵을 깬 적이 없는 유일한 직원으로, 조심성이 남다른 지엔에게서는 기대하기 힘들었던 초대였다.

"고마워."

"너, 브라이튼에서 온다고 했었지?"

"응."

이쪽 런던에서 공연하기 위해 소난은 어쩔 수 없이 몇 가지 거짓말을 해야 했다. 런던으로부터 기차로 두어 시간 떨어진 브라이튼에 산다는 이야기도 그중 하나였다. '어느 방향에 살아?' '데려다 줄게.' 같은 대화를 피하기 위해서였다. 패스파인더 2층에 있는 직원 탈의실 문을 열고 공연하러 온다는 말을 할 수는 없으니 말이다. 원래 런던의 시안과 부모님에게는 반대로 브라이튼에 공연하러 간다고 해 두었다.

"안됐다. 일부러 왔는데 상황이 이렇게 돼서."

"줄리안만 무사하면 좋겠어."

"그러게."

줄리안은 중태였다. 폭탄은 패스파인더 안에서 터졌다. 그 안에 있던 사람들은 모두 피해를 입었다. 주동자를 비롯해 사망한 사람도 있었으나 줄리안은 목숨을 부지했다.

병원에서 마주친 그의 아내 알리스는 한동안 오열했다. 소난은 알리스에게 다가가 말없이 어깨를 안고 다독여 주었다. 사람의 마음을 달래는 데 가장 좋은 건 음악이라는 지론이 있었는데, 어쩌면 틀렸을지도 모르겠다는 생각이 들었다. 때로는 침묵이 음악보다 나을 때가 있다고. 알리스는 소난의 작은 어깨에 기대 한참을 미안하고 고맙다며 울다가 웃다가 했다. 자신도 어떤 표정을 해야 좋을지 모르는 것 같았다. 소난도 덩달아 울다가 웃다가 했다.

알리스는 공연을 마친 소난에게 돌아가는 기차에서 먹으라고 항상 샌드위치를 챙겨 주곤 했는데, 오늘은 그럴 수 없는 날이었다. 패스파인더는 부조리하고 종잡을 수 없는 평행 런던에서 소난에게 유일한 안전지대였다. 테러가 있기 전까지는.

"소식이 있으면 우리한테도 연락해 준다고 했으니까 기다려 보자."

"그래."

지엔의 말에 대답은 그렇게 했지만 사실 소난의 휴대폰은 평행 런던에서는 무용지물이다. 전원은 들어오지만, 신호는 닿지 않는다. 정확하게는 원래 런던에 연결되어 있어서 그쪽과만 소통이 가능하다.

줄리안에게는 실제 번호를 알려 주긴 했으나 사실 전화를 주고 받아 본 적은 없다. 소난도 줄리안도 그럴 일을 만들지 않았다. 소난은 늘 공연 시간보다 1~2시간 앞서 도착했고, 줄리안은 출연료 지급을 게을리하지 않았다. 가끔 하루 이틀 늦게 돈을 주기도 하는 원래 런던의 덜렁대는 줄리안과는 달랐다.

원래 런던의 패스파인더는 뮤지션 공연이 없다. 프리미어 리그를 틀어 놓고 고성을 지르는 아저씨들이 상주하는 평범하고도 낡은 펍이었다. 그곳에서의 소난은 일주일에 세 번 출근해 맥주를 따르고 식사를 나르는, 음악과는 거리가 있는 평범한 직원으로서 일했다. 펍의 직원용 탈의실 안쪽에 있는 반투명한 쪽문이 평행 런던으로 이동하는 통로라는 사실만은 평범하지 않았지만.

너비 30센티미터가 될까 말까 한 틈이었다. 탈의실에는 소지품을 보관할 수 있는 직원용 로커가 다섯 개 줄지어 있고 다섯 번째 로커와 벽 사이의 여분 공간에 청소 도구와 공구 상자 등의 잡동사니를 보관했다. 어느 날 질서 없이 쌓여 있던 그것들이 소난이 옷을 갈아입는 타이밍에 와르르 무너졌다. *아, 어디서부터, 어떻게 정리하지? 귀찮게 됐네.* 드러난 벽에 푸넘할 때였다, 미세한 틈이 반짝 비친 것은. 캄캄한 방, 문틈으로 바깥 불빛이 잠시 들이치는 것과 비슷했다. 그러나 그 빛은 너무 순식간에 사라졌다. 착각인가 고개를 갸웃하는 순간, 다시 그 틈이 보였다. 보는 각도에 따라 경계선이 있는 것도 같았고 없는 것도 같았다. 소난은 정리도 잠시 잊은 채, 그 좁은 공간에 팔을 뻗어 틈을 덧그렸다. 그러자 틈이 선명해졌다. 새어 나오는 빛도 더 강렬해졌다. 힘을 주어 누르자 삐걱거리는 소리와 함께 틈이 벌어졌다. 마치 덧문처럼.

소난은 잠시 주춤했지만 호기심을 누를 수는 없었다. 몸을 옆으로 돌려 로커와 벽 사이를 게걸음으로 들어갔다. 그런데 덧문을 지나 나온 공간은 다시 탈의실이었다. 이상했다. 1층으로 내려갔는데 축구 중계도 들리지 않았다. 더 이상했다. '어서 와서 주문 받는 것 좀 도와줘.'가 아닌 '주문하시겠어요?'라고 묻는 갈색 솜뭉치 줄리안을 보고 나서는 뭔가 아주 잘못됐다고 생각했다.

평행 세계 양쪽의 줄리안을 차례로 대면하는 순간은 참 기묘하다. 같은 얼굴로, 다른 헤어스타일을 하고서 다른 눈빛으로 소난을 본다. 그리고 그럴 때면 소난은 언제나 같은 의문을 떠올린다. 여기에도 어딘가에 소난이 있겠지. 여기의 소난은 어떤 사람일까? 그 애도 음악을 할까? 한번은 원래 세계 집의 주소지로 찾아가 보기도 했으나 거주자는 낯선 사람이었다. 주변 사람들도 마찬가지였다. 집 근처 마트의 주인도, 미용실의 주인도 서로 달랐다. 패스파인더의 주인만 똑같은 건 아마도 그곳이 통로이기 때문이 아닐까. 소난은 멋대로 짐작했다.

"저, 소난, 있잖아."

소파에 길게 누워 컴컴하고도 낯선 천장을 바라보면서 시안이 걱정하고 있을 테니 뭐라도 메시지를 보내야겠다고 생각할 무렵 지엔의 목소리가 들려왔다. 소난은 옆에 있던 등을 켰다. 그는 특유의 머뭇거리는 몸짓으로 손을 맞잡은 채 손끝을 꾹꾹 누르며 문간에 서 있었다.

아무리 예측불허의 평행 런던이라 해도 지엔만은 알기 쉬웠다. 지켜봐 왔다고, 좋아한다고 말하려는 타이밍이라면 썩 좋지는 않았지만, 지엔은 괜찮은 애니까 고백 자체는 기분 좋게 들어줄 수 있었다. 물론 정중히 거절해야겠지만. 소난은 팔꿈치를 세워 몸을 일으켰다.

"깨웠으면 미안해."

본론이 나오려면 한참 걸릴 거라 어림하며 소난은 고개를 흔들었다. 오늘은 쉽게 잠들기 힘든 날이다. 모두에게 그럴 것이다.

"사실, 나 부탁이 있는데."

지엔은 꽤 심각한 얼굴로 가까이 다가와 바닥 카펫에 털썩 주저앉더니 제 무릎을 감싸 안았다. 하나밖에 없는 소파를 내주었으니 달리 앉을 곳이 없긴 했다. 그런데 도무지 고백의 분위기로 흐를 것 같지는 않았다. 그러기엔 분위기가 다른 의미로 진지했다. 소난은 덩달아 심각한 얼굴로 물었다. 섣부른 판단으로 괜히 어색한 분위기를 만들 이유는 없다.

"뭔데?"

"원래 내일 말하려고 했는데, 역시 빨리 말해 두는 편이 좋을 거 같아서."

"응."

"내가 내일 하루만 널 스카우트해도 될까? 그러니까 당장 브라이튼으로 돌아가야 하는 게 아니라면 말이야."

"스카우트?"

소난은 지금 어디로도 움직일 수 없다. 패스파인더는 경찰들로 단단히 둘러싸여 진입할 수 없는 상태였다. 앞으로 며칠을 더 이렇게 보내야 할지 아직 모른다.

"뮤지션이 필요해, 그러니까 네가."

"뭐?"

되물을 수밖에 없었다. 너의 음악이 필요하다는 고백은 몇 번을 들어도 당연히 황홀하겠지만 맥락이라는 것이 필요했다. 오늘 이곳, 평행 런던에서는 대형 테러가 있었다. 도시는 장례식장이나 다름없었고 소난은 갈 곳 잃은 피난민 신세였다. 이 상황에 뮤지션이 필요하다니.

"……무슨 공연인데?"

"내일 오후야. 거리 버스킹이고. 아, 물론 구청에 허가도 받은 거야. 오늘 이런 일이 있을 줄은 몰랐지만."

내전 중인 고국을 떠나온 난민들의 입국 지지를 취지로 하는 공연으로, 세계 각지에서 온 이민자, 유학생 등으로 구성된 뮤지션 여덟 팀이 뜻을 모아 여는 버스킹이라고 했다.

그러나 오늘 생각지 못한 비보가 터지는 바람에 도시는 암흑 빛이 되었다. 게다가 테러의 주축이 이민자 커뮤니티의 지하 조직인 상황에 외지인이 곱게 보이지는 않을 것이다. 이미 절반 이상이 공연에서 빠지겠다는 뜻을 밝혔다. 그 빈자리가 소난에게까지 온 것이다. 소난도 조부의 유학이 계기가 되어 정착한 이민 3세대였다. 생김새도 동아시아인의 외모고 실제로도 다른 차원에서 온 이주 노동자라고 할 수 있으니 공연에 어울리기는 하다만....... 그 전에 궁금한 것이 있었다.

"설마 네가 그 공연 주최자야?"

조심과 소심으로 뭉친 지엔이 그런 행사를 기획했다니, 믿기 힘들었다.

"설마! 난 그냥 스태프야."

지엔이 강하게 부정하며 양손을 내저었다.

"그러니까...... 있잖아. 음...... 클로이라는 애가...... 있는데. 같은 과에."

머뭇거리는 손짓과 망설이는 표정이 다시 나왔다. 소난은 깨달았다. 이번엔 진짜다. 알기 쉬운 표정이었다. 지엔이 좋아하고 고백하고 싶은 상대는 소난이 아니라 '클로이'라는 이름을 가진 사람이라는 듯한 표정. *아까는 어째서 그런 착각을 했을까. 아니, 그럼 나는 그 오랜 시간 지엔을 착각해 왔던 거야? 다른 마음이 있어서가 아니라 그냥 음악이 좋아서 친해지고 싶었던 거야?* 소난은 잠시 혼자만의 부끄러움과 혼란에 사로잡혔다.

"으흠?"

"클로이가 공연 주최인데, 다들 안 하겠다고 해서 난감해하고 있어. 혼자 해야 할 판이라고. 내가 뭐라도 해줄 수 있으면 좋겠는데, 나는 그냥 포스터 디자이너라."

더불어 짝사랑이라는 것도 알기 어렵지 않았다. 소난은 웃음을 삼키며 미간을 좁히고서 심각한 표정으로 말했다.

"근데 안 한다는 쪽도 난 이해할 수 있는데. 테러 다음 날인데 솔직히 좀 무섭기도 할 거고, 그리고 사실 이런 시기는 좀…… 애도할 필요도 있으니까."

"그래서 말이야!"

내 말이 그 말이라는 표정으로 지엔이 눈을 반짝였다.

"애도가 필요하잖아. 놀라고 슬픈 사람들의 마음을 달래기 위해서. 도시엔 원래 테러가 아니라 노래가 있어야 하는 거였는데. 안 그래?"

그래, 맞다. 무례하고 부조리한 이 도시에는 무언가 필요하다. 시안을 이곳으로 초대할 수 없다고 생각했던, 그 모든 뾰족함을 무디게 하기 위한 무언가. 그리고 그 무언가가 음악이 될 수도 있었다. 굳이 소난의 음악이 아니더라도 이 도시에는 어떤 식으로든 음악이 필요했다.

공연을 기획한 클로이도 아마 같은 마음으로 뮤지션을 모았을 것이다.

"좋아. 오늘 공연도 펑크였으니까."

"클로이가 기뻐할 거야! 네 실력은 내가 보증하니까! 고마워!"

지엔이 클로이와 통화를 시도하는 사이 소난은 시안에게 메시지를 보냈다.

내일 여기서 추가 공연이 잡혔어. 오늘은 이쪽 친구네 집에서 하루 잘 거야. 걱정하지 말고 먼저 자. 내일 늦게 돌아갈게.

거짓말은 없었다. 내일 늦게라도 돌아가고 싶다는 말은 강력한 희망 사항이다. 저 문장이 진실이 될지 허풍이 될지는 내일이 되어야 알게 될 것이다.

뉴델리 출신의 아버지와 웨일스 출신의 어머니를 둔 클로이는 스물한 살로, 지엔은 물론 시안과도 동갑이었다. 전동 휠체어를 타고 나타난 클로이를 보고 소난은 반사적으로 주변부터 살폈다. 사이에 어떤 단차나 장해물은 없는지. 다행스럽게도 클로이는 한 번도 멈출 필요는 없었다. 공연이 있을 이곳 트라팔가 광장은 매끄럽게 잘 다져져 있었다. 원래 런던의 트라팔가와 차이가 거의 느껴지지 않을 정도였다. 도착한 클로이가 먼저 악수를 청했다.

"안녕. 난 클로이야."

"난 소난."

클로이는 태생적으로 강렬한 눈매의 소유자였다. 거기에 짙은 아이라인까지 거들자 매우 매력적으로 보였다. 풍성하게 구불거리는 갈색 머리는 포니테일로 깔끔하게 묶은 모습이었다. 길게 늘어진 귀걸이가 흔들리며 햇빛을 반사했다.

어제 이 도시에 무슨 일이 벌어졌는지 모르는 듯, 날씨는 구름 한 점 없이 맑고 온화했다.

클로이는 자신을 '패스포트'라는 다국적 4인조 밴드의 보컬이라고 소개하며 덧붙였다.

"지엔에게 이야기 많이 들었어. 숨은 실력자라고."

"어어⋯⋯. 그랬으면 좋겠는데."

"기대되는데. 잘 부탁해."

소난은 어깨를 으쓱해 보였다. 음악으로 인정받는 건 언제든 기분 좋은 일이었다. 흔들림 따위는 모르는 듯한 클로이의 존재감을 느끼고 나니 이 합동 버스킹에 함께하기 잘했다는 마음이 들었다.

인사를 마친 소난은 지엔을 보고 지난 36주간 쌓아 왔던 착각의 종지부를 찍었다. 클로이를 보는 지엔의 눈빛에는 의심의 여지가 없었다. 없을 때 더욱 분명해지는 것이 있는가 하면, 그 반대인 것도 있다. 함께 있을 때 빛을 발하는 것, 숨길 수가 없는 것. 예를 들면 사랑이라든지.

클로이가 패스포트의 다른 멤버와 인사시켜 주겠다면서 그들을 찾으러 잠시 멀어진 사이, 소난이 지엔에게 물었다.

"저기, 지엔. 클로이도 알아?"

"응? 뭘?"

"네가 클로이 좋아하는 거."

"푸학."

지엔은 마시던 생수를 허공에 뿜었다. 몇 방울은 티셔츠 위로 떨어졌지만 날씨가 좋으니 금방 마를 터였다. 소난은 그 모습을 보며 깔깔 웃었다. 대답을 들은 거나 마찬가지였다. 도저히 모를래야 모를 수 없을 것이다. 잠시 대화를 나눴을 뿐이지만 클로이는 눈치 하나는 누구보다 빠를 것 같았다. 지엔은 턱 아래를 닦으며 곤란한 듯 물었다.

"……클로이가 눈치챘을까?"

"아무렴."

"그렇구나."

"왜 고백 안 해?"

"어떻게 하겠어."

지엔은 내후년이면 학생 비자가 만료되어 타이베이로 돌아갈 예정이라고 했다. 취업도 본국에서 할 테다. 런던에서 계속 지낼 계획이 없는데 좋다는 감정만으로 무작정 고백하는 건 반칙이라고 했다.

"돌아가야 하니까."

그 말에 소난은 남아 있던 웃음을 거뒀다. *돌아가야 하니까.* 그게 어떤 의미인지 누구보다 잘 알기 때문이다. 나는 여기에 속한 사람이 아니라는 것. 원하는 걸 얻기 위해 여러 불편을 감수하고 잠시 머물다 간다는 것.

소난이 생각에 잠긴 것도 잠깐이었다. 저쪽에서 클로이가 커다랗게 팔을 휘저었다. 곧 오늘 버스킹을 같이한 밴드 세 팀과 통성명을 해야 했다. 솔로는 소난뿐이었.

원래 구청으로부터 허가받은 시간은 총 2시간이었다. 참여 팀이 절반으로 줄었으니 다들 다섯 곡씩 넉넉히 연주하기로 했다.

첫 번째 밴드는 태국 유학생으로 구성된 3인조인 '소프트 스피커'였다. 업 템포 곡으로 오프닝을 이끌자 일일 공연장 앞으로 사람들이 하나둘 걸음을 멈췄다. 어제 일 때문인지 통행량이 아주 많지는 않았다. 그마저도 대체로 관광객이었다. 그래도 밴드 앞으로 모여든 관객들은 저마다의 몸짓으로 리듬에 맞추며 음악을 들었다. 소프트 스피커는 밴드 이름에 걸맞게 다정하고도 몽환적인 색채의 음악을 추구하는 밴드였다. 처음엔 낯설었지만 소난도 점점 그 매력에 빠져들어 갔다. 마지막 곡을 부를 때 약 30~40명 정도의 무리가 반원을 그려 어느덧 밴드를 단단히 둘러쌌다. 한 사람 한 사람이 점점이 모여 이룬 곡선이 오늘의 공연장을 완성했다. 나쁘지 않은 오프닝이었다.

두 번째 밴드가 패스포트였다.

"어제의, 그리고 오늘의 런던을 애도합니다."

휠체어의 높이에 맞춰진 마이크 스탠드 앞에 선 클로이가 관객을 향해 던진 첫 멘트였다. 모두가 숙연해졌다. 그 말에 공감하듯 서로의 손을 꽉 잡는 관객들도 있었다. 첫 번째 곡의 제목은 「프레이어(Prayer)」였다.

'돌이킬 수 없다고 말하지 마.'라는 가사가 반복되는, 조금은 음울하고 차분한 곡이었다. 어제와 오늘의 런던에 어울릴 수밖에 없는 멜로디이기도 했다. 단단하게 뿌리를 내린 듯 힘 있는 클로이의 목소리가 돋보였다. 곡이 마무리될 즈음엔 관객들이 멜로디를 기억해 함께 흥얼거리기도 했다. 다음 곡이 이어지자 분위기는 한껏 무르익었다. 애도를 목적으로 하는 위로의 공연이라 즐겁게 뛰는 사람은 없었으나 오늘 이 순간 이 길에 멈춘 사람들의 마음을 하나로 모으기에는 모자람이 없었다.

클로이가 패스포트의 마지막 곡을 부를 때였다. 다음 주자인 소난이 기타 리프를 더듬으며 제 순서를 준비하던 때이기도 했다. 예측불허의 런던이 변덕을 부리고 말았다. 경찰차가 광장 안으로 미끄러져 들어오더니 경찰 두 사람이 내려 이쪽으로 걸어왔다. 제복이 무언의 경고를 보내는 듯했다. 이윽고 확성기를 통해 나오는 갈라진 목소리가 클로이의 노래를 완전히 덮었다.

"공연을 멈추고 해산해 주세요."

삐익 잡음을 내는 확성기 소리에 기어이 기타의 아르페지오(기타의 주법 중 하나)까지 뚝 멈췄다. 웅성거리는 관객들을 진정시키고 클로이가 마이크에 대고 말했다.

"우린 허가를 받았어요."

"오늘은 런던 어디든 거리 공연은 불가합니다. 2주간 긴급 보안이 발령되었습니다."

"연락을 못 받았는데요."

"그건 그쪽 사정이지. 우리도 바쁩니다. 이렇게 출동할 시간도 아까워. 그러니까 당장 해산해요, 전부."

경찰 중 나이 든 쪽이 클로이를 내려다보며 고압적으로 빈정거렸다. 소난에게도 익숙한 태도였다. 클로이와 경찰 사이에 순간 높이가 벌어진 것처럼 느껴졌다. 클로이는 꼼짝도 하지 않고 경찰을 올려다볼 뿐이었다. 쉽사리 비키지는 않겠다는 태도였다. 그런 클로이니까 오늘의 공연도 강행했겠지만.

확성기로 말하던 젊은 경찰이 입을 열었다.

"어디 출신인지는 모르지만 이런 시기엔 서로 조심하는 게 좋지 않겠어요, 아가씨."

"내 말이."

나이 든 경찰의 턱은 한껏 높아졌다. 그는 클로이를 가능한 높은 곳에서 내려다보고 싶은 듯했다.

"난 포토벨로에서 왔어요. 21년 전에 런던에서 태어났고요."

"오, 그래요? 해산 명령에 응하지 않으면 언제 어디서 태어났든 여러분들을 전부 연행할 수밖에 없다는 것만 알려 주죠. 그러다가 아가씨처럼 운 좋게 런던에서 태어나지 않은 친구들은 불이익을 좀 받을 수도 있겠고 말이에요."

그 말을 하며 경찰은 소난을 보았다. 얼굴이 확 달아올랐다. 경찰서에서는 브라이튼이니 뭐니 하는 거짓말은 통하지 않을 것이다.

"알겠어요. 해산할게요."

마지못해 대꾸하는 클로이의 목소리에 소난은 저도 모르게 안도의 한숨을 내쉬고 말았다.

경찰과 대치를 하는 동안 관객들은 모두 떠난 상태였다. 클로이는 제 마이크를 정리하며 소난에게 미안하다고 했다. 기타 줄도 새 걸로 갈았는데 이틀이나 연달아 무대를 빼앗기다니. 복잡한 심경이었지만 클로이가 사과할 일은 아니었다.

"너 괜찮아?"
멍하니 넋이 빠진 소난을 깨운 것은 지엔의 목소리였다.
"어, 어……. 괜찮지, 아주."
대충 얼버무렸지만 표정만은 수습이 안 됐다. 지엔이 매점에서 사 온 생수병을 내밀었다. 소난과 지엔은 다시 세인트 토머스 병원을 찾았다. 알리스가 필요한 물건을 가지러 집에 다녀오는 사이에 줄리안을 지켜줄 수 있느냐고 지엔에게 부탁했기 때문이다. 줄리안은 아직 의식이 없다. 공연도 무산됐고, 달리 할 일도 없고, 갈 곳도 없어서 소난은 지엔을 따라왔다. 지엔이 사과했다.

"미안해. 일부러 부탁했는데."
"아냐. 네 잘못도 아닌데."
"그래도."
"대신 만회할 수 있는 옵션이 있어, 지엔."
"응?"
하룻밤 신세를 더 부탁할 참이었으나 순간 적절한 핑계가 없다는 생각이 목구멍을 틀어막았다. 오늘부터 기차를 비롯한 모든 대중교통은 정상 운행 중이었으므로 돌아가지 못한다는 핑계는 댈 수 없다. *뭐라고 해야 하지.* 그때 벽에 기대 세워 놓은 한몸 같은 기타가 눈에 들어왔다. 소난은 떠오르는 대로 말했다.

"뭐…… 지금이라도 즉석 공연을 한다면 말이야."

능청스러움을 전부 동원하며 소난은 케이스에서 기타를 꺼냈다. 그러고는 보호자용 의자에 앉아 기타의 몸통을 껴안고 자세를 잡았다. 눈이 휘둥그레진 지엔이 소난과 병실 바깥의 동태를 번갈아 살피며 물었다.

"지금? 여기서?"

"노래하지 말라는 규칙은 못 본 거 같은데."

"……그렇지만."

지엔이 머뭇거리는 표정은 귀엽다. 마음이 조금 누그러졌다. 잠든 줄리안의 얼굴을 확인했다.

"줄리안은 내 노래를 좋아했으니까. 줄리안을 위해서."

갑자기 떠오른 생각이었지만, 그렇기 때문에 더욱 제 진심이 반영되어 있었다. 눈을 감고 깨어나지 못하고 있는 줄리안을 위로해 주고 싶었다. 그에게 음악으로 가서 닿고 싶었다.

소난은 G코드를 잡았다. 딴 생각을 하면서도 손가락만은 저절로 움직일 수 있을 정도로 익숙한 제 대표곡을 연주하기로 했다. 「오래된 상자」. 5년 전 소난이 난생처음으로 쓴 자작곡이다. 익숙하게 품에 안겨 오는 이 통기타로 소난의 음악 중 줄리안이 가장 좋아하는 이 노래를 연주할 것이다.

빛은
닿을 수 없는 끝나지 않는 꿈
영원히 따라잡을 수 없는 환상의 신호
소녀는 과학 교실에서 배웠지
빛은 존재하지만
잡을 수도 가질 수도 없다고
바라만 보는 것으로 축복이라고
정말?
어느 겨울 소녀는 기도했어
빛을 잠깐만 만져 봐도 될까요?
절대 무리라면,
이 유리구슬 안에 아주 조금만 담아서
내 오래된 상자에
소중히 간직하면 안 될까요?
이 겨울이
온통 쪽빛으로만 흐르지는 않게요
파랗게 얼어붙은 피아노 건반을
녹일 수 있는 그만큼만요
부탁이니까요
지금 사랑을 노래해야 하니까요

노래가 끝날 무렵엔 지엔과의 듀엣이 되어 있었다. 지난겨

울부터 매주 금요일 서른다섯 번이나 들었으니, 지엔도 노래에 익숙해졌던 것이다. 원래는 빠르고 경쾌한 템포의 곡이지만 지금은 느릿하게 가사를 곱씹으며 불렀다. 둘은 노래를 끝내고 나서도 잠시 서로를 가만히 응시했다. 같은 음악을 공유하는 순간의 벅참은, 그 공기는, 말로 다 설명할 수 없다.

"가사 하나도 안 틀리네."

"당연하지, 팬인걸."

"앙코르라고 하고 싶지만……."

알리스의 목소리에 소난과 지엔이 동시에 병실 문을 돌아보았다. 커다란 가방을 챙겨온 알리스가 문 앞에 서 있었고, 창밖에는 언제부터 보고 있었는지 의료진 몇 명이 엷은 미소를 띠고, 손바닥은 맞부딪치지 않는 공기 박수를 보내고 있었다. 함께 음악을 들어준 것이다. 물론 무표정하게 경고의 눈빛을 보내는 사람도 있었다.

알리스는 줄리안을 지켜줘서 고맙다는 말과 함께 시간이 제법 늦었으니 돌아가라며 둘에게 각각 택시비를 20파운드씩 쥐여 주었다. 그리고 나쁜 소식도 한 가지 전했다. 며칠 안에 패스파인더가 철거될 예정이라는 것이다. 파손이 심해 그대로 두면 붕괴의 위험이 있어 경찰 당국에서 현장 조사와 감식을 마무리하는 대로 철거를 진행할 예정이라고 했다. 멍하니 듣던 지엔이 어색하게 웃으며 중얼거렸다.

"전 해고네요."

"미안하다."

병원을 나선 소난은 태연한 얼굴로 지엔에게 손을 흔들어 주었다. 워털루역으로 가서 기차를 탈 거라고. 또 보자고. 이제 패스파인더도 사라질 마당에 불가능한 이야기를 알면서도 꺼내는 게 마음 상했지만 달리 무슨 말을 해야 할지 알 수 없었다. 아무것도 모르는 지엔이 멀뚱히 손을 흔들었다. 이게 지엔을 보는 마지막이 될까? 그렇게 생각하니 불과 10여 분 전 함께 노래를 읊조리던 지엔의 두 눈동자가 벌써 그리워졌다.

소난은 머리를 털며 마음을 다잡았다. 워털루가 아닌 패스파인더로 가야 했다. 당장. 몰래 들어가서라도 평행 세계 이동을 시도라도 해 봐야 했다. 소난은 빅토리아 시외버스 터미널 역 쪽으로 걸었다. 패스파인더가 있는 곳으로.

휴대폰 배터리는 14%가 남아 있었다. 어제 지엔의 아파트에서 휴대폰을 충전하는 걸 잊었다. 전원이 언제 끊길지 모른다.

소난은 시안에게 영상 통화를 걸었다. 아직 9시인지라 자고 있을 것 같지는 않았다. 그 예상은 틀리지 않아서 얼마 남지 않은 배터리 때문에 어두운 액정 안에 시안의 모습이 나타났다. 얼굴이 뚱했다. 왜 아직까지 오지 않는지 이유를 묻는 듯한 표정이었다.

"미안, 시안. 오늘 사건 사고가 좀 많았어."

소난은 본론을 이야기했다. 중요하지 않은 이야기로 배터리를 낭비할 수는 없었다. 많이 늦었지만, 소난은 시안에게만은 모든 걸 솔직히 털어 두었다. 더 늦기 전에, 그러니까, 결코 돌아갈 수 없는 처지에 놓이기 전에, 다시는 기회가 없다는 것을 깨닫기 전에.

'늦는 변명을 위해 만든 이야기로는 상상력이 과한데.'

시큰둥한 얼굴로 시안이 말했다. 패스파인더의 비밀을 밝힌 뒤 그간 평행 세계를 드나들며 공연을 해 왔는데 어제와 오늘, 이쪽 런던에서 테러를 겪어 돌아가기 어렵게 되었음을 모두 털어놓은 후의 반응이었다.

"진짜라고!"

손으로 휴대폰을 들고 있어 수어를 할 수 없었다. 어쩔 수 없이 목소리를 썼는데, 소리가 컸던 모양인지 행인 둘이 소난을 돌아보았다.

'네트워크 테러도 아니고 실제 폭탄 테러라니 그걸 믿으라는 거야? 그런 짓을 요즘 누가 해? 한 100년 전이면 모를까.'

들은 내용을 믿지 않는다면 보여 주는 수밖에. 마침 패스파인더가 앞에 나타났다. 연기에 그을려 제 빛깔을 잃은 간판은 밤의 어둠에 가려 거의 보이지 않았다. 부서진 입구와 터져 나간 창문이 가로등 불빛 아래 그 처참한 모습을 드러냈다. 벽돌 벽은 그을려 있었으며, 접근 금지 테이프로 만들어진 울타리 주변을 경찰들이 지키고 있었다. 소난은 휴대폰의 카메라를 돌려 그 모든 광경을 고스란히 시안에게 보냈다.

'젠장, 말도 안 돼!'

"이제 믿는 거야?"

'대체 어떻게 할 거야, 소난?'

"지금부터 몰래 들어가 보려고."

'다치면 어떡해. 빌어먹게 위험해 보이는데.'

"일단은 들키지 않는 게 목표라……. 여보세요? 여……."

배터리가 끝났다. 소난은 입술을 깨물며 으르렁거렸다. 하필이면 파괴된 패스파인더를 보여 준 것이 마지막이라, 시안이 크게 걱정할 것 같았다. 시안의 걱정을 종식시킬 방법은 가능한 한 빨리 원래 런던으로 돌아가는 것뿐이었다. 아, 행여나 시안이 부모님에게 쓸데없는 소리를 하면 안 되는데.

소난은 뒷문을 공략하기로 마음먹었다. 주방 쪽 뒷문이 아무래도 정문보단 경비가 느슨할 것 같았기 때문이다. 모퉁이를 돈 소난은 그 생각이 오산이었음을 바로 깨달았다. 뒷문 바로 앞에 경찰차 한 대가 세워져 있었고 경찰 두 사람이 문의 양쪽에서 경계를 서고 있었다. 게다가 그중 한 사람과 눈이 마주치고 말았다. 소난은 길을 잘못 든 행인 시늉을 하며 바로 돌아섰다.

"아……. 차라리 앞문이 나을까."

"안 돼."

"으왁!"

혼잣말에 대답이 들려오자 소난은 소스라치게 놀랐다. 주저앉지 않을 수 있던 이유는 메고 있는 소중한 기타에 먼지 묻힐 순 없다는 신념 하나다.

"나야! 지엔이야!"

지엔이었다. 진짜 지엔이 앞에 있었다. 어쩌면 다시 못 볼지 모른다고 생각했던 그 애가.

"뭐야? 너 왜 여기 있어?"

"그야 네가 워털루 쪽으로 안 가고…… 시간도 늦었고 걱정돼서."

"그건……."

"미안해!"

뭐라고 해야 할까, 머리를 굴릴 새도 없었다. 지엔이 다짜고짜 사과를 해 왔다.

"들었어, 네가 통화하는 거."

"…… 뭐?"

"네가…… 여기 사람이 아니라는 거."

말문이 막혔다.

"좀 믿긴 어렵지만 말이야."

"……."

"어쩐지. 항상 2층에 올라가는 건 봤어도 내려오는 건 한 번도 못 봐서 이상하다고 생각했어. 손님이 많아서 놓친 게 아니었네."

"거기 문제 있어요?"

경찰 한 명이 다가왔다. 아까 눈이 마주쳤던 경찰이다. 어둠에서 형광색으로 빛나는 제복은 낮과는 비교할 수 없을 정도로 강한 경고의 아우라를 발산했다.

"아, 아니에요! 우, 우리는……."

소난이 변명거리를 찾는 사이 경찰은 경계를 늦추지 않고 두 사람의 바로 앞까지 왔다. 가까이서 본 표정은 변함없이 냉정했다. 특히 지엔에게 더 그랬다. 불미스러운 실랑이라도 벌어지는 중이라고 생각한 모양이다. 소난은 얼른 지엔의 손을 잡았다. 지엔이 상당히 당황하는 게 느껴졌지만 어쩔 수 없었다.

"관광객인데 길을 잃었어요."

"이쪽은 접근 금지 구역이니까 다른 길로 돌아가세요."

"네, 정말 위험해 보이네요."

소난은 찌푸리며 고개를 흔들어 보였다.

"언제 주저앉을지 모를 건물이니까요."

"실례했습니다. 밤새 수고하세요!"

지엔이 어색한 미소로 경찰에게 인사하며 소난을 이끌고 골목을 나섰다. 자연스럽게 손은 풀어졌다.

"앞문도 좋은 생각은 아니야. 거긴 네 사람이 감시하고 있다고."

큰 도로로 접어들자마자 지엔이 설명한 그대로의 풍경이 펼쳐졌다.

"그래도 다른 방법이 없어. 적당히 틈을 보다가 들어갈래. 넌 돌아가."

"붙잡히기라도 하면 더 골치 아파져. 넌 여기 사람이 아니라며."

"그렇다고 아무것도 안 할 수는 없잖아."
"소난."
"그럼 어떡해! 난 돌아가야 하는데. 내 집으로 가는 역은 여기라고, 워털루가 아니라!"

밀려드는 막막함에 생각나는 대로 지엔에게 퍼붓고 말았지만, 소난도 알았다. 현재로서는 저곳에 들어가는 일은 불가능하다는 걸. 지켜보는 눈들이 너무 많았다. 아까 줄리안에게 노래하던 상냥한 마음은 다 어디로 가 버린걸까. 철거 소식을 들은 후로 노래가 모두 날아갔다. 스스로를 위로하기 위한 노래조차 떠오르지 않았다.

"방법이 있을 거야. 소난."
"……."
"같이 생각해 보면 있을 거야. 일단 우리 집으로 가자. 밤부터 비 쏟아진댔어."

한 박자 늦은 초대였다. 소난에게는 거절할 명분이 없었다.

지엔의 아파트에 도착하자마자 휴대폰부터 충전했다. 전원이 들어오자마자 시안에게 전화가 걸려왔다.

'걱정했잖아!'

평소보다 몸짓이 컸다. 시안의 양 손바닥이 머리를 가운데 두고 귀 옆에서 엇박자로 커다란 원을 뱅뱅 그렸다.

"미안."

소난은 돌아갈 수 없게 된 이유를 차근차근 설명했다. 어쩌면 내일도 모레도 돌아갈 수 없을지도 모른다. 이야기를 끝내고 나니 더 이상 빠질 맥이 없을 정도였다. 이쪽 세계에서 유일하게 자신의 비밀을 알고 있는 사람인 지엔의 소개도 건성으로 하고 말았다. 시안은 지엔을 위해 수어를 곧장 문자로 통역해 주는 텍스트 모드 옵션을 띄웠다. 시안의 얼굴 아래로 글자들이 떴다.

"와, 이런 기능이 있어?"

'거긴 없어?'

"있겠……지만. 모두가 쓰지는 않아."

'어려운 일도 아닌데. 이상하네.'

시안에게 이 세계는 많이 이상할 것이다. 무엇이 불가능한지 무엇이 무관심에 묻혀 있는지 알고 나면 그 이상함은 경악이나 기함에 이르겠지. 시안이 말했다.

'믿을 수 없어서 패스파인더에 전화해 봤어. 펍도 무사했고 줄리안도 괜찮더라. 사실 나랑 통화한 사람이 줄리안이야. 문제가 있다면 요즘에는 주말에도 매상이 예전 같지 않다는 것뿐이랬어. 사실 안 그래도 누나한테 슬슬 이야기하려고 했었대.'

"뭘?"

'패스파인더를 세놓을 생각을 하고 있다고.'

양쪽 런던은 그 안을 채운 사람들은 서로 달라도 공간만은 늘 일치했다. 이쪽의 패스파인더가 사라질 예정이니 저쪽도 균형을 맞추는 것 같았다.

'아무튼 그래서 누나 말을 믿기로 했어.'

"지금 그게 문제가 아니잖아."

시안이 믿어 주든 아니든 소난의 현 상황이 바뀌는 것은 아니다. 가만히 듣고 있던 지엔이 입을 열었다.

"잠시라도 경찰들의 주의를 흩트릴 수 있는 뭔가가 없을까."

그걸 알았더라면 지금쯤 패스파인더 안이었을 것이다. 테러 탓에 런던의 모든 이목이 이곳에 쏠려 있는데 그걸 어떻게 흩트릴 수 있을까. 또 다른 테러라도 일어난다면 모를까. 물론 그런 '주의 분산' 따위는 이쪽에서도 바라지 않는다. 다시 떠올리는 것조차 끔찍한 일이었으니.

그때 휴대폰 액정에 글자가 떴다.

`공연을 하면 어때?`

얘가 무슨 소리를 하는 거야. 좀 건설적인 대안을 달라고 대꾸하려는데 지엔이 끼어들었다.

"그거 괜찮은데."

"뭐?"

'아, 역시 누나는 내가 없으면 안 된다니까.'

"지금 런던 경찰은 거리 공연을 무조건 해산시켜야 하니까! 패스파인더 앞에서 공연하자."

지엔이 확신에 찬 목소리로 말했다.

"경찰들 일이 늘어나긴 해도 괜찮겠지. 테러도 아니라 음악인데."

그렇다고 해도 풀리지 않는 의문이 있었다. 그렇게 주의를 분산시킨 틈에 소난은 패스파인더로 들어가야 하는데, 공연은 누가 하지? 그 대답도 지엔에게 있었다.

"클로이는 항상 준비되어 있어. 게다가 내일은 일요일이고."

늦은 밤부터 내리기 시작한 비는 아침까지 이어졌다. 빗방울은 잔잔히 흩뿌려지며 안개처럼 퍼져나갔다. 신고하지 않은, 허가받지 않은 이번 버스킹 공연은 아침 11시 예정이었다. 지방에서 출발한 아침 버스들이 런던에 도착하는 시간이라 사람이 많았다. 그 사람들을 관객으로 흡수할 수 있을 것이다. 게다가 정오 교대를 앞두고 경찰들이 느슨해져 있을 시간이기도 했다. 그 외의 자세한 사항은 소난도 모른다. 소난은 패스파인더 안으로 들어갈 방법을 궁리하라며, 공연에 관한 계획은 지엔과 클로이, 둘만 이야기했다.

무섭고 긴장되면서도 두근거리기도 했다. 비 뿌리는 일요일 아침 빅토리아역 앞에서 버스킹이라니. 그런데 시작 10분 전이 되도록 클로이네 밴드는 얼굴을 보이지 않았다. 소난과 지엔은 역 앞 처마 아래 서서 대각선 길 건너의 패스파인더와 그 앞을 지키는 경찰들과 그 맞은편, 공연 자리로 점찍어 둔 거리의 빈자리를 차례로 바라만 볼 뿐이었다. 저기서 10분 후에 버스킹이 있을 거라는 건, 이 계획을 알고 있는 당사자가 봐도 완전히 거짓말 같았다. 패스포트는 네 명이라 악기와 장비를 세팅하는 데만도 아무리 빨라도 10분 이상은 걸릴 텐데. 그 걱정을 하는 사이 벌써 시간이 더 흘렀다.

"걱정하지 마. 클로이는 시간은 칼이니까."

"클로이도 알아?"

"뭘?"

"내가 다른 곳에서 온 거."

"아주 자세한 얘긴 안 했는데."

"그런데도 도와준대?"

"응."

"왜?"

"결국 우린 다 다른 곳에서 왔으니까?"

그때였다. 조금 요란한 엔진 소리가 이쪽으로 가까워졌다. 트럭이 한 대 나타나 패스파인더의 맞은편 도로에 섰다. 이사 서비스 업체 로고가 그려진 소형 컨테이너 트럭이었다.

"왔다."

지엔이 중얼거렸다. 소난은 휴대폰으로 시간을 확인했다. 11시 정각이었다.

소난이 다시 고개를 들었을 때 컨테이너 트럭의 측면이 열렸다. 그 위에는 클로이를 포함한 패스포트가 우뚝 서 있었다.

각자의 악기와 마이크를 가지고, 이미 준비된 무대에서 길 건너의 패스파인더를 내려다보고 있었다.

움직이는 무대다.

"클로이네 아빠가 이사업체 점장님이야."

예상 못 했던 풍경에 입을 벌린 채로 소난은 그 무대를 바라보았다. 경찰들도 마찬가지였다. 평범한 이사업체 트럭이 멈춰선 줄로만 알았는데 열린 컨테이너 안에는 이삿짐이 아니라 밴드가 들어 있었다. 당장 1초 뒤에 공연을 시작할 수 있는 태세로.

"세팅할 시간에 시비가 붙을 수도 있으니까. 시간 절약이래."

"그래도 이건 일이, 너무 커지지 않을까."

"그것도…… 방법이 없진 않을 거야. 클로이 언니는 변호사거든."

주변을 살피던 클로이가 역 입구에 있는 두 사람을 드디어 발견했다. 오늘도 환상적인 아이라인이다. 그 눈으로 클로이는 소난을 향해 윙크를 해 보였다. 주체할 수 없이 두근거리기 시작했다. 경찰들은 아직 패스파인더 건물 앞에 있었다. 클로이가 공연의 시동을 걸면 모든 건 소난의 운과 순발력에 달리게 된다.

지엔이 알리스에게 전화를 걸었다.

"여보세요, 알리스? 지금 줄리안이랑 있어요? 아뇨, 그냥. 여기 공연이 곧 시작하는데, 전화로라도 줄리안에게도 들려주고 싶어서요. 좋아하시던 곡이거든요."

지엔은 휴대폰을 쥔 손을 클로이가 있는 방향으로 뻗었다. 그게 신호탄이었다. 클로이가 마이크에 대고 말했다.

"줄리안을 위해서."

탁탁탁탁. 드럼 스틱 부딪히는 소리와 함께 소난도 익히 아는 전주가 시작됐다. 당연했다. 그건 소난의 곡이었다. 제목은 「스펠(Spell)」. 지엔이 소난에게 윙크했다. 그가 부탁한 모양이다. 줄리안이 두 번째로 좋아하는 곡이기도 했다.

*날지 못하는 창공과*
*닿지 못할 심해를*
*꿈으로 초대해*
*사랑에 빠뜨렸어*
*그리고 주문을 걸었지*
*가장 뜨거운 파랑이 되라고*
*더 더 깊어지라고*
*더 더 반짝이라고*
*너의 목소리가*
*꿈의 모퉁이에 부딪히지 않게*
*태어난 노래가*
*쏟아진 잉크처럼 번져 나가게*

음악은 역에서 빠져나오는 사람들의 등을 잡아당겼다. 적지 않은 수가 멈춰 선 채로 공연에 시선을 빼앗겼다. 무의식적으로 한두 걸음 앞으로 나온 경찰들이 당황스러워하며 트럭을, 아니, 무대를 올려다보았다.

클로이의 목소리로 듣는 제 곡이 이렇게 근사하다니. 소난도 음악에 몰입해 작전에 대해서는 잠시 까맣게 잊었다. 하지만 지엔은 아니었다. 그가 소난의 소매를 잡아끌었다. 이미 경찰들은 클로이를 향해 경고의 목소리를 내고 있었다. 해산하십시오. 불법 공연은 허용되지 않습니다. 그러나 아무도 들은 척조차 않았다. 무대 위의 패스포트도, 거리의 사람들도. 음악에 몸을 맡기고 이 순간을 즐기고 있을 뿐이었다. 심지어 경찰 중 몇몇도 발등을 들썩이며 리듬을 맞추고 있었다.

"가자."

늘 경찰 둘이 붙어 있던 펍의 입구가 어느새 텅 비었다. 트럭 아래에서 노래를 방해하는 잔소리를 확성기로 퍼붓느라 정신이 없었기 때문이다. 거리의 모두는 트럭을 바라보거나 노려보거나, 둘 중 하나였다. 패스파인더의 부서진 입구로 슬쩍 들어가는 두 사람은 관심 밖이었다.

"오, 이런."

재와 빗물에 엉긴 패스파인더의 안쪽은 처참했다. 카운터로 이어진 바 자리는 호된 지진을 맞닥뜨린 도로처럼 완전히 동강이 났고 인근의 테이블도 성한 것이 없었다. 무대가 있던 안쪽은 잿더미였다. 은빛 드럼도 시커멓게 그을린 모습이었다. 눈물이 나올 것 같았지만 울고 있을 시간은 없었다.

"탈의실이랬지?"

지엔이 2층으로 향하는 계단을 보며 물었다. 계단의 상태도 양호한 편은 아니었다. 건물의 역사만큼이나 오래된 목재 계단은 누가 한 입 베어 먹은 빵처럼 중간이 도려내진 상태였다. 계단 초입은 그나마 온전했지만 중간은 반쪽도 남지 않은 구간도 제법 있었다. 파손된 천장에서는 빗물이 뚝뚝 새는 중이었다. 소난도 지엔도 반쯤 물에 빠진 생쥐 꼴이 되었다. 내부는 어젯밤 경찰의 말대로 언제 주저앉아도 이상할 것 없는 상태였다. 그래도 돌아갈 수 없다. 언제까지고 저 바깥에서 클로이의 노래가 계속되지도 않을 것이다. 모래시계는 뒤집어졌다.

"가 보자."

소난이 앞장서서 한 칸 한 칸 조심스럽게 올라갔다.

"후……. 클로이라면 정말 난감했겠다."

뒤따라 올라오며 지엔이 중얼거렸다. 틀린 지적은 아니었지만 이 와중에도 클로이라니. 저쪽의 패스파인더에는 여기와 다르게 엘리베이터가 있다는 설명은 굳이 보태지 않았다. 덕분에 계단이 무너지지는 않을까 사로잡혀 있던 두려움이 조금은 희미해졌다.

겨우 올라온 2층은 1층에 비해 파손은 덜 했으나 재로 덮여 있긴 마찬가지였다. 소난은 닫혀 있던 탈의실의 문부터 열었다. 그때까지는 깨끗했던 탈의실이었는데 문이 열리자 바람을 타고 재가 실려 왔다. 바깥에서는 노래가 끝나가고 있었다. 아마 두 번째 곡으로는 이어지지 못할 것이다. 경찰들의 인내심이 영원하지는 않을 테니까.

소난은 로커와 벽의 틈에서 누구의 것인지도 모를 오래된 우비를 치웠다. 드러난 벽으로 빛이 반짝였다. 소난은 안도했다. 통로가 아직 남아 있었다.

"이런."

빛을 따라 덧그리자 경계가 선명해졌다. 뒤늦게 다가온 지엔이 좁은 문을 보고 경악했다. 이런, 미친, 젠장, 맙소사. 보고도 믿을 수 없을 것이다. 소난도 처음엔 그랬다. 그땐 마지막이 있을 거라곤 생각하지 않았지만. 이제는 처음처럼 모든 것이 아득했다. 되돌아온 듯했다, 모든 것이 불확실했던 그때로.

소난은 덧문을 열었다. 탈의실 너머로 탈의실이 보였다. 거울에 비친 것처럼. 겨우 한두 걸음이다, 같으면서도 너무나도 다른 이 세계의 거리는.

"갈게."

그렇게 말하면서도 소난은 어느새 맞잡은 지엔의 손을 놓을 수 없었다. 놓아지지 않았다.

떠날 때 알게 되는 것들이 있다. 이제 더 이상 그것이 거기에 있지 않을 때, 또는 그 사람이 거기에 있지 않을 때 더욱 선명하고 분명해지는 것들.

결국 눈물 한 방울이 비집고 나온다.

지난밤 원래 런던에 대해서 지엔에게 많은 이야기를 들려주었다. 그곳에는 있고 이곳에는 없는 것과 이곳엔 있고 그곳에서 없는 것을. 양쪽 모두에 발을 걸치고 있는 자신이 비겁하게 느껴질 때도 있다고. 반칙인 것도 안다고. 결론은 모든 세계는 완벽하지 않다는, 시시한 것이었지만 소난의 마음에는 소난만 아는 어떤 결론이 맺어졌다. 지난 36주간 보아 왔던 지엔에 대한 제 마음을. 방향이 틀렸던 착각이다.

하지만 고백은 할 수 없다. 돌아가야 하니까. 원래의 런던으로.

"있잖아. 네가 사는 런던은 훨씬 괜찮은 거지? 이 런던보다?"

소난은 대답을 망설였다. 괜찮다고 해야 할지. 완벽한 세계는 없다. 원래의 런던은 뮤지션 소난에겐 이곳보다 괜찮지 않은 곳이었으니까. 지엔이 다시 말했다.

"아냐. 질문이 틀렸다. 그러니까…… 여기도 더 나아질 여지가 있다는 거겠지? 그런 세상도 가능하단 걸 널 만난 걸로 증명받은 거니까."

아니라고 할 수는 없었다. 지엔은 이쪽의 아이다. 그리고 지금 그의 세계에서는 클로이가 첫 번째다.

원래 런던에서 개개인의 정체성은 어떤 차별의 이유도 되지 못한다. 움츠러들어야 할 것도 극복할 것도 아니다. 여기에 있음, 그 이상도 이하도 아니다. 험한 말을 들을까 봐, 폭력에 휘말릴까 봐, 2층에 올라가지 못할까 봐 혼자 고민할 원인이 되지는 않는다. 원래 런던에서도 그 당연함이 처음부터 지금 같은 형태는 아니었을 테지만, 소난과 시안이 사는 시간에서는 분명한 현실이다. 그 부분에 한해서는 틀림없다. 물론 음악에 대한 갈등은 혼자의 과제이지만.

소난의 침묵을 긍정으로 받아들인 지엔이 말했다.

"계속 노래해. 거기서도 결국은 생길 거야, 네 팬."

"그럴까."

"장담해. 너도 여기서 우릴 만난 걸로 증명받은 거니까."

다시 고일 뻔한 눈물을 삼키면서 소난은 주머니에서 휴대폰을 꺼냈다. 어제는 충분히 충전해 두어서 아직 배터리는 90%다. 소난은 그것을 지엔의 손에 쥐어 주었다.

바깥에서는 이제 노래가 들려오지 않았다.

"이거, 두고 갈게."

"어?"

"스피커, 아니 라디오라고 생각해. 가끔 신곡 보낼 테니까. 항상 충전해 둬."

"소난······."

"안녕."

이제 완전히 손을 놓았다. 있는 힘껏 미소를 지어 보였다.

"혹시 이쪽의 소난을 만나면 안부 전해 줘."

지금 할 수 있는 농담의 전부였다. 널 좋아한다고는 차마 말할 수 없다.

"저쪽의 지엔을 만나면 너도."

"물론이지."

"또 보자."

"응?"

"또 보자고. 어디에 또 통로가 있을지 모르잖아?"

기약 없는 약속에는 대답할 자신이 없었다. 소난은 간신히 고개를 끄덕이고 그대로 등을 돌려 직진했다. 가깝고도 먼 제 고향으로. 원래의 지루한 패스파인더로. 하나, 둘, 세 걸음. 저쪽이 가까워질수록 마치 백 미터 달리기라도 한 듯 숨이 차올랐다. 울고 싶지 않았다. 마음을 억누를수록 숨이 가빴다.

마지막으로 얼굴을 담고 싶어 돌아보았을 땐 딱딱한 벽이었다. 이쪽 문이 열리며 밀린 탓인지 앞에 잡동사니들이 너저분하게 무너져 내려 있었다.

정리를 마치고 탈의실 문을 열고 나왔다. 흠결 하나 없는 패스파인더다. 계단도 온전했다. 아래로 내려왔더니 줄리안이 몇 안 되는 손님을 상대하고 있었다. 일요일 점심 장사인데도 한가했다.

"소난?"

줄리안은 휴일인데 네가 왜 여기 있느냐는 듯 이름을 불렀다. 짧게 커트한 머리, 수염 없는 매끈한 얼굴. 바로 적응이 되진 않았지만, 소난은 그 얼굴을 보자마자 곧장 달려가 어깨를 끌어안았다. 다른 줄리안이지만 무사한 그를 보니 알 수 없는 감정이 북받쳤다.

"무슨 일이야? 너 온통 축축하고…… 더러운데?"

"비가 와서요."

"비?"

소난을 토닥거리면서도 줄리안을 창밖을 내다보았다. 이곳은 맑기만 했다. 이쪽의 줄리안은 그 사실을 일일이 따지기보단 그러려니 하는 쪽이었다. 장사꾼으로는 도움이 되지 않는 성정이지만.

"그럼 들른 김에 점심이나 먹고 가. 오늘은 공짜야."

"고마워요."

"반숙이지?"

"그럼요."

줄리안은 곧 영국식 아침 식사를 한 접시 크게 내주었다. *점심이 아니라 아침이잖아.* 그래도 따지지 않고 그러려니 했다. 포크와 나이프를 들었다. 아침부터 긴장하고 서두른 탓에 여태 빈속이었다. 고소한 냄새가 올라오자 복잡한 감정은 밀려나고 솔직한 배고픔이 소난을 감쌌다.

따끈한 반숙 달걀 프라이를 잘라 노른자에 푹 적셔 한 조각 입에 넣었다. 지금 이곳의 온기가 천천히 밀려들었다. 소난은 평행 런던의 패스파인더에서는 더 이상 존재하지 않는 바 자리에 앉아서 꼼꼼하게 접시를 비워 나갔다. 콩 한 알도, 소스 얼룩 한 점도 남기지 않았다.

나중이라는 시간이 저를 찾아왔을 때, 줄리안이 만들어 준 요리를 그리워하게 될 거란 걸 알았기 때문이다. 한 입 한 입의 온도를 전부 기억해 두었다. 저쪽에서 도란도란 들려오는 노인들의 대화 소리도, 컵을 닦을 때 유난히 찡그리는 줄리안의 눈가도, 금빛 맥주 타워에 맺힌 반사광도, 유난히 닳아 그림자가 새겨진 듯한 입구 쪽 마룻바닥도.

한 단어 한 단어 마음을 다해 적어가는 노래의 가사처럼.

[수신 메시지]
20XX년 8월 2일
소난, 나야, 지엔. 오늘 줄리안이 의식을 회복했어. 소식 듣자마자 너한테 메시지 보내는 거야. 펍은 네가 떠나고 이틀 뒤에 철거됐어. 줄리안은 당분간 재활에 전념할 거래. 네 노래도 도움이 될지 모르니까 가끔 보내 줘.

[수신 메시지]
20XX년 9월 17일
신곡 잘 들었어. 아직 공연할 곳이 안 생겼다니 그건 유감이다. 그 세계 취향은 도무지 이해할 수 없네. 다들 이상해.

[수신 메시지]
20XX년 9월 28일
와! 나 이쪽의 소난을 본 거 같아. 아무리 봐도 너였거든! 세인트 토머스 병원의 간호사였어. 이름은 못 물었지만 명찰에 성은 '리'였는데. 이럴 때 세상은 좁다고 해야 할까? 너는 어때? 그쪽의 지엔을 찾았어?

[수신 메시지]
20XX년 10월 12일
줄리안이 드디어 퇴원했어. 하지만 지난주부터 클로이가 독감으로 고생해서 학교에 못 나왔어. 너도 건강 조심해.

[수신 메시지]
20XX 11월 9일
미안, 요즘 시험 기간이라 충전을 깜빡해서 이제야 확인했어. 또 신곡 고마워. 나는 완전 좋은데!!! 클럽 오디션 본 곳에서 널 안 뽑을 수 없을 거야. 그 클럽은 이쪽 런던에서도 경쟁이 치열하다더라. 부디 네 실력을 알아봐야 할 텐데!!!!


[수신 메시지]
20XX년 12월 24일
메리 크리스마스, 소난.
지금 런던은 눈이 내려. 아, 물론 거기도 런던이겠지만.
나는 지금 클로이네 집에 놀러 왔어. 저녁을 먹고 이제 다 같이 보드 게임하려고. 아, 궁금하지 않을 수도 있지만 나 클로이에게 고백했어. 느려 터졌다고 원망을 조금 듣긴 했지만 그쯤이야.
그래서 돌아가는 계획은 일단 보류했어. 나의 지금은 런던이고 클로이니까 여기에 머물고 싶어.
어쨌든 좋은 크리스마스야, 소난. 다시 한번 메리 크리스마스.
- 라디오를 늘 충전해두고 신곡을 기다리는 팬으로부터.
PS. 아 이걸 까먹다니!!! 클럽 공연 따낸 거 진심으로 축하해. 최고의 크리스마스 선물이네.

면도

일주일에 한 번, 네가 누운 병실에 들를 때면 가장 먼저 하는 일은 면도다. 네 이름이 띄워진 병실의 문을 힘주어 밀고 들어가면 적막 속 삑삑, 높고 짧은 소리만이 공간을 울린다.
　병실 속의 유일한 소리.
　그리고 네가 살아 있다는 신호.
　가슴에 귀를 대보지 않아도, 손목을 감싸 집중하지 않아도 네가 아직은 생을 움켜쥐고 있다고 기계는 오늘도 큰 소리로 알려준다.
　일주일 만에 네 턱에 파릇한 그림자가 생겼다. 하루만 면도를 게을리해도 턱이며 인중이 보기 싫게 거칠어지는 나와는 달리, 네 수염이 자라는 속도는 느긋하다. 턱선에 퍼진 그림자는 균일하다. 수염마저도 사람의 성정을 닮는구나 생각했다. 이런 감상을 할 정도로 너를 잘 알지는 못하지만.
　기기의 도움을 빌려 드나드는 네 호흡이나 네 몸에서 무언가 자라나고 있음을 아는 것은 나에겐 일종의 안도다. 네가 결코 멈춰 있는 것이 아님을 깨닫는 안도.

날 면도기를 사용하는 면도는 나에게 익숙한 일은 아니었다. 내 얼굴이 아닌 타인의 얼굴을 다루는 일도 처음이었다. 아주 오래전에는 이발소 같은 곳에서 면도도 함께 해 주곤 했다지만 요즘 면도는 지극히 개인적인 일이니까, 당연했다. 아무리 달에 하루 만에 닿을 수 있을 정도로 세상이 빨라지고, 뇌의 기억을 데이터화해 클라우드에 업로드하는 첨단 기술을 가지게 되었다고 해도, 사람 손으로 해 내야 하는 사소하고도 귀찮은 일은 늘 있게 마련이다.

원래는 네게도 이러한 일을 해 주는 자원봉사자들이 있다. 주 1회 중환자 병동에 들러서 의식이 없는 환자들의 수염을 깔끔히 정리해 주곤 했는데 단체에서 보급받은 전기면도기를 사용했다.

그런데 어느 날 네 뺨에 생긴 작은 상처를 보고 말았다. 물론 정해진 시간 내 많은 환자를 돌봐야 하는 사람들의 입장은 이해하지만, 어쩐지 마음이 상했다. 잠든 네가 못 느꼈을 따끔함이 대신 내게 온 것 같았다.

그날로 내가 틈나는 대로 환자를 면도할 테니, 함시운 씨는 자원봉사자 대상에서 제외해 달라고 간호사 스테이션에 부탁했다. 집으로 돌아가는 길, 커다란 마트에 들러 이것저것을 샀다. 진열되어 있던 제품 중에 가장 평이 좋던 고가의 날 면도기, 그리고 셰이빙 폼. 새 수건도 몇 장 사서 미리 세탁해 두었다.

조금 우습지만 다음번 면회 전날에는 거의 잠을 설쳤다. 그

까짓 면도 때문에. 스무 해 가까이 매일 해 오는 일이었는데도 내 얼굴이 아니라, 네 얼굴에 손을 대야한다는 생각 탓에. 너무 긴장한 탓인지 그날 아침엔 늦잠을 자서 정작 내 얼굴에는 손도 못 대고 병원으로 향했다.

생명 유지 장치에서 메트로놈처럼 울리는 삑삑 소리를 들으며 온수에 듬뿍 적신 수건으로 먼저 네 얼굴을 닦는 것으로 면도를 시작했다. 처음엔 떨렸지만 그리 늦지 않게 손이 적응했다. 네가 세상 무엇보다 가만히 침묵을 지켜 주는 덕분이다. 나를 슬프게 만드는 그 사실이, 면도를 하는 데는 작은 도움을 주었다.

첫 작업은 상처를 내지 않겠다는 일념 하나에 그리 깔끔하게 면도를 해 주진 못했지만, 나의 손끝은 하루하루 조금씩 섬세함을 터득해 갔다. 그날 이후로 다섯 달에 걸쳐서 나의 면도 실력은 꽤 수준급이 되었다.

그러고 보니 벌써 다섯 달이 흘렀다.

네가 의식을 잃었다고 소식을 들은 날로부터.

이른 아침 형사 둘이 찾아왔다.

막 7시가 지난 시간이었다. 휴일 아침, 출근 시간에 눈을 뜨는 바람에 구겨진 인상으로 문을 열었다. 남자 하나, 여자 하나가 내 앞에 있었다. 말끔하고 어두운 옷차림.

— 민현기 님 맞으시죠?

그들은 나의 이름을 알고 있었다. 경찰이라고 했다.

고개를 끄덕이는 찰나에 여러 생각이 스쳐 갔다. 내가 나도 모르는 사이에 잘못을 저지른 걸까. 아니면, 어떤 불우한 일에 휘말린 걸까.

하지만 아무리 기억을 더듬어도 그런 일은 없었다. 지루한 내 인생은 범죄와는 거리가 멀었다. 하다못해 무단 횡단을 하거나 불법 다운로드도 한 적이 없었다. 세상이 마련해 준 규칙대로 살아가는 게 가장 편하다는 것이 내 평소 지론이었다.

나에게 그들이 다음으로 말한 이름은 너였다.

— 함시운 씨, 만 27세, 남성, 알고 계시죠?

뒤통수에 순간 묵직한 무게가 달린 기분이었다. 나는 다시 고개를 끄덕였다. 휴일 아침부터 경찰이 찾아와 아는 사람의 이름을 묻는다면 일반적으로는 조금씩이라도 불안에 사로잡힐 것이다. 그게 어떤 종류의 소식이든 간에.

눈만 깜빡이는 내게 형사 하나가 침착하게 말했다.

지금 네가 D 섹터 병원에 의식 불명인 채로 입원해 있으며, 네 휴대폰에 남아 있는 가장 최근 통화 기록이 나의 번호이고, 통화 내역 감정 결과 의식이 있을 때 마지막으로 만난 사람도 나라서 이곳에 찾아왔다고 했다. 나에게는 너의 신원을 확인해 줄 의무가 있다고 했다.

어리둥절한 채로 옷을 대충 꿰어 입고 그들이 가져온 차에 올랐다. 병원까지 가는 데 걸린, 15분도 채 안 되는 시간이 내겐 영원 같았다. 회사에 제출해야 할 건강 검진 기록이 필요할 때나, 감기나 충치 정도의 가벼운 치료가 필요할 때 종종 들락거리던 곳이었는데 그날만큼은 그리 낯설 수 없었다.

머리에 상처를 입고 중환자 병실에 몸을 누인 사람은 네가 맞았다.

— DNA 정보 값으로 일차적인 신원 확인은 했습니다만, 인권위원회 규정 및 절차상 증인의 날인이 필요합니다.

형사는 너의 가족이나 친족 정보를 확인할 수 없어 어쩔 수 없이 나에게 연락했다고 했다. 형사가 내민 손바닥만 한 화면에 여기에 누워 있는 이가 네가 맞다는 서명을 했다. 관계에는 직장 동료라고 적었다. 형사는 원한다면 그만 돌아가도 좋다고 했다. 하나둘 떠올랐던 질문을 시작했다.

— 함시운 씨는…… '인디'인가요?

형사는 그렇다고 했다.

'인디(Indie)'는 자발적으로 법적 보호자를 갖지 않는 성인을 말한다. 드문 일은 아니다. 아무리 가족이라도 행성 간 떨어져 사는 경우도 빈번한 시대에 법적 가족이나 혈연 관계 같은 구식 체계는 더 이상 큰 의미를 가지지 않는다. 중요한 것은 개인이었다. 개인에게 생길 수 있는 웬만한 대소사는 국가에서 책임을 졌다. 가족들이 모두 멀지 않은 곳에 지내고 사이도 나쁘지 않은 나는 굳이 인디가 되어야 할 필요는 못 느꼈지만.

네가 인디라는 사실은 조금 의외였다. 편견이겠지만 내가 아는 인디 몇몇은 꽤 차갑고 자기중심적인 느낌이었는데, 너는 모난 데 없이 둥글둥글한 편이었으니까.

형사는 너의 건강 상태에 관하여 더 궁금한 것이 있다면 의사를 만나 봐도 좋다고 했다. 내게도 그 정도 권리는 있다고 했다. 의사의 진료실은 병동에서 멀지 않은 곳에 있었다.

형식적인 인사를 건넨 뒤, 의사는 바로 본론을 말했다. 네가 언제 생체 의식을 회복할지 알 수 없다고. 다행히 뇌의 손상 범위는 크지 않지만, 회복까지는 한 달이 걸릴 수도, 1년이 걸릴 수도, 10년이 걸릴 수도 있다고 덤덤하게 전했다.

— 10년이요……?

나는 미간을 잔뜩 구기며 말했다. 의사는 여전히 변함없는 어조로 말을 덧붙였다.

— 복지 정책상, 마냥 기다릴 수는 없으니 미리 마음의 준비를 해 두시는 것도 좋을 겁니다.

복지 정책은 뭐고 기다릴 수 없겠다는 건 또 무슨 뜻인가.

— 함시운 씨가 만 1년 이내 생체 의식을 회복하지 못할 경우, 환자의 신체를 폐기하고 의식 정보를 공공 클라우드에 업로드하는 것이 현 방침입니다. 들어보신 적 있으실까요?

아무런 대꾸도 못 하는 내게 의사는 설명을 이어나갔다. 누군가 뇌사 상태에 빠졌다면, 그의 신체는 일정 기간만 보존된다. 인디의 경우 1년이다. 그 후 신체를 폐기하고, 소속 지역의 공공 클라우드에 의식을 데이터화시켜 업로드한다. 그렇게 업로드된 의식을 '섀도'라고 부른다. 섀도들은 사망한 그해의 평균 기대 수명까지 클라우드에 보존된다. 보통은 80년에서 100년 사이라고 했다. 그것이 '인디'를 부양하기 위한 국가의 22세기 첨단 복지 시스템이었다. 효율과 배려를 모두 고려한.

하지만 거기까지다. 그 클라우드 안에서 너의 의식은 고정된 상태다. 좀 더 쉽게 말하자면 섀도가 된 너는 태어난 후 스물일곱까지의 기억만을 가진 함시운으로 존재한다. 증강 현실로 볼 수 있는 겉모습은 그 연령에 맞게 변해간다고 하지만 속사람까지는 아니라고 했다. 이 현실을 살아간다면 스물일곱 이후에 어떤 사람이 될지 모르는 너는 그 계산 속에 존재하지 않는 것이다.

— 그래도 말씀드렸듯이 함시운 씨는 뇌 손상이 거의 없어서 손실되는 데이터가 거의 없을 겁니다.

— 그럼…… 손실되는 데이터가 무엇인지도 알 수 있나요?

의사는 곤란한 표정을 지으며 고개를 저었다. 나는 묻고 나서야 질문을 잘못했다는 걸 알았다.

내가 알고 싶은 것은 그저, 그 손실된 기억에 내가 포함될 가능성이 얼마나 있느냐였는데. 어쩐지 그렇게 직접적으로 묻기에는 내키지 않았던 것이다.

10분 남짓한 의사와의 대화는 차가웠다. 네 손바닥에 머물러 있는 희미한 온기만큼도 못 되었을 것이다. 내가 회사 동료이기에 그랬을까? 네가 '인디'가 아니라면, 내가 너의 가족이나 보호자였다면 그런 표정으로 네게 남은 시간을 그렇게 선고할 수 있었을까.

그렇다고 불만을 표할 수는 없었다. 너와 나는 그저 회사 동료에 불과했다. 그리고 나는 네가 완전히 멈춰 버렸다고 믿었으니까.

적어도 그날은.

— 오랜만에 비가 지나가서 그런가, 땅이 깨끗해졌어. 태풍이 오는 줄 알고 뉴스에서 며칠 난리 법석이었는데 경로가 바뀌었대. 새벽에 비껴갔다고 하더라.

면도기가 네 뺨에 길을 내는 미세한 소리를 들으며 오늘도 나는 너에게 말을 건다.

보호자도 아닌데 매주 찾아오는 내가 신경이 쓰였는지, 어느 날 의사는 네가 듣고 있을 가능성도 있고, 너를 깨우는 데 도움이 될 수도 있으니 되도록 부지런히 말을 걸어주면 좋다고 했다. 어쩌면 의사도 네가 그 22세기식 첨단 복지의 수혜자가 되지는 않기를 바라는 건지도 모르겠다는 생각이 들었다.

우리는 직장 동료니까, 너와 내가 공통으로 가지고 있는 기억은 거의 회사 일이니까 그 이야기를 가장 많이 했다. 우리는 유니버설 디자인을 다루는 작은 인테리어 회사에 다니고 있었다. 주로 거동이 어려운 노인층이 편하게 쓸 수 있는 실내 디자인 의뢰를 받았다. 도면상에 점과 선으로 작업하던 내용을 네 병실에 와서 길게 말로 풀었다. 전동 휠체어로 이동하는 고객의 눈높이에서 본 집 안의 풍경에 대해서, 시력이 약한 고객이 부엌과 화장실을 쓰는 방법에 대해서 오래오래 설명했다.

그렇다고 항상 업무 얘기만 하지는 않았다. 사무실 사람들에 대해서도 많이 종알거렸다. 차장이 영업부 박 과장에게 민원 관련 건으로 크게 면박 준 것도, 경리과 이 대리가 석 달 뒤 결혼 날짜를 잡은 것도, 디자인팀 한 주임네 딸아이가 축구 대회에서 우승했다고 과자를 돌린 일도. 네가 기억할 만한 얼굴들을 하나씩 불러 모아 그들이 어떻게 지내고 있는지 말했다.

이야깃거리가 떨어지면 날씨와 풍경 이야기였다. 맑은 날은 맑은 날에 대해서, 흐린 날은 흐린 날에 대해서. 비가 오면 비, 지진이 있을 땐 흔들림에 대해서. 지금 아무리 큰 지진이 온다 해도 너는 두려움도, 위험도, 아무것도 느낄 수 없겠지. 그런 사실을 깨달을 때마다 너는 정말 여기에 있는 걸까, 네 몸이 여기에 있다고 너도 여기에 있다고 할 수 있는 걸까 자문하게 된다.

내가 면도를 하다가 실수로 네 뺨에 상처를 내도, 너는 아, 하는 소리조차 낼 수도 없을 것이다. 그렇게 아, 하는 네 목소리를 한번 떠올려 보려고 했는데 잘 안됐다. '컨펌해 주세요, 민 대리님.'이라는 목소리는 망설임 없이 떠올릴 수 있지만. 나의 컨펌이 필요하지 않은, 네 크고 작은 감정의 결까지는 내가 모르는 탓일 것이다.

네가 의식을 잃기 전까지 우리가 그리 가까운 사이는 아니었음이 핑계라면 핑계다.

그래도…….

— 선배가 좋아요.

의식을 잃기 몇 시간 전 네가 나에게 말했던 목소리만은 분명히 기억하고 있다. 아마도 내가 너에게 들은 이야기 중 유일하게 사적인 내용이었기 때문일 것이다. 그리고 그 주제가 다름 아닌 나였다.

퇴근 후 건물을 나서는데 네게 전화가 걸려 왔다. 지금 사무실을 막 나왔는데 한잔 사 주실 수 있냐고 조금은 어려운 듯 물었다. 괜찮았다. 다른 약속도 없었고 다음 날은 휴일이었다. 회사 생활 고충이라도 들어줄 생각으로 승낙한 자리였다.

업무에 대한 이야기로 시작됐다. 설계를 하면서 느낀 재미도, 생각만큼 잘 풀리지 않는 실력에 관한 고민도, 의뢰인과 소통하며 느끼는 어려움도 이것저것 끊임없이 털어 놓았다. 평소엔 별로 말수가 없던 녀석이 술기운 탓인지 의외로 말을 꽤 하는 편이라 생각하며 듣고 또 들었다.

나는 너를 잘 모르지만 그럼에도 불구하고 너에 대해서 설명을 해야 한다면 이렇게 말할 것이다. 너는 신입 시절부터 손이 안 가는 편이라고 다들 입을 모아 말하는 모범 직원이었다. 가르쳐 주면 스펀지처럼 금방 배웠고, 실수도 거의 없었고, 없는 실수만큼이나 말도 거의 없었다. 심지어 회식을 해도 그 자리에 있는지 아닌지 모를 정도로 조용한 너였다. 존재감도 생긴 것만큼 하얗고 말간 녀석이었다. 사람들은 네 책상 곁을 지날 때 습관적으로 칭찬을 한마디씩 던지기도 했다. 싹싹하네, 잘하고 있어, 오늘도 열심이네. 그럴 땐 너는 어색하게 웃으며 작게 고개를 조아릴 뿐이었다.

그런 네가, 나를 지켜보고 있었다고, 내가 좋아져 버렸다고 고백했다.

테이블 위로, 맥주잔과 맥주잔 사이로 침묵이 앉았다.

네가 나를 눈여겨볼 만한 이유를 떠올려 보려 했지만 머릿속은 온통 하얗기만 했다. 너만큼 아니어도 나 역시 말이 많은 편은 아니었다. 친밀한 대화를 나눌 일도 없었고, 사수로서 일은 가르쳐 주었지만 살갑게 칭찬하는 성격은 아니었다. 둘이서 개인적인 자리를 가진 것도 그날이 유일했다.

어색했는지 네가 시선을 내리며 멋쩍게 웃었다. 하지만 곧 '컨펌해 주세요, 대리님.'과 비슷한 당당함으로 네가 말했다.

— 바로 대답 안 하셔도 돼요. 기다릴게요. 어떤 대답이든. 대답만 해 주시면 돼요.

네 얼굴은 조금 붉어져 있었지만, 눈빛만은 또렷했다. 어느 쪽의 대답이라도 모두 감수하겠다는 각오가 담긴 눈이었다. 아마 네가 가진 모든 용기를 끌어모았으리라.

— 응, 알았어. 생각할 시간은 줄 거지?

— 하하, 그럼요.

너는 한결 안심한 빛이었다. 그 표정을 보니 나에게도 안도가 찾아왔다.

한 잔으로는 아쉬웠다. 다음 잔을 주문해서 대화를 계속 이었다. 내가 모르는 너를 조금 더 알고 싶었고, 네가 모를 나를 조금 더 알려 주고 싶기도 했다. 사무실이라는 공간에 한정되지 않고 서로를 정찰하기 위한 시간이었다. 제법 이야기를 나누었지만, 술자리가 파할 때까지 우리 사이에는 어색함이 약간은 남아 있었다. 말하지 못한 이야기도 당연히 있었다. 네가 '인디'인 것도 몰랐다.

헤어질 때, 나는 택시를 잡았다. 너는 전철로 갈 거라고 했다. 택시에 오르기 전 너에게 조심히 가라고 손을 흔들어 주었다. 너도 어색하게 손을 흔들어 보이며 웃었다. 그게 네 웃는 얼굴의 마지막이었다. 그리고 내가 마주 보았던, 마지막 너였다.

경찰은 말해 주었다. 그날은 금요일 밤이라 전철역 플랫폼이 상당히 붐볐다고 한다. 어떤 짐 하나를 덜어 내고 너는 조금은 홀가분해진 마음으로 집으로 향할 전철을 기다렸을 것이다. 안내 전광판에 표시된 시각을 확인하며, 딱 막차를 탈 수 있다니 오늘은 뭔가 운이 좋다고 생각하면서. 그리고 어쩌면 고백에 대한 대답을 듣기까지 얼마나 기다려야 할까도 생각했을 것이다. 어쩌면, 괜히 섣불리 고백한 게 아닐까 후회했을지도 모른다.

그때 싸움이 벌어졌다. 근처의 취객 두 사람이 서로를 향해 언성을 높이다가 곧 한 덩이로 엉겼다. 주변 사람들이 모두 그들을 피하는 바람에 둥그렇게 원이 만들어졌다. 싸움은 격해졌다. 일부는 그 둘의 싸움을 말리기 위해 원 안으로 뛰어들었다. 그대로 두면 다른 사람들이 불편하지 않을까, 혹은 취객들이 어떤 사고라도 당하지 않을까 걱정했던 것이다. 너도 그 일부였다.

멱살을 부여잡고 서로 밀치기를 반복하다 몸이 뒤로 기울어진 취객 한 사람 대신, 그의 등 뒤에 있던 네가 선로로 추락하고 말았다. 네게는 비명을 지를 새도 없었다. 대신 소리를 질러 준 것은 주변 사람들이었다.

열차는 도착하려면 아직 5분이나 더 남은 상황이었다. 다시 플랫폼으로 올라오기엔 충분하고도 충분한 시간이었다. 손을 잡아 줄 다른 사람들도 많았다.

하지만 너는 일어나지 못했다. 철로에 부딪힌 머리는 다시 가누어지지 않았다. 진입 예정이던 열차는 어두운 통로에 임시로 멈추었다.

잠시 후 구급차가 도착했다.

너는 더 나에 대해서 생각할 수 없게 되었다.

— 기다릴게요. 어떤 대답이든, 대답만 해주시면 돼요.

기다리는 건 네가 아닌, 내가 되었다.

네게 남은 나의 기억이 얼마나 될지, 답을 알 수 없는 나만 여기에 덩그러니 남았다.

— 내일은 햇빛이 좋을 예정이라는데, 나들이 지수 90%래.

근데 월요일이잖아. 너도 알지? 월요일엔 조회도 하고, 오후엔 의뢰인 미팅 줄지어 있는 거.

애플리케이션으로 내일 날씨를 확인하면서 푸념을 늘어놓았다. 매번 포함되는 이야기 주제 중에 하나다. 월요일이 두려운 직장인. 그렇게 투덜거리고 난 후에 네 얼굴을 보면 너도 조금은 미간을 찡그린 듯 보이기도 한다. 기분 좋은 이야기를 하면 덩달아 엷은 미소를 짓는 것 같기도 하고.

끝없는 독백을 읊조리면서 잠든 네 얼굴에서 나는 깨어 있을 때는 몰랐던 수많은 너를 발견한다.

다만 요즘은, 클라우드 속 섀도가 된 너에게 말을 거는 나도 가끔 상상한다.

나는 데이터화된 망자를 만나기 위해 클라우드에 접속해 본 경험이 없다. 공식 사이트에 있는 정보에 의하면 섀도와의 '만남'은 접속자의 개인 정보 보호를 위해 전용 캡슐 내에서 이루어진다고 한다.

캡슐 내 마련된 좌석에 몸을 맞춰 앉으면 아이 스크린이 두 눈을 덮고 내부 스캐너가 접속자의 뇌 신경망을 천천히 장악하면서, 섀도와 접속자, 그러니까 너와 나의 기억의 교집합을 찾아 낸다고 한다. 서로가 서로에게 노출하지 않았던 정보는 데이터상에서도 모르는 것이다. 여러모로 정교한 기술이기는 했다. 심지어 작년에는 인지적 정보 교감과 시각적인 효과에만 머무르지 않고, 미세한 촉각까지 느낄 수 있는 버전으로 업그레이드되었다고 한다.

사용자들의 후기에서 그 안의 망자는 접속자의 행동에 생생히 반응하고 대화까지 나눌 수 있는 존재로 묘사되어 있다. 섀도는 정말로 살아있는 듯이 불규칙한 리듬으로 눈을 깜빡이고, 생전의 습관대로 움직이며, 접속자가 질문하는 내용을 다음 만남에도 온전히 기억하고 그 둘의 공유된 기억과 관계에 알맞게 대답을 한다고 한다.

그곳에서라면 적어도 지금처럼 나 혼자서만 떠드는 일은 없을 것이다. 내가 궁금했던 것들을 상당히 물어볼 수도 있을 것이다.

하지만 잘 모르겠다. 그곳에서 듣는 네 대답으로 내가 너를 온전히 이해할 수 있을지. 너를 진심으로 안다고 할 수 있을지. 네게 내가 '나 역시 네가 좋다'고 말한다면, 그곳의 너는 무엇을 느낄지. 그 1년 사이 네 마음은 변함없는 것인지. 그곳에서 너의 수염은 일주일마다 같은 명암을 드러내며 자랄지. 그곳의 네 기억 속에서는 지금 너를 면도해 주는 나의 손길도 들어 있는 것인지.

이제 와서야 할 수 있는 말인지 몰라도 처음부터 너를 오래 기다리게 할 생각은 아니었다. 네가 좋은 아이라는 것도 네 고백에 담긴 마음이 얼마나 둥글고 매끄러운지도 이미 잘 알았으니까. 네가 좋아하는 음식, 노래, 장소조차 몰랐지만, 그건 차차 알아가도 좋을 수수께끼였다.

아직 잘 모르는 너를 조금 더 알고 싶다는 마음은 내게도 대답할 준비가 되었다는 의미였을 것이다. 헤어질 때 손을 흔든 건 작별이 아닌 '또 봐'의 의미였을 것이다. 아마도 주말을 건너기 전에 말했을 것이다. 네 기다림이 이렇게나 길고 길어지기 전에. 봄을 보내고 여름을 지나서 가을을 향하기 전에.

— 오다가 정원에서 오래된 나무를 봤어. 내가 말했던가, 병원 후문 쪽에 정원이 있다고. 그중에서 가장 오래된 나무 아닐까 싶어. 그 나무 몸통 아래쪽에 이끼가 잔뜩 끼어 있었어. 초록이 아니라 연두색 이끼. 나는 이끼는 바위에나 흙 위에만 덮이는 건 줄 알았는데, 나무껍질 위에 자라는 건 처음 봤지 말이야. 근데 보자마자 네 수염 생각이 나더라고. 너도 알겠지만 매주 쉬지도 않고 잘 자라. 아, 그렇다고 나무한테서 이끼를 떼어 낼 필요는 없겠지. 면도가 필요한 건 사람뿐이니까.

실없는 말을 이어가며 또다시 파릇해진 네 얼굴을 이제 능숙한 손놀림으로 정리했다.

오늘의 이야깃거리는 풍경이다. 병원에 올 때마다 항상 지나는 길인데, 오늘따라 그 나무와 이끼가 눈에 띄었다. 그 앞에서 작은 사건이 있었기 때문이다.

병원 건물 입구에서 바깥으로 나오려던 어떤 꼬마와 부딪혔다. 그 애가 먹고 있던 요구르트가 내 옷에 쏟아졌다. 꼬마는 울기 시작했다. 먹던 걸 남김없이 엎기도 했고 커다란 어른에게 실례를 끼치기도 했으니 놀랐을 것이다. 아이는 환자복을 입고 있었고 열 살 남짓 되어 보였다. 소아 병동에 입원 중인 모양이었다. 곁에 어른은 보이지 않았다. 더러워진 옷은 옷이고 우선 아이 먼저 달래야 할 것 같았다.

괜찮다고 몇 번을 말해도 아이는 울음을 그칠 줄을 몰랐다. 아무래도 요구르트가 문제인 모양이어서, 병원 입구에 있는 매점에 뛰어가 똑같은 것으로 사서 건넸다. 그제야 아이가 눈물을 그쳤다.

말 없는 너를 오래 지켜보다 보니 굳이 말로 하지 않아도 다른 사람 속을 조금은 알게 된 게 아닐까. 우습지만 그런 생각도 들었다.

아이는 요구르트를 들고 입구에서 몇 걸음 떨어지지 않은 벤치로 쪼르르 달려가 앉았다. 아직 눈물이 다 마르지 않았는데도 몸짓만은 씩씩했다. 그러고는 요구르트를 열어서 안에 들어 있던 숟가락을 뚝딱 조립하더니 떠 먹기 시작했다. 여전히 보호자인 것 같은 사람은 찾을 수 없었다. 그냥 자리를 뜨기가 그래서 약간 간격을 두고 벤치 끝에 앉았다.

수건으로 일단 옷을 대강 닦았다. 그러나 요구르트가 워낙 끈끈해서 몇 번 문지르다가 결국 포기했다. 물로 빨아야 할 얼룩이었다. *어른 안 계셔? 간호사 선생님은?* 몇 번을 물었지만 아이는 대꾸 없이 요구르트만 먹을 뿐이었다. 내 목소리가 들리지 않거나 나와 별로 이야기하고 싶지 않은 모양이라고 생각했다.

아이가 요구르트를 다 먹을 때까지 기다렸다가 소아 병동에 데려다 줘야겠다고 생각하며 숨을 깊이 들이마셨다. 분주했던 마음을 비워 내자 새삼 늦가을의 냄새가 훅 끼쳐와 속을 채웠다. 공기는 건조했지만 볕은 은근히 따사로웠다.

그 앞에 그 나무가 있었다. 나무가 신은 이끼 신발이 연둣빛으로 반짝거리는 모습을 오늘 처음 보았다. 겨우 일주일 만에 자란 이끼는 아닐 텐데, 그 자리에서 오래도록 천천히 자라고 있었을 텐데. 늦은 가을의 냄새와 함께 이제야 비로소 눈에 담겼다.

어느 날 갑자기 눈에 들어온다는 것.

너에게 나도 그런 것이었을까. 궁금해졌다. 언제나 근처에 있지만 알아차리는 것과 모르고 지나가는 것을 굳이 구분해야 한다면, 나는 너에게 전자였던 것일까. 그렇다면 그 처음은 어떤 순간이었을까. 나를 너의 눈에 들어오게 했던 유난한 가을볕은 어떤 모습이었을까. 묻고 싶지만 대답을 들을 수는 없다. 그 대답을 들으려면 나는 얼마나 기다려야 할까.

너인 너에게 묻게 될까, 네 섀도에게 묻게 될까.

네겐 아직 생체 의식이 없었다. 신체를 유지할 수 있는 시간은 이제 약 두어 달이 남았다. 나는 매일 어제보다 오늘의 너를 조금 더 좋아하게 되었다. 아니, 너를 좋아하게 된 건지 너를 더 알고 싶어진 것인지 구분이 어렵다. 네가 깨어났으면 좋겠다는 마음과 섀도인 너와 이야기라도 나누고 싶다는 마음이 매일 서로를 간섭한다. 이제는 그 둘의 차이가 무엇인지도 잘 모르겠다.

길고 긴 기다림이다.

— 이끼가 예쁘다. 그치?

아이는 대답하지 않았지만 내가 바라보는 방향으로 시선을 주었다.

— 부츠 같다. 겨울 부츠. 나무도 이제 겨울이 온다는 걸 아나 봐.

네 덕분이다. 상대가 아무런 대꾸를 하지 않아도 태연하게 계속 이야기를 늘어 놓을 수 있는 힘을 갖게 된 것은.

— 엄마도 부츠 얘기를 했는데, 오늘.

그런데 아이가 입을 열었다. 하얀 요구르트 통은 깨끗이 비어 있었다.

— 발이 또 자랐으니 올겨울에는 신던 부츠가 안 맞을 거라고.

— 그래?

— 응. 그랬어.

— 그렇구나. 어린이들 발은 금방 금방 자라지. 맞아.

이제 아이 기분도 좀 나아진 것 같아서 자리를 정리하며 물었다.

— 엄마, 어디 계시는데? 데려다줄게.

— 못 해.

― 응?

― 못 해요, 아저씨는.

영문 모를 말이었다. 그때 간호사 한 명이 다급하게 이쪽으로 달려왔다. 아이의 이름을 부르면서. 재연인가, 재영인가. 멀리서 들려온 이름이라 분명하지 않았다.

아이는 간호사가 올 줄 이미 알았던 것처럼, 기다렸다는 듯이 얌전히 벤치에서 일어났다. 가까이 다가온 간호사는 아이와 나를 번갈아 보았다. 무슨 일이 일어났는지 알고 싶어 하는 것 같아 간단하게 설명해 주었다.

나는 면회객인데 요 앞 입구에서 아이와 부딪혔다고. 나 때문에 아이가 먹던 걸 쏟아서 새로운 걸 사 줬고, 보호자로 보이는 분이 나타날 때까지 기다리는 중이었는데 마침 오셔서 마음을 놓았다고. 이야기를 듣고 간호사는 안심했다는 표정이었다. 그러나 간호사가 나에게 간략하게 털어 놓은 아이의 전후 사정은 그 얼굴에 어울리는 것은 아니었다.

아이는 현재 심리 치료를 위해 장기 입원 중이라고 했다. 올봄, 비행기 사고로 보호자를 모두 잃었기 때문이었다. 내가 너를 놓친 시점과 비슷했지만, 업로드 시점이 그토록 빨랐던 것은 이미 신체가 많이 훼손된 상태였기 때문일 테다.

아이는 잘 지내는 듯하다가도 가끔 제멋대로 행동하곤 해서 이렇게 직원들이 병원을 헤매는 날이 있다고 한다.

― 오늘 엄마랑 얘기를 했다고 했는데요.

아까 아이가 했던 말이 생각나서 물었더니 간호사가 대답했다. 아이는 오늘 섀도인 엄마를 만나고 온 거라고.

아이는 정기적으로 클라우드에 있는 보호자를 만나 대화를 나눈다고 했다. 클라우드에서의 만남이 아이에게 많은 도움을 주고 있다고 했다. 실제로 심리 상태도 훨씬 건강해졌다. 충격으로 입을 꾹 닫고 있던 아이가 짧게나마 다시 말을 시작한 것도 클라우드에 접속하며 보호자와 교감했기 때문이라고 했다. 그 교감 덕에 필연적으로 생겨난 거리감을 자연스럽게 인정할 수 있게 되었다고. 클라우드와 섀도는 상실의 과정에서 발생하고야 마는 상처를 줄인다고도 했다. 나는 아까 전 '못 해요, 아저씨는.'이라고 의연히 말하던 아이의 얼굴을 떠올렸다.

— 업로드는 남아 있는 사람들을 위한 복지이기도 하니까요.

간호사의 그 말이 이해하기 어렵지 않았다.

— 있잖아. 나한테 달콤한 냄새 나지 않아? 아직 옷을 못 빨았거든.

나무 이끼 이야기와 함께 오늘 늦은 이유를 구구절절 고백하면서 네 얼굴에 남은 면도 크림을 닦았다. 그 손길의 결을 따라 살짝 당겨진 입가가 미소를 짓고 있다는 착각이 든다. 나도 어느새 덩달아 미소를 짓고 만다.

— 안녕하세요.

그때 들려온 낯선 목소리가 나의 착각을 깨웠다. 너의 얼굴도 무표정으로 돌아갔다. 트렌치코트를 입은 또래 여성이 문

앞에 서 있었다. 모르는 얼굴이었다.
— 누구……신지.
— 저는 함해원이라고 하는데요.
오히려 내가 누군지 궁금하다는 태도로 그가 대답했다. 얼굴은 조금도 닮지는 않았지만 함 씨는 드문 성씨였다. 인디가 되기 전의 네 혈육일 테다.
오늘은 예상치 못한 만남이 잦은 날이었다.

너의 친한 친구라고 내 자신을 소개했다. 그 정도 소개라면 너도 틀렸다고 하지는 않을 것 같았다.
— 저는 일단은…… 동생이라고 해야 할까요.
해원이 살짝 찡그린 얼굴로 대답했다. 그러더니, 내 생각을 읽기라도 한 듯 사무적으로 설명했다.
— 알아요, 안 닮았죠? 오빠는 열두 살 때 저희 집으로 입양됐어요.
네 혈연이자 보호자였던 아버지는 전과자라고 했다. 빚이 많았고, 원수도 많았다. 감옥에서 지내야 할 세월도 길었다. 그는 친권을 간단히 포기했다. 나라에서는 너에게 다른 보호자를 찾아 주었다.
그들이 당시 아홉 살이었던 해원의 보호자들이었다. 좋은 사람들이었다. 한 사람은 중학교 교사였고, 한 사람은 농부라고 했다. 큰 곡절 없는 평범하고 안정적인 가정이었다.

해원이 묘사하는 그들을 들으면서, 좋은 분들이 너를 맡아서 너도 좋은 사람으로 자란 거구나 생각할 무렵이었다.

— 물론 성인이 되기도 전에 말도 없이 집을 나가더니 결국 인디가 되었지만요.

— ······'물론'이요?

너에게 잘 어울리지 않는 이야기라 생각해 되물은 것이지만 해원이 당연하다는 얼굴로 대답했다.

— 오빠가 주변 사람들이랑 잘 지내는 성격은 아니잖아요. 되바라졌다고 해야 하나. 늘 제멋대로고.

— 그래······요?

회사에서 너는 말수가 적어서 문제라면 문제였지, 되바라진 사람하고는 거리가 멀었다. 영 모르겠다는 표정인 내게 해원은 너의 어릴 적 이야기를 들려주었다.

이야기라기보다는 사실, 험담이라고 해도 좋을 것이다.

입양된 지 얼마 안 되었을 때 네가 새 보호자들의 돈을 슬쩍했던 일, 학교에 지각과 결석을 밥 먹듯 하던 일, 새 가족들을 화나게 하려고 일부러 거짓말을 하거나 또래들에게 싸움을 건 일 등등.

시간이 어느 정도 흐르며 말썽은 줄었지만 공격성은 여전했다고 했다. 늘 무언가에 화가 나 있고 다른 사람의 말을 귓등으로도 듣지 않았다고. 이기적이라 친구 하나 없었다고. 보호자들은 늘 학교에 상담으로 불려갔다. 그러더니 너는 어느 날

집을 나갔다.

그런 사고뭉치인데도 그들은 너를 변함없이 기다려 주고 지지했다. 주인이 사라진 방을 그대로 내버려 두었고, 계좌에 용돈이 떨어지지 않게 했다. 네가 성인이 되자마자 '인디'가 되어 친권도 너의 행방도 완전히 잃어버릴 때까지. 변함없이. 네게 감사하다는 인사 한마디 듣지 못해도.

— 제가 아는 시운이랑은 조금 다른데요.

나는 '감사합니다.'라고 말하는 네 목소리를 아주 금방 떠올릴 수 있는데.

— 정말요?

— 네, 어린 시절 이야기는 전혀 몰라요.

— 이상하네요, 친한 친구라면서요.

병실까지 지킬 정도로 친하다면서 그 정도도 전혀 모르냐는, 약간 의심이 섞인 목소리였다. 변명의 여지는 없었다. 나는 너의 과거에 대해 전혀 아는 바가 없는 게 사실이었으니까. 게다가 직장 생활이란 일종의 롤플레잉이다. 모두가 성숙한 어른을 연기하는 곳. 자신의 가감없는 속내를 보이기에 적당한 곳은 아니다. 어쩌면 나는 네 현재조차 잘 모를지도 모른다. 그래서 네가 그렇게 궁금했나 보다. 네 과거도 현재도 모르는 내가 네 미래까지 놓칠까 봐서.

내 생각이 어떻든 그건 상관없다는 듯 해원이 다시 말했다.

— 사실 오늘 올까 말까 많이 고민했어요. 오빠가 우리한테

준 상처를 생각하면 다시 안 봐도 상관없다고, 아니, 안 보는 게 낫다고 생각도 했지만.

  너는 가출 후로 가족들에게 한 번도 먼저 연락하지 않았다고 했다. 가끔 해원이 메시지를 보내면 마지못해 답하는 것이 전부였다고 했다. 그런데 그마저도 오랫동안 답이 없자 이상하다 싶은 예감이 들어 너에게 연락을 해 보았다고 했다. 그의 예감은 맞았다. 수신자는 네가 아니라 섹터의 복지과였다. 복지과에서는 네가 현재 생체 의식이 없는 상태임을 안내했다.

  — 그래도 오빠가 새도가 되기 전에 한 번은 봐야 하지 않을까 해서 왔어요.

  해원이 제 마음 저도 모르겠다는 투로 중얼거렸다. 내가 조금은 짓궂게 물었다.

  — 별로 좋은 오빠는 아니었는데도요?

  — 어라, 무슨 말씀이세요. 별로인 정도가 아니라 최악이었다고요. 저기요, 초면에 실례지만 친구분은 형제 자매 있으세요?

  해원이 꽤 전투적으로 물어 왔다. 조금 당황스러웠지만 나는 곧이곧대로 대답했다.

  — 네…… 형이 하나, 동생이 하나.

  — 저도요, 누군가 질문하면 그렇게 평범하게 대답하고 싶었어요. 나한테도 오빠 하나가 있다고. 사고도 치고 가끔 싸우기도 하고 짜증 나게 할 때도 있지만 그래도 오빠가 있다고요.

  — 맞잖아요. 아무리 인디라고 해도…… 그건 행정적인 문제

일 뿐이고.

— 그렇죠. 인디이든 아니든 그건 상관없어요.

— ……그런데요?

— 날 가족으로 생각하지 않는 사람을, 내가 가족이라고 우긴들 무슨 소용이 있겠어요.

너는 언제나 해원에게 타인이었다고 했다. 몇 년 함께 살았음에도 그 속을 알 수 없었고, 아마도 죽을 때까지 영영 알 수 없었을 그런 사람이라고. 오랜만에 만난 네가 미동 없이 잠들어 있는, 가만한 식물인 게 이상할 따름이라고. 찡그리고 투덜거리던 시선과 말은 오간 데 없이 사라진 게 어색하다고.

— 차라리 클라우드에서 새도로 만나면 이것저것 속 편하게 물어볼 수 있지 않을까 싶어요.

클라우드에서 너를 만나는 일을 상상해 본 사람이 나 하나는 아니었던 모양이다. 우리 둘 사이 머물렀던 침묵을 잠시 후 해원이 거뒀다.

— 그럼 오빠를 조금은 용서할 수도 있을 것 같고요.

작은 목소리였다. 이내 침묵이 다시 앉았다. 이번에 그것을 거둔 사람은 나였다.

— 혹시 시운이가 어떤 일 했는지는 알고 계세요?

조심스럽게 운을 뗐다. 너의 이야기를 공유할 수 있는 사람이 나타났다는 사실에 사실 조금 들떴던 것 같다. 어쩌면 그가 모르는 네 이야기를 내가 해 줄 수도 있다는, 자만심 비슷한 것이었는지도 모르겠다.

— 대충은요. 실내 설계 같은 거 했다고는 들었어요. 직업 학교에서 배웠다고요.

— 맞아요.

— 혼자서 뭘 그리는 걸 좋아하긴 했었어요.

그랬구나.

네가 골몰하며 모니터 속 도면을 촘촘히 채우던 모습을 떠올렸다. 불러도 못 알아듣고 작업에만 몰입하던 눈빛도.

— 다들 시운이를 좋아했어요. 여러 인턴을 썼는데 시운이만 한 녀석이 없었거든요. 실무에서도 도움이 제일 많이 됐고요.

— 정말요?

해원은 안 믿는다는 얼굴이었다. 그래도 굴하지 않았다. 나에겐 그런 네가 진실이었으니까.

— 네, 의뢰인들이 시운이랑 상담하면 편안해했어요. 시운이가 말을 잘한다거나 영업에 소질이 있는 건 아니었지만, 그런데도 몇 번은 계약까지 따내기도 했어요. 괜찮은 사람이라고 알아본 거겠죠. 의뢰인들이요.

— 이쯤 되면 저희가 아는 사람이 같은 사람인지 좀 헷갈리는데요. 정말로 맞아요? 이 사람?

해원이 잠든 너를 가리키며 물었다. 나는 웃고 말았다. 네게도 직접 하지 않았던 네 칭찬을 오늘 난생처음 보는 사람에게 늘어놓고 있었다. 그래도 부끄럽지 않았다.

— 저희 의뢰인 중에는 의사소통이 쉽지 않은 분들도 계신데 시운이랑 상담하면 큰 문제가 안 됐어요. 어쨌든 시운이는 정말 인내심 있게 잘 들어요. 한마디 한마디 놓치지 않고요. 얼마나 알아듣기 어렵든, 얼마나 오래 걸리든지요. 가끔은 신기하다고 생각했었어요.

그 말을 하자 기억이 났다. 네가 무심코 했던 이야기 하나가.

'저를 오랫동안 가만히 기다려 준 분들이 계셨는데, 그분들께 배운 기술이에요.'

이제야 그분들이 누구인지 알았다.

되바라진 너와 둥글고 매끄러운 너 사이의 고리가 한 겹 채워졌다.

— 일어날 수 있을까요?

너를 물끄러미 내려다보던 해원이 물었다. 그러고는 이내 스스로 대답했다.

— 사실 저한테는 상관없을지도 몰라요. 어차피 우리 가족에게 오빠는 이대로나 새도나 차이가 없으니까요. 우린 오빠에게 지나간 존재들이에요. 이렇게 다른 사람에게 듣지 않는 이상 우리가 오빠의 모습을 알 방법도 없어요. 그런데도…….

해원이 말을 삼키며 주삿바늘이 꽂힌 네 손을 조심스럽게 그러쥐었다. 내가 잘 알고 있는 익숙한 그 온기를.

— 보고 싶다고 생각한 건 이상하지만요.

해원은 갈 생각인지 침대 발치에 걸어 두었던 제 코트를 집어 들었다가, 쿵쿵거리며 물었다.

— 저, 근데 죄송하지만 아까부터 어디서 달달한 냄새나지 않아요?

그가 냄새의 진원지를 찾으려는 듯 두리번거렸다.

— 아, 죄송합니다. 오늘 사고가 좀 있었어요.

나는 요구르트 얼룩이 남은 셔츠를 괜스레 손바닥으로 문질렀다. 덕분에 손바닥이 다시 끈끈해지고 말았다. 셔츠자락의 희멀건 얼룩을 보더니 해원이 픽 웃었다.

— 보기랑은 다르시네요.

— 네?

— 꼼꼼해 보이시는데, 뭐 아닐 수도 있죠.

— 아니, 그게…….

— 감사했습니다, 오늘. 오빠 대신 절 만나 주셔서요.

대답할 새를 놓치고 말았다. 잠시 억울하긴 했지만 말 그대로 잠시였다. 요구르트 쏟는 어른이라고 오해받는 일이 무슨 대수일까. 해원에게 무언가 꼭 더 말해야 한다면, 나는 요구르트를 쏟지 않는 어른이라는 해명보다는 내가 너를 많이 아끼고 좋아한다는 고백일 것이다.

해원은 지금의 네가 마지막인 듯 너를 오래 바라보다가는 코트를 얼른 꿰입었다. 그러고는 바깥으로 돌아보지 않고 떠났다.

그는 떠났지만 이제껏 모르던 공기가 병실에 남아 있었다.

그 공기가 알려 주었다. 둥글고 매끄러운 너만이 아닌 거칠고 되바라진 너도 있다고.

 더 알고 싶었다. 너와 나의 기억의 교집합에는 없는, 클라우드에서는 내가 결코 알 수 없을 예측 불허의 너를. 때로 싸우고 고집부리고 화도 내면서, 내가 찾아내 알고 싶었다. 정직한 시간을 들여 알아가고 싶었다.


 복도를 지나던 의사가 앞으로 열흘이 남았다고 친절히도 알려 주었다. 굳이 확인시켜 주지 않아도 잊은 적 없는 날짜다.
 실은 어제 꿈에서도 네가 나에게 알려 주었다. 이제 열흘 남았다고 말하는 너는 어쩐지 벌써 새도였다. 우리는 분리되어 있었다. 너는 속이 그대로 비쳐 보이는 투명한 캡슐 속에, 나는 그 바깥에. 나는 너에게 말을 걸 수도, 너를 만질 수도 없었다. 나는 어디서 났는지 모를 작은 나이프를 들고 캡슐을 열어 보려고 애썼다. 너를 거기서 꺼내야겠다고 마음먹었던 것 같다. 어디선가 안내 방송이 들려왔다. '절차를 따르세요.' 나는 그 말을 듣지 않았다. 조바심이 났던 것 같다.
 결과는 기억나지 않는다. 눈을 열었을 때는 여느 때와 같은 일요일 아침이었다.
 습관처럼 면도에 필요한 준비물을 챙겨 병원으로 향했다. 병원에 도착할 즈음에는 꿈의 감각이 옅어졌다. 나는 담담해져 있었다. 네 수염이 매주 변함없이 같은 속도와 길이로 자라나고 내가 매주 그것을 정리하던 1년간 어떤 항상성이 내 의식

깊이 자리 잡은 탓인지도 모르겠다.

생각이 많아서인지 면도는 다른 날보다 조금 늦게 끝내고서 병실의 블라인드를 열었다. 겨울 오후 볕이 길게 뻗어 네가 누운 자리까지 닿았다. 너의 어깨부터 귓가까지 수직으로 가로지르는 기다란 길이 생겼다. 이 볕이 너를 간지럽혀 깨울 수 있으면 좋겠다고 생각한다. 웃으며 눈을 뜨는 너를 생각했다. 그런 흐트러진 모습은 한 번도 본 적 없으면서. 내가 알고 있는 네 웃음은 머쓱해하며 짓는 것이 전부다.

모른다. 내가 보지 않는 곳에서 네가 한 번쯤 시원하게 웃었을지도. 내 희미한 기억 속에 그 순간이 웅크리고 있는지도 모른다는 생각에 기억을 샅샅이 뒤져 보기도 한다. 남들에겐 그저 멍청히 허공을 응시하는 걸로만 보이겠지만, 나는 치열하다.

같은 사무실에서 서로의 곁을 스쳤던, 무수한 순간을 되짚으려 애쓰는 일이 언제부턴가 나의 일상이 되었다. 모르고 지나쳤던 너의 웃음을, 손짓을, 아쉬움을 더 자세히 탐색해 보고 싶을 땐 눈을 감는다. 이 차가운 겨울 속에서도 연둣빛 이끼 같은 그 순간을 떠올리려고.

잠시 기억을 헤매던 사이, 볕이 네 오른편으로 반 뼘 이동했다. 이제는 빛이 눈꺼풀에 머물렀다. 올해의 모든 계절, 이렇게만 해를 만났던 너는 눈부심을 모른다. 만약 오늘 네가 다시 눈을 연다면 네가 가장 처음 하는 말은 무엇일까.

'선배?' 그런 틀에 박힌 대사는 기대하지 않는다. '안녕하세요.' 그런 어색한 인사도.

그저 캄캄한 밤중에 너 혼자 깨는 일은 없었으면 한다. 이렇게 화창한 볕 속에서 돌아왔으면.

꿈을 저만치 밀어내는 세상 모든 평범한 아침처럼.

매끄러워진 너의 뺨과 턱을 가볍게 쓿어 보았다. 멈출 줄 모르고 자라는 네 이끼는 다음 주에도 또 여기에 파릇이 돋아날 것이다.

나도, 이 자리에 있을 것이다.

# 오프 더 레코드

이 글은 당신만 읽게 될 것입니다. 일종의 고해 성사라고 생각해 주세요.

이 네모난 종이를 고해소 삼아 나의 이야기를 털어놓을 테니, 당신께선 묵묵히 읽으시고, 어디 가서 이 이야기를 전하지는 않는 것입니다. 사실 이건 제 이야기가 아니라 저도 들은 이야기거든요.

그 사람은 오프 더 레코드라고 표현했어요. 기록에 남기지 않는 비공식. 그보다 자신을 잘 표현하는 단어는 없다면서요. 엄밀하게는 남기지 않는 것이 아니라 남겨질 수 '없는' 운명이라고 했지만 말입니다.

간단히 말하자면, 그것이 그가 원했던 삶은 아니라는 뜻이죠. 지워지고, 또 지워지는 삶은.

이름 없는 삶은.

"간단해요. 메신저 채널에서 플랜B 검색하시고 친구 추가 부탁 드려요. 그럼 원 플러스 원 쿠폰 받아 보실 수 있어요."

바 플랜B는 오픈 10주년 기념 이벤트를 진행 중이었습니다. 맞습니다, 나는 바텐더예요.

내 가게는 아니고, 10여 년의 런던 생활을 접고 귀국하자마자 서둘러 얻은 직장입니다. 그때 나에겐 단 하나의 욕망만이 오롯했거든요.

*잡념이 내려앉을 새 없이 바쁘게 일하고 싶다.*

런던에서 6년을 함께 지낸 연인, 이즈미를 사고로 떠나보낸 후, 나의 시간은 지나치게 길어지고 말았습니다. 무얼 해도 시간은 더디게만 흐르고 잠도 오지 않았습니다. 마치 하루가 72시간은 되는 것 같았죠.

이즈미를 떠올리지 않기 위해 부단히 노력했지만, 좋은 기억들이 나를 내버려 두지 않았습니다. 이즈미를 알고, 사랑했던 런던에서는 도무지 그를 잊기 힘들 것 같았습니다. 그래서 이즈미의 유해를 일본 가족들에게 돌려보낸 후, 비자 연장을 포기하고 한국으로 왔습니다. 이즈미가 없는 시공간이 아주 당연한 이곳으로요. 그래야 시간을 원래의 흐름으로 되돌려 놓을 수 있을 것 같았습니다.

급작스레 잡힌 면접에서 말했습니다. 바쁘게 일하고 싶을 뿐이라고요. 아무 생각도 나지 않도록.

마침 전임자가 예고도 없이 그만둬 버린 터라 일손이 급했던 사장은 반신반의하며 나를 채용했습니다. 외국인 손님도 꽤 드나드는 가게니 해외에서 일한 경력도 무시할 수는 없었겠지만, 당장 오늘부터라도 괜찮고, 가급적 많이 일하고 싶다는 말이 가장 먼저 사장의 귀에 들어갔을 것입니다. 급여 흥정도 하지 않았고요.

당신은 좀 불온하다고 느낄지도 모르겠습니다.

형식적이나마 칵테일에 대한 애정이라고 부를 만한 것 하나 보여주지 않은 내 태도와, 사람부터 채우겠다는 사장의 의지가 만든 이 채용이요. 최선이 아닌 차선, 그러니까 플랜B라는 옥호와 더없이 어울리는 상황들이요.

그래도 며칠도 지나지 않아 사장은 내게 만족했습니다. 주3회만 근무하면서도 근무표를 까탈스럽게 짜는 다른 직원과 달리, 토 하나 달지 않고 일하라고 하는 날 일하고, 쉬라고 하는 날에 쉬는 나 같은 직원을 찾기란 그리 쉽지 않을 테니까요. 게다가 손님들에게 평판도 나쁘지 않았습니다. 주류를 판매하는 곳 특성상 경찰을 부를 일도 간혹 생기기 마련인데 얼마나 대단한 운이 도와주었는지 내가 근무하는 시간에는 한 번도 불미스러운 일이 없었습니다.

바쁘게 주문받은 칵테일을 만들고 손님들이 내어 놓는 이야기를 들으며, 나에겐 과분하게 주어진 시간을 소진하고 소진했습니다. 그게 플랜B에서의 제 삶이었어요.

10주년 이벤트 이야기로 다시 돌아오죠.

주말이나 많이 바쁜 날에는 손님들에게 메신저 채널을 추가해 달라는 부탁은 하지 않습니다. 가게 곳곳에 홍보물을 부착

해 두어서 자발적으로 등록하는 손님도 어느 정도 있었고, 사장도 직원들에게 영업을 강요하는 성품은 아니었으니까요.

게다가 플랜B를 찾는 손님은 대체로 같은 빌딩에서 일하거나 거주하는 이들로 단골이 많습니다. 굳이 쿠폰으로 유혹하지 않아도 꾸준히 찾아올 사람들이라는 뜻이죠.

그러나 그날은 목요일 평일이었습니다. 게다가 다른 목요일들에 비해서도 유난히 손님이 적은 날이었어요. 덕분에 손님 한 분 한 분에게 기울일 수 있는 관심이 넉넉했고, 말소리보다는 음악이 더 큰 부피로 매장을 차지하고 있었습니다. 거기에 지난해 딱 한 차례 방문했던 손님을 기억해 낸 눈썰미도 영업을 부추기는 데 한몫 거들었고요.

"작년에도 이맘때쯤 찾아주셨죠?"

드라이 마티니를 앞에 내려 놓으며 묻자 손님은 놀란 표정을 지었습니다. 말로 하지는 않았지만 그걸 어떻게 기억하느냐고 얼굴에 쓰여 있었죠.

앞서 말했지만, 플랜B의 손님 대부분은 단골인 탓에 오히려 그렇지 않은 손님이 더 눈에 띄는 경향이 있습니다. 게다가 이 손님의 경우 주문이 약간 독특했거든요.

올리브를 칵테일 픽에 꽂아 마티니에 넣지 말고 다른 그릇에 따로 담아 줄 것. 올리브는 두 개.

그 요청을 건네는 손님의 목에 감긴 스카프도 하필 올리브색이었다면, 게다가 이번에도 그 중년의 우아한 부인이 같은 스카프로 멋을 내고 왔다면, 기억해 내지 못하는 편이 더 힘들지 않을까요?

"기억력이 좋으시네요."

"제 유일한 장점입니다."

"아닐 것 같은데요."

마티니를 한 모금 머금은 손님은 기분 좋은 칭찬으로 화답했습니다.

목요일 밤 9시 54분, 플랜B에는 테이블석에 남녀 손님 한 팀, 바석의 마티니 손님 한 분뿐이었습니다. 1년 전 분명히 일행이 있었으니 지금 손님은 일행을 기다리는 중일지도 모릅니다. 그래서 자연스럽게 채널 추가 이야기를 꺼냈습니다.

오늘은 원 플러스 원으로 한 잔을 무료로 받고, 매월 전송될 이달의 칵테일 알림을 확인하고서 더 자주 플랜B를 떠올리고 찾아 준다면 모두에게 좋은 일이 될 겁니다.

그런데 손님은 일축했습니다.

"괜찮아요, 전 휴대폰을 쓰지 않아서."

나는 약간 당황했습니다. 채널 추가 제안을 시작한 이래 처음 듣는 대답이었거든요. 아니, 솔직히 휴대폰을 쓰지 않는다는 말을 처음 들었습니다.

"……그럼 나중에 일행분께서 오시면."

작년, 손님의 일행은 젊은 여성이었습니다. 나이 차이는 스무 살 정도였을까요. 딸뻘이지만 가족처럼 보이지는 않았습니다. 사제 관계나 친척 정도 아닐까 생각했어요.

"그것도 어려울 것 같군요. 오늘은 저 혼자라."

수습하려고 꺼낸 말이 오히려 더 수습을 힘들게 만들었습니다. 눈치 빠르고 입담 좋다는 칭찬을 자주 듣는 편이고, 이런 실수는 여간해서 하지 않는데도요.

하긴, 일행이 있었다면 비어 있는 테이블이 많은데 굳이 바석에 앉지 않았겠지요. 게다가 손님은 무척이나 쓸쓸한 표정으로 마티니 잔의 수면을 내려다보고 있었습니다.

영업은커녕 기분만 언짢게 한 건 아닌지 불편해진 나는 마지막 비장의 카드를 꺼냈습니다. 사장도 하루에 한 번은 써도 좋다고 한 카드인데 좀처럼 사용할 일이 없었죠. 오랜만이었습니다.

"그럼 그 마티니는 서비스입니다."

손님이 고개를 들었습니다.

"제 원 플러스 원으로요."

나는 능숙한 손놀림으로 온더록스 잔에 아이스 볼을 넣은 후 손가락 한 마디만큼의 진을 따랐습니다. 손님은 잠시 머뭇거리는 듯했지만 나의 호의를 애써 사양하지는 않았습니다. 어색함은 기품 넘치는 연륜 뒤로 금세 밀어내고 손님은 잔을 가벼이 부딪쳐 왔습니다.

맑은 소리를 낸 잔을 입술에 대고, 한순간 혀끝을 전율시키는 진을 천천히 목 뒤로 넘겼습니다.

이제 손님의 눈가에 쓸쓸함은 보이지 않았습니다. 짙은 붉은색으로 칠한 입술이 호박색 불빛 아래에서 은은한 미소를 띠고 있었죠. 손님이 물었습니다.

"그걸 마시고도 괜찮으세요?"

"물론이죠. 술을 열다섯 살부터 배웠거든요. 아버지가 양조장을 하셨어요. 조금은 삐딱한 방향으로 가업을 물려받은 셈이지만요."

손님은 호기심 어린 눈으로 내 말에 귀를 맡겼습니다. 조주 기능사 자격을 딴 날, 아버지가 나를 보던 눈빛은 손님의 것과는 반대였던 기억이 납니다.

"정확하게 말하자면 술을 배우기보다 안 취하는 법을 배운 것 같아요. 술에 잡아먹히지 않는 법을요."

"무뎌지는 걸까요."

손님은 다른 표현을 가져와 덧붙였습니다. 그렇게 말할 수도 있을 것 같다고 나는 긍정했습니다.

"아버지는 일종의 면역이라고 하셨어요. 의학적으론 전혀 틀린 말이겠지만요."

"음, 하지만 알 것 같기도 해요."

손님은 내가 던진 말을 창틀 삼아, 그 너머의 어딘가를 보고 있는 표정이었습니다. 대화는 이미 궤도에 올라 있었습니다. 마감까지 이 손님과 대화를 이어가겠구나 알 수 있었죠.

손님도 그렇게 여긴 것 같았습니다.

"작년에 함께 왔던 일행은 진희라고 해요, 우진희."

그리고 오늘은 오지 않을 그 사람의 이름을 말했습니다.

"조금 독특한 친구였는데, 들어 보실래요?"

마주 앉아 있는 손님의 이야기를 듣는 것도 바텐더의 일이니 굳이 묻지 않아도 괜찮았는데요. 어떤 결의 같은 게 느껴졌습니다.

"마티니 한 잔 값 정도는 할 수 있을 거예요. 이 이야기를 아는 사람은 세상에 몇 없거든요."

손님은 손바닥보다 작은 접시에 놓인 올리브 두 알 중 한 알을 입에 넣었습니다. 어디서부터 이야기를 시작하면 좋을까 잠시 생각을 정리하는 것 같았죠.

그사이 나도 이런저런 상상의 날개를 펼쳤습니다.

오늘은 오지 않을 그 사람에 대한 이야기란 뭘까. 독특한 친구였는데. 과거형이라면 인연이 끊긴 사이인 걸까. 어쩌면 이제는 세상에 없는 걸까.

*이즈미처럼.*

무심코 이즈미 생각을 하고 말았습니다.

종종 이렇게 되곤 합니다. 기대하지 않았던 소나기처럼 한순간 쏟아지는 것이죠. 1년이나 지났는데도 무뎌지지도 면역이 되지 않는 일도 있습니다.

나는 얼른 피스타치오를 작은 스테인리스 볼에 덜어 내밀었습니다. 손님에게 무언가 더 대접하고 싶어서가 아닌, 나로부터 무언가를 덜어내고 싶었기 때문에 일어난 무의식적인 움직임이었어요. 원래는 두 잔 이상 마시는 손님에게 나가는 서비스인데요.

"잘 먹겠습니다. 이야기가 약간 길어질지도 모르니까요."

손님은 준비가 된 것 같았어요.

그리고 다소 뜬금없는 단어를 첫 문장에 담았습니다.

"셰이프시프터(Shapeshifter)라고 들어 보셨나요?"

나는 느릿하게 고개를 끄덕였습니다. 자유자재로 몸을 바꿀 수 있는 사람. 의미를 모르지는 않으나 흔히 듣는 말은 아니었습니다. 소설이나 영화, 드라마 같은 것에나 나오는 이야기였습니다. 주인공이 곤충으로 변하는 카프카의 소설이나 물고기가 사람으로 변해 소년을 만나러 가는 애니메이션이 제 머릿속에 떠올랐습니다.

"진희 씨라는 분이 셰이프시프터가 나오는 영화를 좋아하셨나요?"

"아뇨. 진희가 셰이프시프터였어요."

"……"

짧다고는 할 수 없는 침묵이 나와 손님의 사이에 머물렀습니다. 이 손님은 오늘 나를 당황시키기로 작정한 게 아닐까 싶었죠. 하지만 손님의 얼굴에, 장난기는 조금도 없었습니다.

바 뒤에서 긴 시간을 보내다 보면 대충은 알게 됩니다, 내 앞의 손님이 꺼내는 말들이 어떤 결인지 정도는. 그리고 농담보다는 진담의 무게가 훨씬 받아 내기 어렵다는 것도요.

이 이야기가 마티니 한 잔 값으로는 과하다는 걸 모를 수 없었죠.

"믿든 아니든 그건 바텐더님 자유니까, 편하게 들어 주세요. 맞아요. 영화 이야기라고 생각하면 좋겠네요."


손님의 이름은 미옥입니다.

미옥은 장례식장에서 진희를 처음 만났다고 합니다. 그러니까 지금으로부터 20년 전에요. 서른 살이 갓 지난 나이였죠. 그때 미옥은 시내 종합 병원의 간호사였습니다.

우수한 성적으로 간호대를 졸업한 후에, 미옥은 1지망이었던 병원에 어렵지 않게 합격했습니다. 어쩐지 동기들은 모두 힘들어하던 응급실이 가장 적성에 맞아서, 그 무렵엔 응급실 나이트 킵으로 매일 밤을 병원에서 지새웠다고 합니다.

"그런데 응급실에는 오래된 괴담이 하나 있었어요."

병원의 응급실은 장례식장과 입구를 나란히 하고 있었습니다. 보기 좋은 풍경은 아니지만 응급실도 장례식장도 입구가 1층이어야 하니까요.

원래부터 그런 건 아니고 80년대 말, 병원이 커지며 증축하는 과정에서 어쩔 수 없이 장례식장을 응급실 곁에 세웠다고 합니다. 그런데 장례식장이 생긴 이후로 한밤중에 검은 형체를 맞닥뜨리는 일이 가끔 생겼다는 것입니다. 직원들은 그 검은 형체를 아주 자연스럽게 귀신이라고 불렀습니다.

*어제 박 선생님이 귀신 봤대, 장례식장이랑 주차장 사이에서. 4월엔가 최 교수님도 봤다고 하지 않았어?*

실제로 봤다는 직원은 손에 꼽지만, 오히려 그렇기에 괴담은 더 이목을 끌었습니다. 그렇게 괴담은 미옥에게까지 전해졌습니다.

괴담에 따르면 귀신이 딱히 해코지를 하는 건 아니었습니다. 귀신은 보통의 성인 남자만 한 크기로, 검은 매연을 투명한 풍선에 가둬 놓은 듯한 덩어리 같은 모습이라고 했습니다. 팔다리도, 생김새나 표정도 없는, 검은 덩어리. 그 귀신은 그저 병원 앞을 어슬렁거리다가, 누군가에게 모습을 들키면 얼른 사라지는 게 전부였다고 합니다.

미옥은 그 귀신이 전혀 무섭지 않았습니다. 정말 무서워해야 할 일은 응급실에서 매일 벌어지고 있었으니까요. 실제로 봤다면야 모를까. 그러나 귀신은 미옥의 눈에는 일절 띄지 않았습니다. 미옥이 괴담에 대해 떠올릴 일은 거의 없었습니다.

일이 일어난 것은 어느 봄밤이었습니다.

잠시 쉴 틈이 생겨서 차라도 한잔 마시려고 하는데, 응급실에 있던 정수기가 마침 고장이었습니다. 주변의 다른 정수기 중에 어디가 제일 가까울까 계산하다가 미옥은 밤바람도 조금 쏘일 요량으로 응급실을 나섰습니다.

병원 앞마당에 흐드러진 꽃나무 향을 만끽하고서 미옥은

장례식장으로 들어갔습니다. 장례식장 로비에 손님용 정수기가 있었거든요.

새벽 3시 무렵의 장례식장은 불만 밝혀져 있을 뿐 아주 고요했습니다. 조문객이 올 시간도 아니거니와 유족들도 대체로 눈을 붙이는 시간이지요. 로비도 마찬가지였습니다. 제 발소리만 작게 울리는 공간에서 미옥은 정수기가 면한 벽에 붙은 거울 속에서 낯익은 옆모습을 발견했습니다.

쪼르륵 소리를 내며 흐르던 물이 멈췄습니다.

미옥은 얼른 돌아보았습니다. 들어올 땐 눈여겨보지 않았던 로비 한쪽 휴게 공간에 분명히 진희가 앉아 있었습니다.

간호대를 졸업하기 전 이미 세상을 떠난 진희가.

그저 닮은 사람이라고 하기에는, 진희가 좋아해서 입고 또 입었던, 오렌지색과 청색이 교차하는 패턴의 플란넬 셔츠를 그대로 입은 모습이었습니다. 할 말을 잃었습니다. 그 옷을 입은 사진은 영정 사진이 되었거든요. 귀밑에 찰랑거리는 짧은 머리칼, 호리호리한 체형, 그리고 입은 옷. 모두 고스란히 10년 전의 진희였습니다.

미옥은 오래전 잃어버린 그 친구의 이름을 불렀습니다.

"……진희야."

그러나 그 사람은 미옥이 다가가자, 자리에서 벌떡 일어나 입구를 향해 황급히 걸음을 옮겼습니다.

차는 까맣게 잊고 미옥은 그를 뒤쫓았습니다. 환상이 아니었습니다. 그 유난한 꽃 내음까지 모두 현실의 것이었습니다.

"진희야!"

미옥은 병원 입구를 벗어난 곳까지 달렸습니다. 크고 작은 건물이 즐비한 거리까지 유니폼을 입은 채로 나서고 말았습니다. 진희인 것 같은 상대는 그저 미옥이 적당히 멈춰 포기하기를 기대하는 것 같았지만 미옥은 집요하게 따라갔습니다. 거의 버스 한 정거장 거리를 따라갔을까요. 플란넬 셔츠를 입은 등이 멈췄습니다. 미옥도 멈췄습니다. 조금 숨이 찼습니다.

플란넬 셔츠는 천천히 돌아서더니 미옥을 바로 마주했습니다. 살짝 기울어진 아몬드 같은 눈. 뺨의 점까지. 다시 보아도 진희가 분명했습니다.

귀신이라고 해도 괜찮았습니다. 너무 그립고 반갑고 아팠거든요. 미옥은 눈물이 왈칵 쏟아질 것만 같았습니다. 뭐라고 말을 걸고 싶은데 이상하게 목소리가 나오지 않았습니다. 죽어가는 사람을 살리는 일에는 익숙하지만, 죽은 이를 다시 만나는 일에는 문외한이었으니까요.

"돌아가세요."

멀리서 플란넬 셔츠가 진희의 목소리로 말했습니다. 그리고 믿을 수 없게도, 아니, 믿고 싶지 않게, 진희는 서서히 제 이목구비를 지워 가며 검은빛으로 물들었습니다. 진희가 멈춰 선 그 자리에는 길쭉한 검은 먹구름 같은 것이 우뚝 서 있을 뿐이었습니다.

검은 형체.

귀신.

응급실 괴담의 그것이었습니다.

그것은 그 자리에서 놀란 미옥을 잠시 향해 있다가는, 빠른 속도로 멀어져 갔습니다. 교차하는 다리 같은 건 보이지 않았지만, 보통 사람이 걷는 것과 다를 바 없었습니다.

즉, 그야말로 현실이었다는 것입니다.

"그런 표정 하시지 않아도 돼요. 사실 무서운 이야기는 아닌데, 시작이 이렇다 보니."

껍질 벗긴 피스타치오를 소리 나게 씹으며 손님이 말했습니다. 나도 모르게 멈췄던 손이, 다시 드라이 타월을 쥐고 컵을 닦는 데 시간이 걸렸습니다.

"그로부터 꼭 1년 후였어요."

봄날 밤이었습니다. 그날도 변함없이 나이트 근무 중이었던 미옥은 응급실 앞에 모습을 드러낸 플란넬 셔츠를 만났습니다. 뺑소니 사고로 목숨이 아슬아슬했던 환자를 받았던 직후여서 유니폼이 온통 땀과 피투성이였는데, 플란넬 셔츠는 아랑곳하지 않고 미옥에게 다가왔습니다.

작년에는 도망쳤었는데, 오늘은 어째서일까. 자신을 알아본 대가로 복수하러 온 걸까. 짧은 순간 온갖 생각이 스쳐 지나갔지요.

"잠깐 이야기할 수 있어요?"

진희의 목소리가 물었습니다. '돌아가세요.'라고 했던 그 목소리. 아주 오래전에는 '미옥아.'라고 불러 주었던 그 목소리.

동료들에겐 유니폼을 갈아입고 오겠다고 양해를 구하고 미옥은 플란넬 셔츠를 따라나섰습니다. 도착한 곳은 병원의 앞마당, 응급실 입구에서는 거리가 조금 떨어진, 조명등도 닿지 않아 어둠이 그대로 스민 벤치였습니다.

"이 사람의 이름이, 진희였나요?"

진희가 그렇게 물었습니다.

다름 아닌 그 말 때문에 미옥은 상대가 진짜 진희도, 진희의 원혼도 아니라는 걸 깨달았습니다.

"맞아요."

"왜 내가 이 사람의 모습을 하고 있는지 알고 싶을 거 같아서요."

미옥은 무언의 긍정을 담아 플란넬 셔츠를 바라보았습니다.

"나는 다른 사람의 모습을 흉내 낼 수 있어요."

*그게 내가 살아가는 방법이에요*, 라고.


"그러니까, 진짜 우진희 씨는 아니었다는 거네요."

내가 확인하듯 물었습니다. 손님은 고개를 끄덕였습니다.

"그렇죠. 그럼 뭐라고 부르면 좋을까. 우리에게는 귀신이었지만…… 사실 그에겐 이름도 없었던 셈이죠."

우리는 태어날 때 이름을 부여받지만, 그는 그렇지 못했습니다.

언제부터 존재했는지 자신도 모른다고 했습니다. 그저 검은 덩어리로 사람들 눈에 띄지 않게 살아가다가, 죽은 사람의 모습을 빌려 변할 수 있다는 사실을 알았다고 합니다. 살아있는 사람은 안 되고 망자만 가능했습니다. 으스스한 일이지만 그에겐 좋은 일이기도 했습니다.

누군가의 모습을 훔치면 사람들의 눈을 피하지 않아도 되었습니다. 아주 유명한 누군가만 아니라면 평범한 사람의 모습으로 적당히 인파에 섞여, 있는 듯 없는 듯 지낼 수 있었습니다.

있는 듯 없는 듯.

그가 원한 건 그게 전부였습니다.

선명한 검은 덩어리인 채로는 사람들의 눈에 쉽게 띄기 때문입니다. 그래서 한낮에는 어딘가 어둑하고 외진 곳에서 잔뜩 웅크린 채로 시간을 보내야 하는데, 그게 그의 끝없는 삶에 무엇보다 괴로운 일이었습니다.

탄생의 기원도 방향도 목적도 알 수 없고, 먹지 않고 자지 않아도 생명을 유지하지만 그는 엄연히 살아있는 것입니다. 그럼에도 들키지 않기 위해 몸을 숨기는 데 전력인 삶이란 말로 다 할 수 없는 고통이었습니다. 일부러 어두울 때를 골라, 아무리 조심스레 움직여도 결국은 누군가 흔적을 눈치채고, 공포에 사로잡히고 마니까요. 차라리 투명하면 좋겠다고 생각했다고 합니다.

하지만 다른 사람의 모습을 빌리면 밤이든 낮이든, 타인의 시선을 개의치 않고 움직일 수 있었습니다.

"몇 가지 규칙은 있어요."

사망한 사람의 생김새를 분명히 알아야 했습니다. 그래서 그는 장례식장을 계속 어슬렁거렸습니다. 장례에는 영정 사진을 두니까요. 그곳에서 망자의 사진을 훔쳐본 거죠. 검은 덩어리인 채로만 아니라면, 누구의 모습으로 방문해도 조문을 저지당하지 않았습니다. 다른 조문객들의 이야기를 훔쳐 듣고 적당히 말을 꾸미는 것은 어렵지 않았습니다.

그렇게 외운 고인 중 하나의 모습으로 변할 수는 있지만, 또 그 형태를 유지할 수 있는 것은 아쉽지만 단 하루였습니다. 그것도 1년에 단 하루. 같은 모습으로는 1년에 하루 이상을 지낼 수는 없었습니다. 짧은 시간이지요.

덕분에 고인의 유족이나 측근들을 마주칠 확률은 적었지요. 이 도시에는 천만의 사람이 살고 모두 자신을 돌보기에 바쁩니다. 이미 세상에 없는 이의 모습을 빌린 그가 하루 정도 머물렀다 가는 것을 지금껏 눈치챈 사람은 없었습니다.

지난해, 미옥이 유일했습니다. 최초였습니다.

있는 듯 없는 듯 있던 그의 존재가 누군가에게 또렷이 각인된 것은.

그래서 이듬해, 진희의 모습을 할 수 있는 단 한 번의 날에, 다시 미옥을 찾아온 것입니다.

진희의 모습을 한 그는 미옥에게 이렇게 말했습니다.
— 이 사람이 어떤 사람이었는지, 알려 주실 수 있을까요?

"그렇다면 그…… 그분의 머릿속엔 적어도 365명의 얼굴이 기억되어 있겠네요."

머릿속이라는 표현이 적당할까 아리송했지만 다른 표현은 떠오르지 않았습니다. 손님은 턱을 괴며 내 어깨 너머의 쇼케이스로 시선을 두었습니다. 그 숫자를 헤아리기라도 하는 것처럼 말입니다.

"최소한이지요. 수십 년은 장례식장을 찾아다녔으니까요. 사망한 지 아주 오래된 사람의 모습은 빌릴 수 없어요. 옷차림이 지금 시대나 계절과 너무 동떨어져 있으면 눈에 띄니까요. 마찬가지로 죽은 사람의 모습을 외웠다고 그날 당장 변하는 것도 위험해요. 적어도 2~3년은 지나고 사람들의 일상에서 어느 정도 잊혀졌을 때 그 모습을 불러와야 하죠."

"그런 부분까지 세세히 계산하려면 기억력이 정말 뛰어나야 하겠어요."

손님이 내게 건넸던 칭찬을 떠올리며 말하자, 손님은 자신이 그 칭찬을 듣기라도 한 듯 빙긋이 웃었습니다.

"그렇겠네요."

"그런데……"

하나 궁금한 것이 생겼습니다.

"진희 씨로 변할 땐 진희 씨지만, 원래의 검은 형체…… 아니, 셰이프시프터, 그분의 이름은 따로 없었나요?"

자꾸만 검은 형체, 귀신, 덩어리, 셰이프시프터 같은 애매하고도 불명확한 호칭으로 부르기보다 정확한 이름이 있으면 좋겠다는 생각이 들었습니다.

"음, 그러게요."

손님이 미간의 주름을 조금 더 깊게 잡았습니다.

"매년 딱 한 번씩만 만났을 뿐이라 제겐 계속 진희였어요. 이렇게 누군가에게 그 애에 대해서 털어 놓은 건 오늘이 처음이고요. 그래서 굳이 그 애를 진희와 분리할 이름이 필요하지는 않았던 것 같네요."

하긴, 달리 불러 줄 사람이 없는 존재에게 이름이 무슨 소용이었을까요. 우진희로 사는 그 하루는 진희로 충분했을 것입니다.

"그럼 오늘이 그분의 이름을 붙이기에 적당한 날이 아닐까요. 제게 설명해 주셔야 하니까요."

"좋아요."

내가 제안하자 손님은 살짝 굽어 있던 등을 곧추세우며 골똘히 생각에 잠겼습니다. 1~2분 정도 지났을까요. 손님이 입을 열었습니다.

"새벽, 어때요?"

밤인 채로 너무나 오래 지냈으니까. 재치 있는 작명이라고 생각했습니다.

"그럼 손님께서는 진희 씨의 모습을 빌린 새벽 씨를 매년 만나 오신 거군요."

"맞아요, 지난 20년 동안."

스무 번을 만났습니다.

긴 소매의 플란넬 셔츠가 적당할 4월의 하루가 20년간 미옥에겐 진희를 만나는 날이었습니다. 기억하기 쉽게 아예 날짜를 정해 버린 것입니다.

그 시절을 지나오면서 손님, 그러니까 미옥은 조금씩 나이 들어 갔지만 진희는 언제나 스무 살 언저리였습니다. 변화가 있다면 걸친 옷 정도였다고 합니다. 영정 사진의 옷차림밖엔 모르던 새벽에게 미옥이 학창 시절 함께 찍었던 다른 사진을 보여주면, 새벽은 이듬해에 플란넬 셔츠가 아닌 다른 옷을 입은 진희로 나타나 주었습니다.

무서운 일일까요, 근사한 일일까요.

이제 세상에 없는 이를 그렇게 겉모습으로나마 매년 만날 수 있다는 것이요. 나도 당시의 미옥과 비슷한 처지이지만 쉽게 상상이 되지 않았습니다. 만약 새벽 씨가 하루라도 이즈미가 되어 준다면, 나는 울까요, 아니면 웃을까요.

"나와 진희는 서로 좋아했어요."

간호대에 다니던 시절. 누구에게도 말하지 않았지만 두 사람은 연인이었습니다. 요즘은 같은 성별을 향한 애정을 공공연히 드러내기도 하지만, 당시엔 그러기 힘들었다고 합니다. 그런 의미에서 시대를 조금은 느지막하게 살아간 나와 이즈미는 운이 좋았다고 해야 할까요.

"그럼…… 이런 질문은 실례인지도 모르겠지만. 손님께서 새벽 씨에게 매년 나타나 달라고 부탁하신……."

가장 궁금했던 건데, 조금은 무심한 척 질문했습니다.

"그건 아니었어요. 진짜 진희가 아니었으니까요. 처음엔 헷갈렸지만 만남을 거듭할수록 흔들림이 잦아들었어요."

나름 강한 사람이거든요, 이미옥은.

다른 사람을 평가하는 듯한 어조로 손님이 말했습니다.

진희의 이름을 물려받긴 했지만, 미옥은 새벽에게 진희를 겹쳐 본 것이 아니라 그저 새벽으로 바라본 것이었습니다.

"새벽은 그저…… 그래요, 그 시종(始終) 없는 삶에, 1년에 단 하루라도 자신을 이상하게 여기지 않는 누군가와 교감하고 싶었던 거예요. 까만 덩어리로 살면서, 이름도 없는 주제에 망자의 모습을 짧은 시간 훔치는 세월에 무뎌질 대로 무뎌졌지만 그래도…… 오랫동안 너무나 외롭고 공허했거든요. 한번은 말했어요. 진희의 모습이 아닐 때도 괜찮으니까, 만나러 와도 된다고. 하지만 싫다고 하더군요."

의외라고 생각했습니다.

"그거야말로 정말 원혼 같은 행동 아니냐면서, 1년에 한 번으로 충분하다고 했어요. 그것만으로도 기쁘다고. 이 만남을 선물처럼 여기고 싶다고요."

원할 때마다 받게 되면 이미 선물이 아니라고, 미옥이라는 존재를 당연한 일상으로 만들고 싶지는 않다고 했습니다. 그건 터무니없는 욕심이라면서요.

마음이 시큰해졌습니다.

"욕심일까요."

나는 새벽 씨가 아니지만, 그 기나긴 고독을 온전히 이해할 수는 없겠지만…… 조금은, 아주 조금은 나도 그 마음을 아니까요. 그래도 나는 시간을 보낼 일이라도 있지, 셰이프시프터에겐 견디는 것 외에 무슨 방법이 있었을까요.

그 마음의 형태와 깊이를 더듬다가 퍼뜩 정신을 차려 보니, 손님은 내 얼굴을 가만히 바라보고 있었습니다. 불쾌함이나 의아함이 담긴 표정은 아니었습니다. 내 짐작일 뿐이지만, 새벽의 심중을 헤아려 주어서 고맙다는 마음이 담겨 있는 듯했습니다.

그래도 주제넘은 참견인 것 같아서 나는 멋쩍은 미소를 지으며 얼음이 거의 녹아 꽤 밍밍해지고 만 진을 크게 한 모금 삼켰습니다.

바에 서 있는 동안 나의 일은 듣는 것이니, 본분에 충실하자고 마음을 다잡았습니다. 취하지 말아야 할 것은 술만이 아닙니다. 대화와 기억도 마찬가지입니다.

"그래서요, 스무 해 동안 재미있는 기억이 많아요."

손님도 주저앉아 있는 내 생각에 손을 내밀며 잡아 일으키듯 말했습니다.

"그렇잖아요? 다들 귀신이라며 수군대던 괴담의 중심으로 들어갔는데, 겁날 게 없죠. 거침이 없어졌다고나 할까요."

재회하는 장소는 늘 병원 앞이었습니다.

영화나 공연을 보러 가기도 했고, 평소엔 크게 관심 없었던 파인 다이닝을 예약해 과분할 만큼 황홀한 음식을 먹기도 했습니다. 미옥은 아웃도어를 전혀 즐기지 않았는데 짠맛이 느껴지는 바람을 맞으며 해안가에서 캠핑을 하고, 혼이 빠질 정도로 무서워하면서도 번지 점프도 했다고 합니다.

그날 하루가 새벽에겐 진희가 될 수 있는 날이었다면, 미옥에겐 무엇이든 될 수 있는 날이었다고요.

몇 가지 추억을 이야기하는 미옥은 들떠 보였습니다.

맞아요. 아무리 두들겨도 결코 납작해지지 않는, 무뎌질 줄 모르는 추억은 누구에게나 있죠.

"누군가 이름을 불러 주는 기분은 어떤 걸까……. 아주 오랫동안 상상해 왔고 결국 그걸 이뤘지만, 막상 그렇게 되고 보니 듣는 것보다 부를 때가 더 좋다고 했어요."

미옥아, 하고 부르면 답하며 눈을 맞추는 행위가 얼마나 벅찼는지, 만날 때마다 그 이야기는 빠지는 일이 없었습니다.

진희는, 아니, 새벽은 미옥을 사랑했을 것입니다. 뭉근하디뭉근한 애정으로 충만했을 것입니다. 그러지 않을 수 없었을 것입니다.

이름을 부를 수 있는 유일한 사람인걸요.

그런데 그는 어째서 오늘은 미옥과 동행하지 않은 걸까요. 이 하루는 그렇게나 소중하고 빛나는 날인데요. 두 사람에게 모두.

"작년이었어요. 그러니까, 작년 오늘. 여기에서요."

고급 칵테일 바에 가 보자고 한 날이었습니다. 출퇴근길 스쳐 가며 익숙했던 간판이어서 직관적으로 고른 곳이 여기, 플랜B였습니다. 내가 일을 시작한 지 두어 달 조금 안 되었을 때입니다.

공교롭게도 미옥은 그날, 오래 다니던 병원을 사직했습니다. 미옥처럼 헌신적으로 장기 근속한 직원은 드물기에 많은 이들이 아쉬워했다고 합니다. 진희조차도 그날 소식을 전하는 미옥을 의아하게 생각했습니다. 그동안 미옥은 정년까지 오래오래 일하고 싶다고 말해 왔거든요. 그때까지 아직 수년은 남았고요.

그때 내가 각자 주문한 드라이 마티니와 레드 와인을 가져다 줬다고 합니다. 저도 기억납니다. 그때의 미옥은 올리브색의 스카프 끝을 매만지며 고맙다고 했습니다. 올리브를 좋아해서 하나 더 욕심냈는데, 응해 줘서 고맙다고. 손님의 그런 귀여운 부탁을 내가 거절할 이유는 없었을 텐데도요.

내가 멀어진 뒤 미옥은 올리브 하나를 먹은 후에, 진희에게 이렇게 말했습니다.

— 놀라지 말고 들어, 진희야. 나, 이제는 정말 진희를 만나러 가야 할 거 같아.

진희는 무슨 말인지 이해 못 한 얼굴이었습니다.

진희라면 껍데기뿐이라 해도 지금 미옥의 앞에 있었으니까요.

— 암이래. 췌장암. 이미 너무 많이 전이됐대. 바보 같지. 밤낮없이 병원에 사는 사람이 자기 병은 모르고 키웠다는 게.

수술을 앞두고 있으며 항암 치료를 할 계획이지만 큰 기대는 하지 않는다고 말했습니다. 담담히 고백하는 미옥을 향한 진희의 눈이 떨렸습니다.

— 그래서 어쩌면, 내년의 오늘은 너를 만나지 못할지도 몰라.

그때의 내겐 두 사람을 가까이 볼 기회는 없었습니다. 칵테일 추가 주문은 없었고, 두 사람의 자리는 테이블석의 가장 안쪽이었거든요. 서울 시내의 야경이 한눈에 내려다보이는, 그 바깥이 조금은 꿈결처럼 덧없이 느껴지는 자리 말입니다.

그곳에서 두 사람은 지난 스무 해를 내려다보았습니다.

하지만 그것을 모두 나누기에 하룻밤은 턱없이 짧았다고 합니다.

그날 미옥은 당부했습니다.

나를 선물로 기억해 주면 좋겠다고, 그게 이제는 나를 위한 선물이 될 거라고.

그리고 약속했습니다.

시간이 허락된다면 내년에 여기서 다시 만나자고. 오늘과 똑같은 칵테일과 와인을 주문해서 지난 1년이 참 짧고도 길었다는 흔해 빠진 잡담을 나누자고요.

그리고 오늘, 미옥은 여기에 온 것입니다.

드라이 마티니를 주문할 수 있을 만큼, 더없이 건강한 모습으로요.

"아, 그럼 손님께선……."

그러나 내 마음에 차오른 안도감이 소멸하는 것은 찰나였습니다.

어떤 대답도 없이 지긋이 나를 보고 있는 손님의 눈에 담긴 그리움이, 이즈미를 잃었던 거울 속 나의 그것과 너무나 닮아 있었기 때문입니다.

손님은 미옥이 아니었습니다.

새벽이 유일하게 가까이서 얼굴을 마주하며, 스무 해 동안 세월의 결 하나하나를 빠짐없이 읽어 낼 수 있었던 사람.

사진 한 장과는 가히 비교할 수 없을 정도로 작은 표정 하나하나까지 뇌리에 각인해 버린 존재.

"미옥이의 모습을 빌려 올 수 있다는 건, 미옥이가 오늘은 나올 수 없게 되었다는 거겠죠."

손님의 잔은 비었고, 온더록스 잔의 얼음도 모두 녹았습니다.

원래 2~3년은 지난 후 모습을 빌려야 하지만, 오늘은 확인이 필요했다고 합니다. 그렇게 미옥의 부재를 알았습니다. 그는 애도하고 싶다고 했습니다.

다른 날보다 더욱더 깊이 미옥을 생각하고 싶다고요.

기억의 어느 모서리 하나 무뎌지지 않도록, 더듬어 기억하는 밤으로 만들고 싶다고요. 원래는 혼자서만 곱씹을 생각이었지만 덕분에 더욱 선명하게 기억할 수 있을 것 같다고요.

내게 무뎌지지 않아도 괜찮다고 이야기하는 것 같았습니다.

"말해 놓고 보니 그리 재미난 이야깃거리도 아닌 것 같지만요."

손님은 하나 남은 올리브를 입에 넣었습니다. 그리고 붉어진 눈시울로 힘껏 미소 지으며 말했습니다.

"아무튼 오프 더 레코드를 들어 줘서, 고마워요."

그 후로 두 해를 더 플랜B에서 일했습니다.

4월의 그날이 될 때마다 새벽 씨가 오지 않을까 기다렸지만 미옥의 모습도 진희의 모습도 보이지 않았습니다. 그야말로 고해 성사이자 오프 더 레코드로 남은 셈입니다.

그래서일까요, 가끔은 정말 그날의 대화가 현실이었는지, 진에 취해 엉뚱하게 들은 건 아닌지, 꿈은 아니었는지 거짓말같이 느껴지기도 합니다.

음, 그리고…….

나는 여전히 이즈미를 기억합니다. 때때로 그를 떠올립니다.

다만 이즈미가 머릿속에 불쑥 고개를 내밀어도 앞이 캄캄해지지 않습니다. 심지어는 나도 모르게 허공을 향해 실없이 미소를 머금고 있을 때도 있습니다.

나를 울게도 했지만, 이즈미는 나를 많이 웃게 만들었던 녀석이었어요.

맞아요. 늘 그랬어요.

그것만은 영영 변함이 없는 거겠죠.


자, 내 고해 성사는 여기까지입니다.

플랜B에서 칵테일을 만드는 마지막 날, 이 바에서의 가장 기이했던 기억을 당신에게 두고 갑니다.

꿈같은 빛깔의 칵테일 한 잔이었다고 생각해 주세요.

## 리시안셔스

1판 1쇄 펴냄 2022년 3월 11일
1판 2쇄 펴냄 2022년 4월 28일

**지은이** | 연여름
**발행인** | 박근섭
**편집인** | 김준혁
**책임편집** | 정미리
**펴낸곳** | 황금가지

**출판등록** | 2009. 10. 8 (제2009-000273호)
**주소** | 06027 서울 강남구 도산대로 1길 62 강남출판문화센터 5층
**전화** | **영업부** 515-2000 **편집부** 3446-8774 **팩시밀리** 515-2007
**홈페이지** | www.goldenbough.co.kr

도서 파본 등의 이유로 반송이 필요할 경우에는 구매처에서 교환하시고
출판사 교환이 필요할 경우에는 아래 주소로 반송 사유를 적어 도서와 함께 보내주세요.
06027 서울 강남구 도산대로 1길 62 강남출판문화센터 6층 민음인 마케팅부

ⓒ 연여름, 2022. Printed in Seoul, Korea
ISBN 979-11-7052-073-3 03810

㈜민음인은 민음사 출판 그룹의 자회사입니다.
황금가지는 ㈜민음인의 픽션 전문 출간 브랜드입니다.